美的复兴

白先勇

江苏凤凰文艺出版社
JIANGSU PHOENIX LITERATURE AND ART PUBLISHING

文化有力量，
是整个民族的灵魂。

美的复兴——目录

辑一

现代文学

《现代文学》，培养了台湾年轻一代最优秀的作家。

辑二

游园·惊梦·孽子

千千万万个折磨，接受最后一刻的审判，
千千万万个工作，换取最后的一场欣赏。

辑三

昆曲新美学：《牡丹亭》《玉簪记》

一种表演艺术如果没有年轻人的参与，不会有辉煌的前途。

辑 四

红尘历劫：谈《红楼梦》

其实我们每个人都是一块石头，掉到红尘里面去，都要历经劫难。每个人都在红尘里面历劫。

辑 五

对话录

人生就是个故事，其实每个人的一生，会讲的话，都是一个很好听的故事。

自 序

我的“文艺复兴梦”

白先勇

《白先勇的文艺复兴》[1]这个书名不免有点夸张，书名的最后加一个“梦”字会比较恰当。我少年时期住过上海、香港，这些都是比较西化的城市，我在香港初中读拉萨书院（La Salle College），那是一间耶稣会教士创办的中学，很多老师是爱尔兰教士，在那里我们要念《圣经》，是我第一次接触到西方宗教天主教。后来在台湾上大学，念的是外文系，更进一步受到西方文学、西方文化的影响。当时对西方文明近世纪的伟大成就，无限景仰、由衷钦佩。西方人这几个世纪发出来的创造力，在各个领域：文学、音乐、艺术、戏剧等等，皆有惊人的成就，科学、医学更是领先世界。稍微研究一下西方文化发展历史，便知道西方人之所以在近世纪有如此杰出的文化成就，皆源自十四至十六世纪，从欧洲爆发了一场惊天动地

1 联合文学出版社 2020 年 1 月出版（繁体版）。

的“文艺复兴”（Renaissance），那是一个人类思想大解放的运动，其渊源悠远，内容广博复杂，其灵感得之于欧洲经过中世纪一段“黑暗时期”之后，重新发现古希腊、古罗马文明。

中国二十世纪初也发生过一场文化运动——“五四运动”。中国传统文化自十九世纪以来，一直衰蔽不振，同时遇到西方文化强势入侵，加速了中国传统文化的分崩离析。民国初年，一群有志之士发动“五四运动”，企图振兴中国文化，这场运动受到西方文化的启发，其核心内容为反叛传统、求新望变，希望创造出中国的新文学、新思想、新文化。可惜接踵而来的战争与革命把这场文化运动的动力冲散截断了。“五四运动”在知识界产生过巨大影响，但其文化成就不算突出。

我在台大外文系念书的时候，我们那一届以及前后届，有一群颇富才情又怀抱共同理想的同学，王文兴、欧阳子、陈若曦、李欧梵、戴天、叶维廉、刘绍铭……由我登高一呼，众志成城，在一九六〇年创办《现代文学》，我们创办这本杂志，多少也受了“五四”先贤所办的《新青年》《新潮》等杂志的鼓励，希望在台湾能够开创一条崭新的文学道路。一方面我们受了西方现代主义（Modernism）的影响，把“现代主义”大师的经典作品引介给台湾读者。但我们对传统的态度与“五四运动”却迥然不同，我们没有推翻传统的冲动，因为以儒家思想为中心的宗法社会从“五四”，历经抗战革命，已经崩溃瓦解，我们这群战后成长的一代是在传统的废墟上企图建立一座新的文学殿堂。《现代文学》搭了一个平台，让一群有创作才能的青年作家恣意耕耘，这群作家日后在台湾文坛都扮演了重要角色，有几位卓然成家，引领台湾文学一代文风。从那时起，我在朦胧间，已经开始在做我的“文艺复兴”梦了，希望有一天，中华民族也能兴起一个欧洲式的Renaissance。

我从文学跨入戏剧、戏曲的领域是一九八二年参与制作编写《游园惊梦》舞台剧开始，《游》剧在当时引起极大回响，在台北中山纪念馆公演十场，场场满座，一流的演员、一流的舞台艺术家的投入，盛况空前，替台湾戏剧演出史树立了一道里程碑，这是第一次把中国京昆戏曲融入现代舞台剧中。《游》剧也引起了对岸戏剧界的兴趣，一九八八年，由上海青年话剧团杰出导演胡伟民策划，联合上海昆剧院、上海戏剧学院、广州话剧团，共同演出大陆版《游园惊梦》舞台剧，由上昆名旦华文漪担纲，昆曲泰斗俞振飞、上海戏剧学院院长余秋雨都参加制作。首演在广州，后北上上海，又转移香港，各地演出轰动。

《游园惊梦》这篇小说是叙述昆曲名伶钱夫人蓝田玉的一生遭遇，剧中有大量的昆曲演出唱段，引起很多观众对昆曲的注意。从那时起，我开始思考昆曲的命运。昆曲兴盛于晚明至清朝乾嘉时期，独霸中国剧坛两百多年，是当时的国剧。昆曲的表演美学超越其他一切剧种，是明清时代最高的文化成就之一。可是自十九世纪晚期以来，昆曲一直衰微不振，民国时期，昆曲几乎从舞台上消失，“文革”十年，昆曲完全被禁止。即使“文革”过后，昆曲恢复演出，但一直未能振衰起敝，仍处在挣扎求生存的困境。我当时省思，曾经有过如此辉煌历史而且深入民间的艺术，竟然长期衰颓，随时有灭绝的危险。如何拯救一种重重病危的艺术文化？于是便有青春版《牡丹亭》的诞生。二〇〇三年，一群有文化抱负的有心人：学者、艺术家、戏曲大师，有志一同，打造出三本二十七折，演出九小时的昆曲大戏《牡丹亭》，这出有四百年历史的经典剧目注入现代舞台艺术的元素，唤回昆曲青春的生命，使得这一个古老的剧种在现代舞台上重放光芒。我们起用青年演员，号召青年观众。从二〇〇四年台北首演以来，青春版《牡丹亭》横扫海峡两岸、欧美各国，已经演出三百六十多场，曾经进入四十多所各地高校，观众人次五十万以上，其中七成为年轻观众，青春版《牡丹亭》的影响，远远超过我们当初的预期，如果说青春版《牡丹亭》一出戏振兴了一个剧种，不算夸大之词。二〇一八年，校园版《牡丹亭》在北大首演成功，这在昆曲演出史上又是一道里程碑，校园版《牡丹亭》由北京十六所大学、三十八位学生组成的剧组演出，由青春版《牡丹亭》演员一对一教授，四位杜丽娘、三位柳梦梅，校园版《牡丹亭》的学生演员认真演出，几乎达到职业水准，观众反应空前热烈，校园版《牡丹亭》接着到天津南开大学、南京大学、香港中文大学，台湾高雄演出，处处受到欢迎。二〇〇五年，青春版《牡丹亭》首次到北大演出，当时98%的学生从没有看过昆曲演出，十三年后，北京大学生自己组团演出《牡丹亭》，这是中国青年精英集体的文化觉醒，由此，我也看到二十一世纪中华民族发生一场“文艺复兴”的可能。

欧洲“文艺复兴”其渊源来自古希腊、古罗马文明的启发。中国二十一世纪的“文艺复兴”也应该从我们自己的传统文化中去寻找灵感，然后再结合现代文明，而创造出一种新的中国文化。欧洲

“文艺复兴”从文学、艺术、戏剧开始，英国的“文艺复兴”便得力于莎士比亚的戏剧。中国昆曲的美学的确值得研究提倡，从振兴昆曲成功让我得到启发，我们传统文化中许多有过灿烂成就的艺术，是否也能让其在二十一世纪的舞台上重新绽发出新的生命力。

《红楼梦》是中国文学史上最伟大的小说，是中华文化中一座巍巍高峰，《红楼梦》继承了中国文学诗、词曲、小说的大传统，糅合了中国哲学宗教儒、释、道三大源流，成书于十八世纪，中国传统文化由盛入衰的关键时刻，对中华文明做了一个总结。“五四”以来的文学史往往把《红楼梦》归类为“章回小说”“传统小说”甚至“旧小说”，这种归类法都不十分精确。《红楼梦》虽然继承了中国文学的大传统，但在小说艺术上却极富开创的现代性。“五四”文学史把鲁迅当作中国近代小说的始祖，其实中国的“现代小说”应该起源于《红楼梦》。中华“文艺复兴”，《红楼梦》必定成为追溯文学灵感的标杆之一。

二〇一四至二〇一五年，我有机会在台湾大学讲授了三个学期的《红楼梦》，把一百二十回从头讲了一遍，后来讲义编辑成书：《白先勇细说红楼梦》，算是我对这本天书下了一个新的注解。同时我把《红楼梦》两个最重要的版本“程乙本”“庚辰本”做一次详细的比较，指出“庚辰本”一百七十多项误谬或者不及“程乙本”之处。自一九八二年大陆人民文学出版社出版“庚辰本”《红楼梦》以来，“程乙本”完全被边缘化，这是红学界一大危机，“程乙本”自从一七九二年（乾隆五十七年）出版以来，有二百多年的历史，民国时期经过胡适大力推荐，一九二七年亚东版“程乙本”《红楼梦》

出版，流行海内外，影响了几代读者，成为当时的标准本。这样重要的一个版本，竟然被忽略湮没。二〇一六年，在我极力奔走下，得到赵廷箴基金的资助，促成时报文化出版社重新刻印桂冠版“程乙本”红楼梦，大陆理想国广西师范大学出版社也同步出版简体版。由此，“程乙本”得以复活。中国最伟大的小说，理应采用最佳版本来发行。

自从一九六〇年创办《现代文学》，一场“文艺复兴”梦做到如今，算算已经一甲子六十年，一个人当然无法完成“文艺复兴”这样一项巨大文化工程。但如果一连几代都有一批孜孜矻矻的有心人致力于文化建设，说不定迸出几位像汤显祖、曹雪芹的大天才来，中华民族的“文艺复兴”也许就不是一个梦了，我由衷地期盼，二十一世纪，中华民族能够恢复我们的“大汉天声”，这是我多年的悲愿。

上：《现代文学》编辑委员会合影。前排左起：陈若曦、欧阳子、刘绍铭、白先勇、张先绪；后排左起：戴天、方蔚华、林耀福、李欧梵、叶维廉、王文兴、陈次云。

下：一九六一年，《现代文学》编辑于碧潭野餐。后排左起：杜国清、王祯和、陈若曦、白先勇、王国祥、王文兴、沈萍、欧阳子；前排左起：郑恒雄、杨美惠。

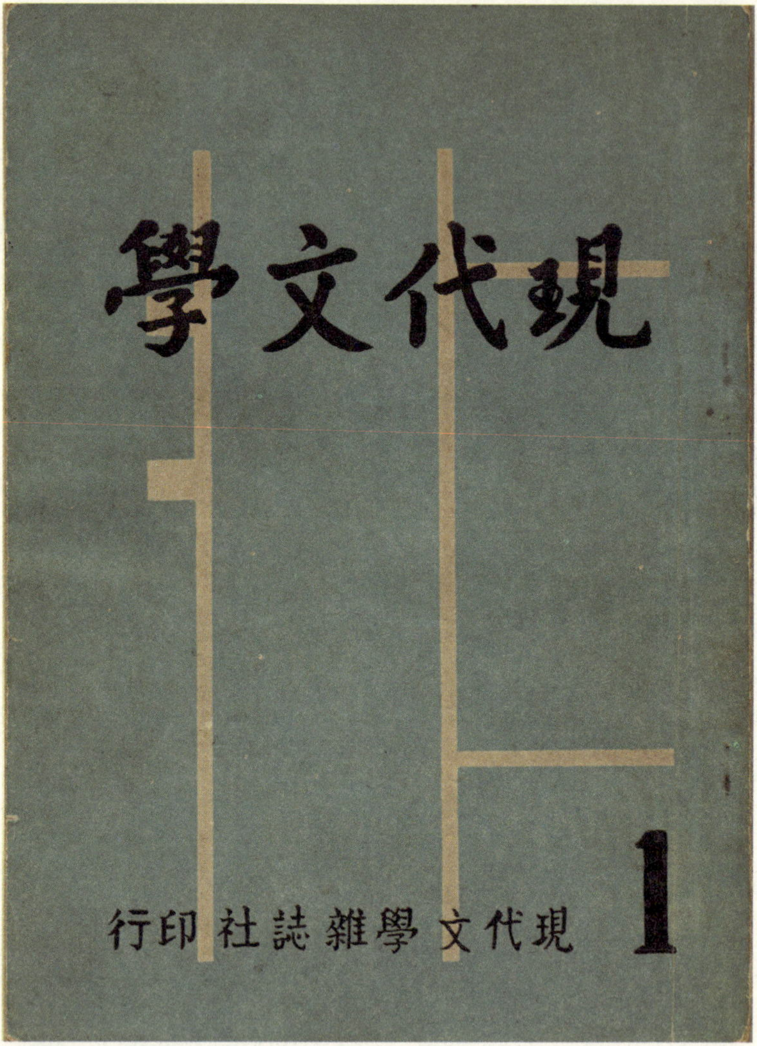

《现代文学》杂志创刊号，封面设计 / 张先绪，一九六〇年三月五日。

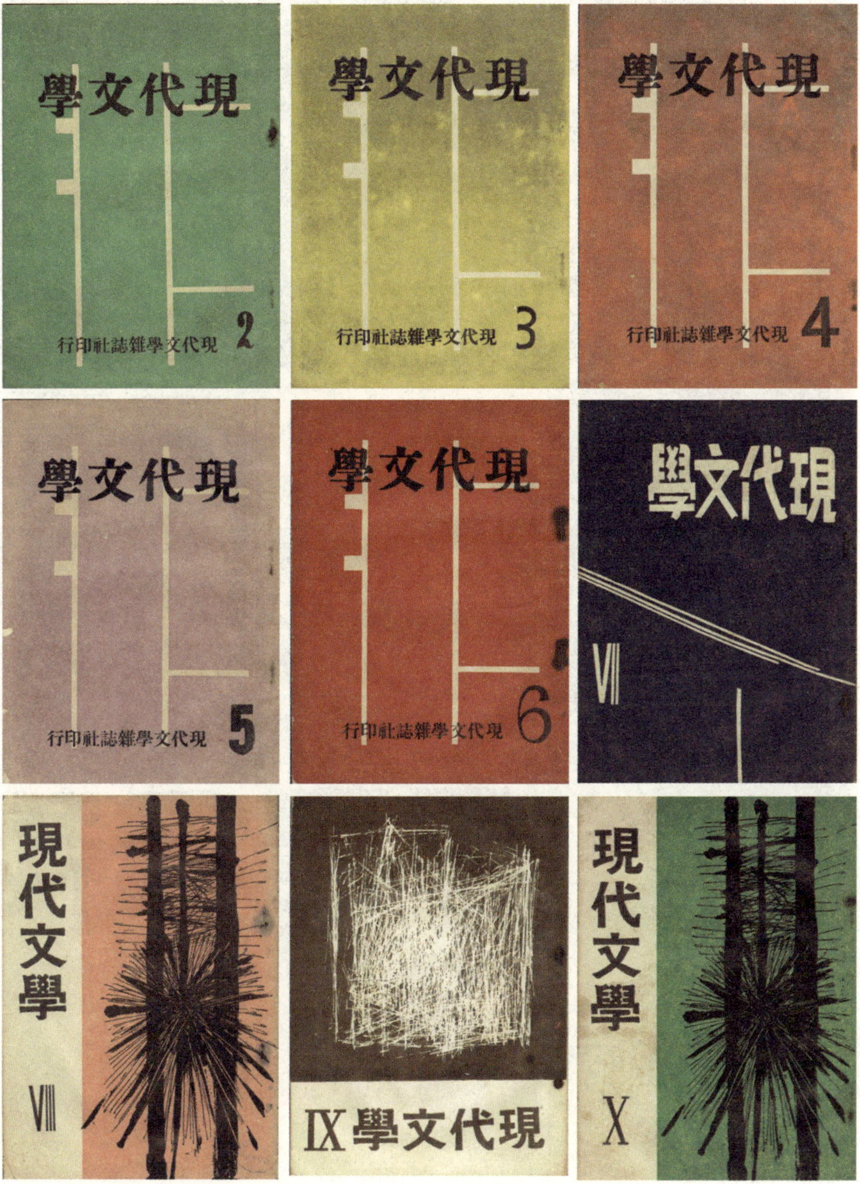
現代文學
現代文學雜誌社印行
2
現代文學
現代文學雜誌社印行
3
現代文學
現代文學雜誌社印行
4
現代文學
現代文學雜誌社印行
5
現代文學
現代文學雜誌社印行
6
現代文學
VII
現代文學
VIII
現代文學
IX
現代文學
X

《现代文学》杂志书影。

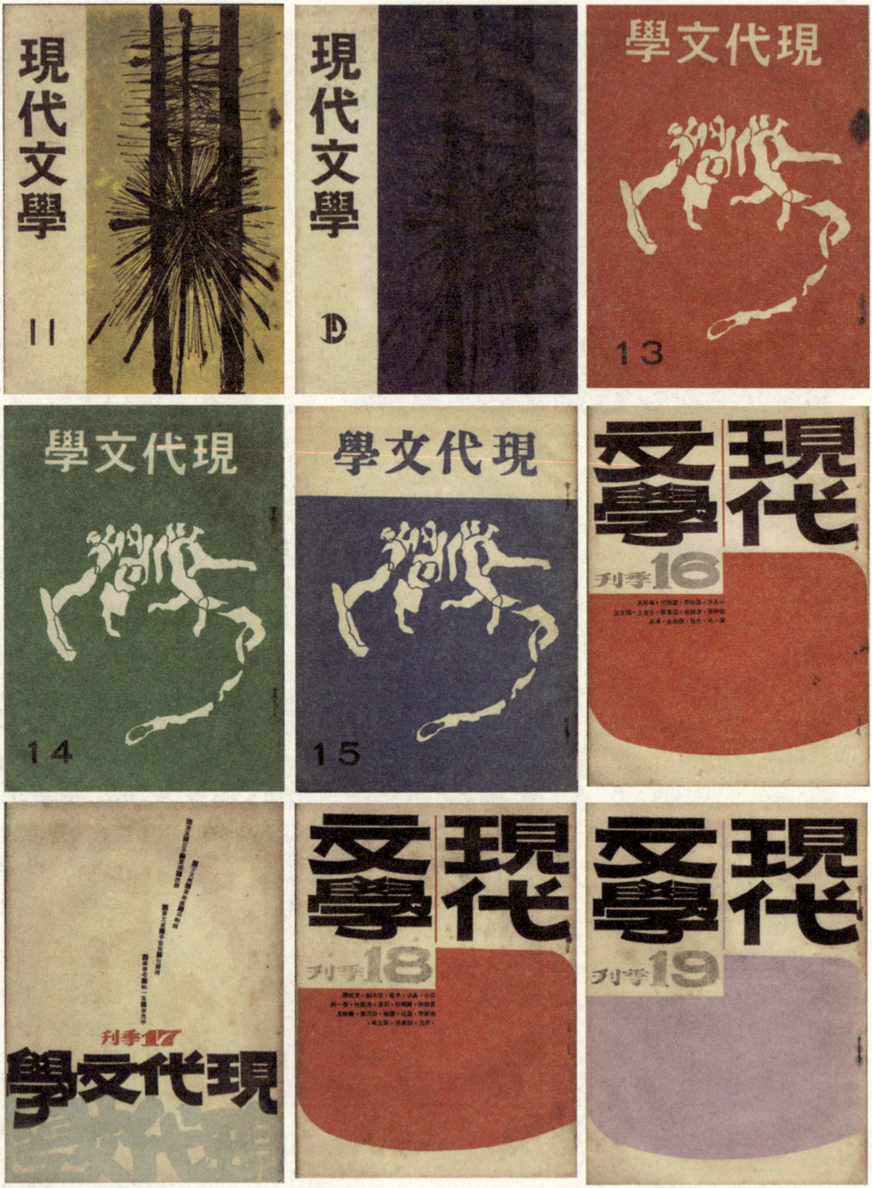
現代文學
11
現代文學
現代文學
13
現代文學
14
現代文學
15
現代文學
刊季16
刊季17
現代文學
現代文學
刊季18
現代文學
刊季19

《现代文学》杂志书影。

《现代文学》杂志书影。

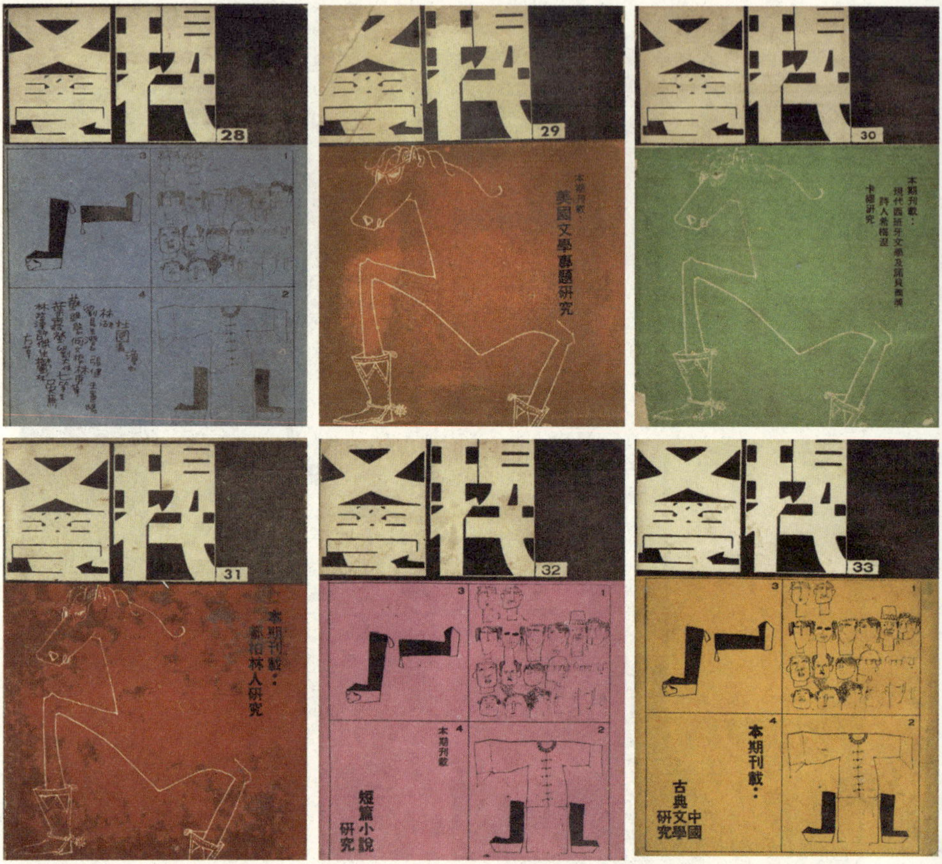

28
29
本期刊載：
美國文學專題研究
30
本期刊載：
31
本期刊載：
都柏林人研究
32
本期刊載
短篇小說研究
33
本期刊載：
中國古典文學研究

《现代文学》杂志书影。

現代文學 34
現代戲劇的古典復興
現代文學 35
本期刊載：
短篇小說研究
現代文學 雙月刊
現代文學 雙月刊 58' 3 月號
現代文學 雙月刊 38 期
現代文學 雙月刊 39 期
現代文學 40
本期作者：
現代文學 41
本期作者：
現代文學 42
本期作者：

《现代文学》杂志书影。

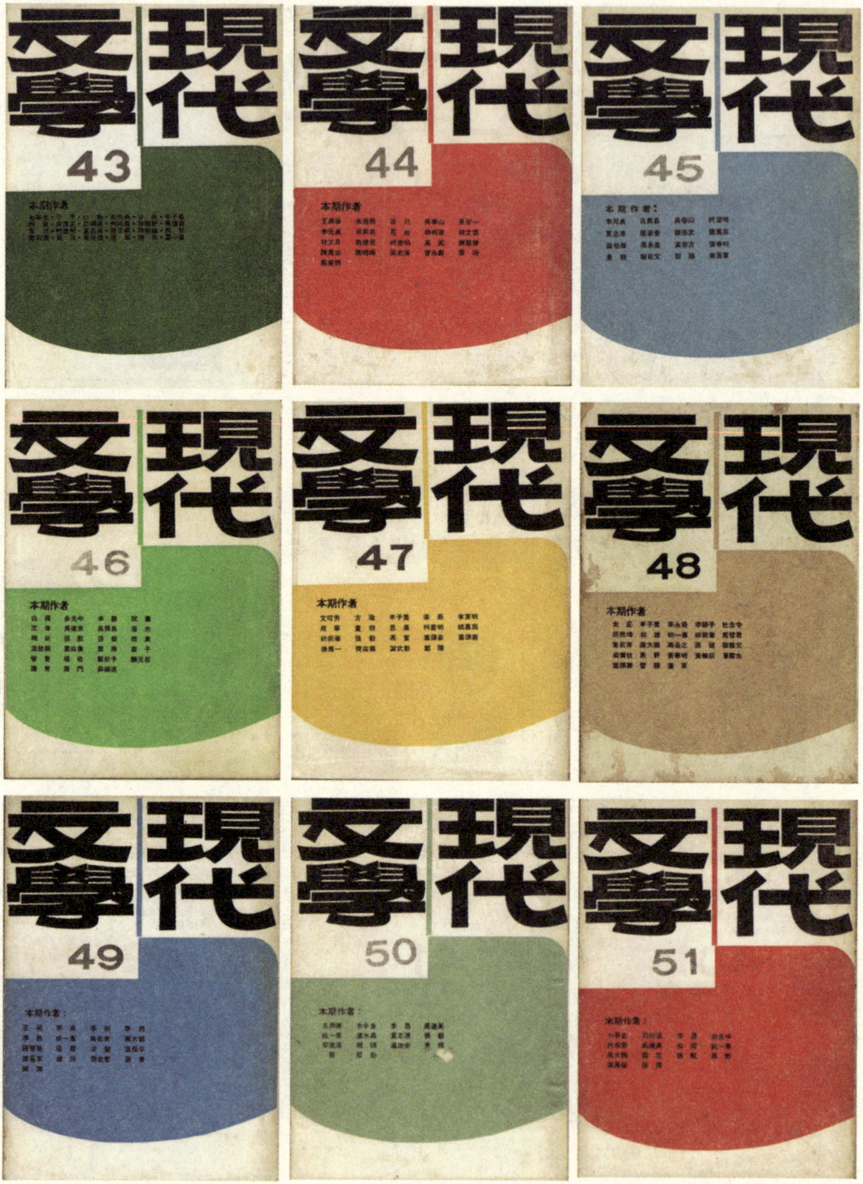

《现代文学》杂志书影。（以上书影提供 / 陈学祈、萧仁豪）

上：一九八二年，《游园惊梦》舞台剧台北演出时剧照。左起：卢燕、归亚蕾、孙维新、钱璐。
下：作者与剧中演员合影。左起：王志萍、卢燕、陈燕真、白先勇、归亚蕾、钱璐、陶述。
（照片提供 / 白先勇）

一九八八年，《游园惊梦》在广州公演，左起女主角华文漪、导演胡伟民、昆曲大师俞振飞、本书作者白先勇。（照片提供 / 白先勇）

父子之情在中国传统家庭中显得格外沉重，有些议题在父子间更加尖锐。父亲 / 陆一龙 饰、阿青 / 莫子仪 饰。（许培鸿 / 摄、中正文化中心 / 提供）

在剧中，杨教头增添了母性的成分，教导并照顾着这群“青春鸟”。杨教头 / 唐美云 饰。（许培鸿 / 摄、中正文化中心 / 提供）

《孽子》舞台剧的序幕。（许培鸿 / 摄、中正文化中心 / 提供）

左：阿凤在龙子的怀中去世，龙子悲恸不已。龙子 / 吴中天 饰、阿凤 / 张逸军 饰。
（许培鸿 / 摄、中正文化中心 / 提供）
右：饰演阿凤的张逸军完全以舞蹈来诠释剧中阿凤的情感世界。
（许培鸿 / 摄、中正文化中心 / 提供）

我想我在写作时是变成另外一个人，
变成看人，看别人，看人生的人。

——白先勇

辑一

现代文学

《现代文学》，培养了台湾年轻一代最优秀的作家。

《现代文学》的回顾与前瞻

《现代文学》是我的一副十字架，当初年少无知，不自量力，只凭一股憨勇，贸然背负起这副重担。

一九六〇年，我们那时都还在台大外文系三年级念书，一群不知天高地厚一脑子充满不着边际理想的年轻人，因为兴趣相投，热爱文学，大家变成了朋友。于是由我倡议，一呼百应，便把《现代文学》给办了出来。出刊之时，我们把第一期拿去送给黎烈文教授，他对我们说："你们很勇敢！"当时他这话的深意，我们懵然不知，还十分洋洋自得。没料到《现代文学》一办十三年，共出五十一期，竟变成了许许多多作家朋友心血灌溉而茁壮，而开花，而终于因为经济营养不良飘零枯萎的一棵文艺之树。对我个人来说，《现代文学》是我的一副十字架，当初年少无知，不自量力，只凭一股憨勇，贸然背负起这副重担，这些年来，路途的崎岖颠踬，风险重重，大概只有在台湾办过同人文艺杂志的同路人，才能细解其中味。

台大外文系一向文风颇盛，开风气之先者，首推我们的学长诗人余光中，那时他早已名震诗坛了。夏济安教授主编《文学杂志》，又培养不少外文系作家。高于我们者，有叶维廉、丛甦、刘绍铭。后来接我们棒的，有王祯和、杜国清、潜石（郑恒雄）、淡莹等。然而我们那一班出的作家最多：写小说的，有王文兴、欧阳子（洪智惠）、陈若曦（陈秀美），诗人有戴天（戴成义）、林湖（林耀福）。还有许多杆好译笔如王愈静、谢道峨，后来在美国成为学者的有李欧梵，成为社会学家的有谢杨美惠。这一伙人，还加上另外几位，组成了一个小社团叫"南北社"（详情见欧阳子《回忆〈现代文学〉创办当年》）。我们常常出去爬山游水，坐在山顶海边，大谈文学人生，好像天下事，无所不知，肚里有一分，要说出十分来。一个个胸怀大志，意气飞扬，日后人生的颠沛忧患，哪里识得半分？陈若曦老闹神经痛，但爬山总是她第一个抢先上去。王文兴常常语惊四座，一出言便与众不同。欧阳子不说话，可是什么都看在眼里。大家一时兴起，又玩起官兵捉强盗来。怎么会那样天真？大概那时台北还是农业社会——清晨牛车满街，南京东路还有许多稻田，夜总会是一个神秘而又邪恶的名词，好像只有一两家。台大外文系那时也染有十分浓厚的农业社会色彩：散漫悠闲，无为而治。我们文学院里的吊钟一直是停摆的，图书馆里常常只剩下管理员老孟（苏念秋）一个人在打坐参禅，而我们大伙却逃课去办《现代文学》去了。幸亏外文系课业轻松，要不然哪里会有那么多的时间精力来写文章办杂志？而且大家功课还不错，前几名都是南北社的人囊括的。

一九五九年大二暑假，我跟陈若曦、王愈静通了几封信，提出创办《现代文学》刍议，得到南北社社员热烈支持。于是大家便七手八脚分头进行，首先是财源问题，我弄到一笔十万块的基金，但只能用利息，每月所得有限，只好去放高利贷（后来几乎弄得《现代文学》破产，全军覆没，还连累了家人）。欧阳子稳重细心，主持内政，总务出纳、订户收发由她掌管。陈若曦闯劲大，办外交、拉稿、笼络作家。王文兴主意多，是《现代文学》编辑智囊团的首脑人物，第一期介绍卡夫卡，便是他的主意，资料也差不多是他去找的，封面由张先绪设计。我们又找到两位高年级的同学加盟：叶维廉和刘绍铭。发刊词由刘绍铭主笔，写得倒也铿锵有声。叶维廉是创刊诗一首：《致我的子孙们》，气魄雄伟。我们那时只是一群初执笔杆的学生，《现代文学》又没有稿费，外稿是很难拉得到的，于是自力更生，写的写，译的译。第一期稿不够，我便化一个笔名投两篇。但也有热心人支持我们的，大诗人余光中第一期起，从《坐看云起时》一直鼎力相助。另一位是名翻译家何欣先生，何先生从一开始便跟《现代文学》结下不解之缘，关系之深，十数年如一日，那一篇篇扎硬的论文，不知他花了多少心血去译。我们的学姊丛甦从美国寄来佳作一篇《盲猎》，外援来到，大家喜出望外。于是由我集稿，拿到汉口街台北印刷厂排版，印刷厂经理姜先生，上海人，手段圆滑，我们几个少不更事的学生，他根本没看在眼里，几下太极拳，便把我们应付过去了。《现代文学》稿子丢在印刷厂，迟迟不得上机，我天天跑去交涉，不得要领。晚上我便索性坐在印刷厂里不走，姜先生被我缠得没有办法，只好将《现代文学》印了出来。一九六〇年三月五日出版那天，我抱着一大沓浅蓝色封面的《现代文学》创刊号跑到学校，心里那份欢欣兴奋，一辈子也忘不掉。

杂志出来了，销路却大成问题。什么人要看我们的杂志？卡夫卡是谁？写的东西这么古怪。几篇诗跟小说，作者的名字大都不见经传。就是有名的，也看不大懂。我们到处贴海报，台大学生反应冷淡，本班同学也不甚热烈，几个客户都是我们卖面子死拉活拖硬抓来的。教授我们送了去，大都不置可否。但也有热心的，像张心漪教授，替我们介绍订户，不惜余力。殷张兰熙女士，百般卫护，拉广告。黎烈文教授对我们十分嘉许，其实只要有人看，我们已经很高兴了。杂志由世界文物供应社发出去。隔几天，我就跑到衡阳路重庆南路一带去，逛逛那些杂志摊。“有《现代文学》吗？”我手里抓着一本《今日世界》或者《拾穗》一面乱翻装作漫不经心地问道。许多摊贩直摇头，没听过这本东西。有些想了一会儿，却从一大沓的杂志下面抽出一本《现代文学》来，封面已经灰尘仆仆，给别的畅销杂志压得黯然失色。“要不要？”摊贩问我。我不忍再看下去，赶快走开。也有意外：“《现代文学》吗？卖光了。”于是我便笑了，问道：“这本杂志那么畅销吗？什么人买？”“都是学生吧。”我感到很满足，居然还有学生肯花钱买《现代文学》，快点去办第二期。第一期结算下来，只卖出去六七百本，钱是赔掉了，但士气甚高，因为我们至少还有几百个读者。其实《现代文学》销路一直没超过一千本，总是赔钱的。因此摊贩们不甚欢迎，摆在不起眼的地方。可是有一位卖杂志的，却是《现代文学》的知音，那就是“孤独国主”诗人周梦蝶先生，他在武昌街的那个摊位上常常挂满了《现代文学》，我们卖不掉的旧杂志，送给他，他总替我们摆出来。有时经过武昌街，看见红红绿绿的《现代文学》高踞在“孤独国”的王座上，心里又感动，又骄傲。我的朋友女诗人淡莹说，她是在周梦蝶那里买到整套《现代文学》的。

虽然稿源困难，财源有限，头一年六期《现代文学》双月刊居然一本本都按期出来了。周年纪念的时候，还在我家开了一个盛大庆祝会。除了文艺界的朋友，又请了五月画会的画家们。像顾福生、庄喆、韩湘宁都替《现代文学》设计过封面，画过插画。张心漪老师、殷张兰熙女士也来捧场，大家真是高兴的，对《现代文学》的前途充满信心。而我们那时也快毕业了，大家回顾，都觉得大学四年太快，有虚度之感。对我个人来说，大学生活最有意义的事，当然就是创办了这本赔钱杂志。家中父母亲倒很支持，以为“以文会友”。确实，我办这本杂志，最大的收获之一，便是结识了一批文友，使得我的生活及见识都丰富了许多。

到了第九期，《现代文学》遭到头一次经济危机。我拿去放高利贷的那家伸铁厂倒掉了。《现代文学》基金去掉一半，这一急，非同小可。那一段时期我天天如同热锅上的蚂蚁，五内如焚。数目虽小，但是我那时是一个身无分文的学生，同学们更不济事。父母亲的烦事多，哪里还敢去扰他们。我跑到伸铁厂好几次，也夹在债权人里跟铁厂索债。别人拿回钱没有我不知道，我那张借据一直存了好几年。有时候拿出来对着发呆，心里想：这个铁厂真可恶，这笔文化钱也好意思吞掉。但杂志总还是要办下去的。幸亏我们认识了当时驻台的美国新闻处处长麦卡瑟（Richard MaCarthy）先生。他是有心人，热爱文学，知道我们的困境，便答应买两期《现代文学》。于是第十、第十一期又在风雨飘摇中诞生了。同时《现代文学》男生也入了营，编务的重担便落到了《现代文学》女将们身上。《现代文学》女将，巾帼英雄，欧阳子坐镇台大，当助教，独当一面。陈若曦在外做事，仍旧办她的外交。我们的学弟们，郑恒雄、杜国清、王祯和也正式加盟，变成《现代文学》的第二代。我在军营里无法帮忙，只有稿援，在那样紧张的生活里，居然凑出了两篇小说来：《寂寞的十七岁》和《毕业》（后改为《那晚的月光》），那是拼命挤出来的。等到女将们离岛，朝中无大臣，《现代文学》的人事危机又到了。十五期半年出不来，形势岌岌可危。一直到我们受训完毕，留美，《现代文学》的形成期终于结束，改为季刊，迈入了一个新的纪元。

我临出去前，将《现代文学》郑重托付给余光中、何欣、姚一苇三位先生。余、何一向与《现代文学》渊源甚深，姚先生则是生力军，对《现代文学》功不可没，值得大书特书。除了自己撰稿——他那本有名的《艺术的奥秘》便是一篇篇在《现代文学》上出现的——又拉入许多优秀作家的文稿来：如陈映真、施叔青、李昂的等等。有了这三位再加上《现代文学》第二代，编辑危机，算是解决。至于财源，出去后，便由我一个人支撑。家里给我一笔学费，我自己则在爱荷华大学申请到全年奖学金。于是我便把学费挪出一部分来，每月寄回一张支票，化作白纸黑字。在美国，最牵肠挂肚的就是这本东西，魂牵梦萦，不足形容：稿子齐了没有？有没有拉到好小说？会不会脱期？印刷费够不够？整天都在盘算这些事。身在美国，心在台湾，就是为了它。这段时间，《现代文学》开始起飞，渐趋成熟。一方面是《现代文学》基本作家本身的成长，另一方面是余、何、姚三位在编辑方面，改进内容，提高了创作水准。这个时间，佳作真多。据咪咪（余光中太太）说，三位太太也动手帮忙，写封套、送杂志。《现代文学》第二代杜国清他们骑脚踏车，奔跑印刷厂，大家干劲十足。我在爱荷华每次接到台北寄来的《现代文学》，就兴奋得通夜难眠，恨不得一口气全本看完。看到陈映真的小说，心里有说不出的感动，又难过。《壁虎》的作者是谁，我打听。原来是一个还在中学念书的小姑娘，我很诧异。施叔青初执笔便气宇不凡，日后果然自成一家。施家文学风水旺，妹妹李昂后来居上，风格特殊。

此后，《现代文学》的编辑人事，经过几次大变动，王文兴、余光中、柯庆明都轮流当过主编及执行编辑。这几位编辑劳苦功高，笔难尽述。只有傻子才办文学杂志，只有更傻的人才肯担任这吃力不讨好的编辑工作，而且是不支薪水的。《现代文学》之所以能苦撑十三年，第一要靠这批编辑们的烈士精神，除了上述几位外，台大外文系的助教王秋桂、张惠鍞，还有中文系的师生都曾出过大力。此外，那时候的作家，对《现代文学》真是义薄云天，不求稿费、不讲名利，他们对于《现代文学》都有一份爱心与期望，希望这份文学杂志能够撑下去。一九七〇年，《中国时报》（发行于台湾地区的主要报纸）创办人余纪忠先生，闻悉《现代文学》财政拮据，慷慨赠送纸张一年，使《现代文学》渡过危机。然而在工商起飞的台湾，一本农业社会理想的同人杂志，是无法生存下去的。跟我们同时挣扎的《文学季刊》《纯文学》都一一英勇地倒扑下去。《现代文学》的经济危机又亮起了红灯。一九七三年世界通货膨胀，台湾的纸价印刷费猛增。我在美国教书的薪水，怎么省也省不下这笔费用来。我有一位中学好友王国祥，也是《现代文学》的忠实读者，知道我的困境，每个月从他的研究费中捐献一百二十块美金，但是两个人合起来的钱，仍然无济于事，第五十一期出毕，我只好写信给当时的编辑柯庆明，宣布《现代文学》暂时停刊。柯庆明来信，最后引了白居易的诗：“野火烧不尽，春风吹又生。”我则回以岳飞的《满江红》：“待从头，收拾旧山河，朝天阙。”岳武穆的这首《满江红》是小时候父亲教授我的，这也是他唯一会唱的歌，常常领着我们唱。后来无论在哪儿听到这首歌，我总不禁感到慷慨激昂。

总观五十一期《现代文学》，检讨得失，我们承认《现代文学》的缺点确实不少：编辑人事更动厉害，编辑方针不稳定，常常不能按期出刊，稿源不够时，不太成熟的文章也刊登出来。然而《现代文学》没有基金，编辑全是义务，行有余力，则于编务。我对于编辑们除了敬佩外，绝不敢再苛求。《现代文学》又没有稿费，拉来文章全凭人情，大概也只有在我们这个重义轻利的中国社会，这种事情才可能发生。因此，除掉先天的限制外，我肯定地认为《现代文学》在二十世纪六十年代，对于中国文坛，是有其不可磨灭的贡献的。

首先，是西洋文学的介绍。因为我们本身学识有限，只能做译介工作，但是这项粗浅的入门介绍，对于台湾当时文坛，非常重要，有启发作用。因为那时西洋现代文学在台湾相当陌生，像卡夫卡、乔伊斯、托马斯·曼、福克纳等这些西方文豪的译作，都绝无仅有。乔伊斯的短篇小说经典之作《都柏林人》我们全本都译了出来。后来风起云涌，各出版社及报章杂志都翻译了这些巨匠的作品，但开始启发读者对西洋现代文学兴趣的，《现代文学》实是创始者之一。译文中，也有不少佳作。举凡诗、短篇小说、戏剧、论文，荦荦大端，名译家有何欣、朱立民、朱乃长等，此外台大外文系助教学生的丰功伟绩也不可抹杀，尤其是张惠鍞，她的翻译质与量在《现代文学》所占的篇幅都是可观的。

当然，《现代文学》最大的成就还是在于创作。小说一共登了两百零六篇，作家七十人。在二十世纪六十年代崛起的台湾名小说家，跟《现代文学》，或深或浅，都有关系。除掉《现代文学》的基本作者如王文兴、欧阳子、陈若曦，及我本人外，还有丛甦、王祯和、施叔青、陈映真、七等生、水晶、於梨华、李昂、林怀民、黄春明、潜石、林东华、汶津、王拓、蔡文甫、王敬羲、子于、李永平等，早已成名的有朱西宁、司马中原、段彩华。这些作家，或发轫于《现代文学》，或在《现代文学》上登过佳作。更有一些，虽然没有文名，而且在《现代文学》上只投过一两篇，但他们的作品，有些绝不输于成名作家，只可惜这些作家没有继续创作，他们的潜力，已经显著，要不然，台湾文坛上，又会添许多生力军。我随便想到的有：奚淞、东方白、姚树华、张毅、黎阳、马健君等。《现代文学》的现代诗，成就亦甚可观，有两百多首，举凡台湾名诗人，一网打尽。《蓝星》《创世纪》《笠》《星座》等各大诗社的健将全部在《现代文学》登过场，还有许多无党无派的后起之秀。《现代文学》对台湾诗坛的特别贡献，是四十六期诗人杨牧主编的“现代诗回顾专号”，对台湾过去二十年现代诗的发展成长，做了一个大规模的回顾展。这种兼容并蓄的现代诗回顾展，在台湾当时，好像还是首创。杨牧编辑这个专号，颇花心血，值得赞扬。

《现代文学》登载本土批评家的论文比较少，但名批评家夏志清、颜元叔、姚一苇、林以亮都有精彩作品，在《现代文学》发表。夏志清教授，对《现代文学》从头到尾同情鼓励，呵护备至。他在一篇论文里提道：“《现代文学》，培养了台湾年轻一代最优秀的作家。”其次，《现代文学》另一项重要工作，则是中国古典文学研究，这要归功台大中文系的师生。《现代文学》后期执行编辑柯庆明，当时在台大中文系当助教，向中文系师生拉稿，四十四、四十五两期“中国古典小说专号”从先秦到明清，对中国古典小说的发展，做了一项全盘的研究，中国古典小说在台湾学界如此受到重视，《现代文学》这个专号，又是首创。在此特别值得一提的，是夏志清教授那本用英文写成的巨著《中国古典小说》，在《现代文学》几乎全部译完登出，这本文学批评，在西方汉学界早已成为众口交誉的经典之作，使西方人对中国古典小说刮目相看。

其实五十二期的稿子，当时已经完全收齐发排了，但因经费问题，始终未能出刊。为了写这篇回忆，我又从箱箧里翻出一些有关《现代文学》的资料来，有一张发了黄的照片，是《现代文学》创刊时，当时的编辑们合照的，一共十二人：戴天、方蔚华、林湖、李欧梵、叶维廉、王文兴、陈次云、陈若曦、欧阳子、刘绍铭、我本人及张先绪。那时大家都在二十上下，一个个脸上充满自信与期望。自信，因为初生之犊，不懂事；期望，因为觉得人生还有好长一段路，可以施展身手，大干一番。我看看照片下面印着的日期：一九六〇年五月九日。算一算，竟有十七年了，而我们这一批人都已进入了哀乐中年。对着这张旧照，不禁百感丛生。我们各人的命运，当初谁能料及？替《现代文学》设计封面的张先绪，竟先去世，而且还死得凄凉。张先绪有才，译文真好，然而个性内向，太敏感。陈若曦勇敢，又喜欢冒险，所以她的一生大风大险多，能做出常人所不能及者。去年她到加州大学来演讲，我们相见，如同隔世，她走路还是那样不甘落后。王文兴、林湖、陈次云都在母校教育下一代，成为台大外文系的中坚分子。叶维廉、刘绍铭、李欧梵在美国大学教书，各有所成，是美国汉学界后起之秀。方蔚华曾执教政大，已为人父。

很多年没有见到诗人戴天，去年到香港，他请我吃饭，两人酩酊大醉，因为大家都有了“今夕复何夕，共此灯烛光”的感慨。十七年前，戴天到我家，煮酒论诗，醺醺然，不知东方既白，少年情怀，毕竟不同。十七年，时间的担子，是相当沉重的。欧阳子在美国除写作外，相夫教子，家庭美满，然而却遭天忌，患了严重的眼疾，网膜剥落，双目都动过大手术，视力衰退。一九七四年，我到得州去探访她，我们同时都感到，时间的压迫，愈来愈急促，于是我们觉得要赶快做一些有意义的事。欧阳子以超人的勇气，在视觉模糊的状态下，完成了她的论文集《王谢堂前的燕子》，接着一鼓作气，又单独编辑了《现代文学小说选集》。编选这本集子，欧阳子真花了不少心血，她把《现代文学》上二百多篇小说全部仔细看过，经过深思熟虑，挑出了三十三篇精作，每篇都加以短评，她的短评，寥寥数语，便将小说的精髓点出，对读者大有帮助，而且她的书后目录做得特别详细完整，书后附有《现代文学》所有的小说篇名，以及每位作者名下所投《现代文学》之小说篇目，对于日后研究《现代文学》小说及作家的人有莫大方便。她这种编选态度之严谨认真，堪为楷模。

重读一遍这本选集的小说，更肯定了我对《现代文学》的看法，《现代文学》最大的贡献，在于发掘培养台湾年轻一代的小说家。这本选集中三十三篇小说，大多杰出，可以称为二十世纪六十年代台湾短篇小说的优秀典例。其中有数位早已成名或日后成名的，但是他们投在《现代文学》上的小说，却往往是他们最好的作品。如朱西宁的《铁浆》，我认为是他所有短篇中的佼佼者，主题宏大：中国传统社会与现代文明的冲突；形式完整：以象征手法，干净严谨的文字，将主题意义表达得天衣无缝。这真是一篇中国短篇小说的杰作。又如陈映真的名著《将军族》，正如欧阳子所评：“这是一篇感人至深的佳作。”他的人道主义在《将军族》中两个卑微的角色身上，发出了英雄式的光辉灿烂。这一篇，应当是他的代表作。再如黄春明的《甘庚伯的黄昏》，虽然这是他投到《现代文学》唯一的一篇，但是这篇感人肺腑的小说，以艺术形式来说，我觉得是他最完整的一篇，无一赘语，形式内容相互辉映。还有几篇，在台湾小说发展史上，有其特殊意义。从甦的《盲猎》，无疑的，是台湾作家受西方存在主义影响，产生的第一篇探讨人类基本存在困境的小说。王祯和的《鬼·北风·人》是他初登文坛，在《现代文学》所投的第一篇。王祯和以前，当然还有许多本土作家描写台湾乡土色彩的作品。但王祯和所受的是战后教育，中文应用纯熟。他这篇小说台湾方言的运用，以及台湾民俗的插入，是他刻意经营的一种写实主义，他这种乡土写实作风，对日后流行的所谓台湾乡土文学有启发作用，而选集中这篇《鬼·北风·人》则是先驱。但《现代文学》这本小说选集，另外更重要的一个意义，是收集了许多篇文名不盛作家的佳品。因为成名作家，个人都有选集，作品不至湮没，但是名气不大的作家，他们这些沧海遗珠，如果不选入集内，可能就此埋没，在中国文学史上，将是大大损失，因为他们这几篇作品，写得实在好，与名家相比，毫无逊色。例如奚淞的《封神榜里的哪吒》（注：简体版书名《哪吒》），从中国传统神话中，探索灵肉不能并存的人生基本困境，欧阳子认为：“其表达方式与主题含义，皆具惊人的独创性。”又如黎阳的《谭教授的一天》，我认为是描写台湾学府知识分子小说中的上乘作品，笔触温婉，观察锐利，从头至尾一股压抑的感伤，动人心弦。东方白的作品，研讨人类罪与罚的救赎问题，含义深刻，启人深思。姚树华的《天女散花》，刻画社会阶级间无法跨越的障碍，感人之至。综观选集中三十三篇作品，主题内容丰富而多变化，有研究中国传统文化之式微者，如《铁浆》《游园惊梦》；有描写台湾乡土人情者，如《鬼·北风·人》、陈若曦的《辛庄》、林怀民的《辞乡》、严的《尘埃》；有刻画人类内心痛苦寂寞者，如水晶的《爱的凌迟》、欧阳子的《最后一节课》；有研究人类存在基本困境者，如《盲猎》《封神榜里的哪吒》、施叔青的《倒放的天梯》；有人生启发故事（initiation stories），如王文兴的《欠缺》；有赞颂人性尊严者，如《将军族》《甘庚伯的黄昏》；还有描述海外中国人的故事，如於梨华的《会场现形记》、吉铮的《伪春》。三十三位作家的文字技巧，也各有特殊风格，有的运用寓言象征、有的运用意识流心理分析、有的简朴写实、有的富丽堂皇，将传统融于现代，借西洋糅入中国，其结果是古今中外集成一体的一种文学，这就是中国台湾二十世纪六十年代的现实，纵的既继承了中国五千年沉厚的文化遗产，横的又受到欧风美雨猛烈的冲击，我们现在所处的，正是中国几千年来文化传统空前剧变的狂飙时代，而这批在台湾成长的作家亦正是这个狂飙时代的见证人，目击如此新旧交替多变之秋，这批作家们，内心是沉重的、焦虑的。求诸内，他们要探讨人生基本的存在意义，我们的传统价值，已无法作为他们对人生信仰不二法门的参考，他们得在传统的废墟上，每一个人，孤独地重新建立自己的文化价值堡垒，因此，这批作家一般的文风，是内省的、探索的、分析的；然而形诸外，他们的态度则是严肃的、关切的，他们对于社会以及社会中的个人有一种严肃的关切，这种关切，不一定是“五四”时代作家那种对社会改革的狂热，而是对人一种民胞物与的同情与怜悯——这，我想是这个选集中那些作品最可贵的特质，也是所有伟大文学不可或缺的要素。在这个选集中，我们找不出一篇对人生犬儒式的嘲讽，也找不出一篇尖酸刻薄的谩骂。这批作家，到底还是受过儒家传统的洗礼，文章以温柔敦厚为贵。

《现代文学》一九七三年停刊，于今三载半，这段时期，我总感到若有所失，生命好像缺了一角，无法弥补。有时候我在做梦：到哪里去发一笔横财，那么我便可以发最高薪水请一位编辑专任《现代文学》；发最高稿费，使作家安心写作；请最好的校对，使《现代文学》没有一个错字；价钱定得最便宜，让穷学生个个人手一册。然而我不死心，总在期望那春风吹来，野草复生。其实《现代文学》这几位基本作家，个个对文学的热爱，都不减当年。王文兴写作一向有宗教苦修精神，前年《家变》一出，轰动文坛。欧阳子写作不辍，《秋叶》集中，收有多篇心理小说佳作。陈若曦兜了一大圈，还是逃不脱缪斯的玉掌，又重新执笔，《尹县长》像一枚炸弹，炸得海外左派知识分子手忙脚乱。至于我自己也没有停过笔，只是苦无捷才，出了一本《台北人》，一个长篇，磨到现在。按理说，我们人生经验丰富多了，现在办一本文学杂志，应当恰逢其时。

去年返台，远景出版社负责人沈登恩来找我，“远景”愿意支持《现代文学》复刊。我跟几位在台的《现代文学》元老商量，大家兴奋异常。施叔青请我们到她家吃饭，在座有多位《现代文学》从前的作家编辑，酒酣耳热，提到《现代文学》复刊，大家一致举杯支持，姚一苇先生竟高兴得唱起歌来，我从来没见他那样青春，那样焕发过。而我自己，我感到我的每个细胞都在开始返老还童。

复刊后的《现代文学》，我们的期望仍只是一个：登刊有价值的好文学，发掘培养优秀的青年作家。我相信现在台湾的优秀作家，比我们当年一定要多得多。《现代文学》将继承我们以往兼容并蓄的传统，欢迎有志于文学的作家，一同来耕耘、来切磋、来将《现代文学》的火炬接下去，跑到中国文学的圣坛上，点燃起一朵文艺火花。《现代文学》发刊词里有一段话，我引下来，作为本文的结束语：

我们愿意《现代文学》所刊载不乏好文章，这是我们最高的理想。我们不愿意为辩证“文以载道”或“为艺术而艺术”而花篇幅，但我们相信，一件成功的艺术品，纵非立志为“载道”而成，但已达到了“载道”的目的……

《现代文学》创立的时代背景及其精神风貌

写在《现代文学》重刊之前

文学创作的确是一番艰辛而又孤独的自我挣扎，自我超越，不宜揠苗助长。

《现代文学》于一九六〇年三月创刊，距离现在，已有二十八年。其间一九七三年出刊到五十一期时，因为经济上无法支撑，一度暂时停刊。三年半后，获远景出版社的支持，得以复刊，又出了二十二期，一直到一九八四年，这本赔钱杂志实在赔不下去了，才终告停刊。复刊的时候，我曾写过一篇文章：《〈现代文学〉的回顾与前瞻》，把《现代文学》创刊的来龙去脉，这本杂志做过的一些工作，以及《现代文学》的作家和他们的作品，都详尽地介绍过。因为那篇文章写在复刊前夕，心情兴奋，前瞻的欣喜，倒是多于回顾的惘然。现在算算，那也是十一年前的事了，经过悠长时间的磨洗，《现代文学》已渐渐变成了历史。当今大学生看过前一阶段《现代文学》的恐怕已经不多，往年购买《现代文学》的读者，可能也只有少数藏有全套杂志。近几年，愈来愈感到时间洪流无可拒抗的威力，眼见许多人类努力的痕迹，转瞬间竟然湮没消逝，于是我便兴起了一个愿望：希望有一天能够重刊《现代文学》，使到这本曾经由许多文学工作者孜孜矻矻耕耘过的杂志，重现当年面貌，保存下来，作为一个永久记录。

我常常被问到几个问题：当年你们怎么会办《现代文学》的？为什么你们那一伙有那么多人同时从事文学创作？你们怎么会受到西方现代主义的影响的？如今有了时间的距离，经过一番省思，我对这些问题，可能有了一些新的看法。我得到的结论是，《现代文学》创刊以及二十世纪六十年代现代主义在台湾文艺思潮中崛起，并非一个偶然现象，亦非一时标新立异的风尚，而是当时台湾历史客观发展以及一群在成长中的青年作家主观反应相结合的必然结果。

那时我们都是台湾大学外文系的学生，虽然傅斯年校长已经不在了，可是傅校长却把从前北京大学的自由风气带到了台大。我们都知道傅校长是“五四运动”的学生领袖，他办过当时鼎鼎有名的《新潮》杂志。我们也知道文学院里我们的几位老师台静农先生、黎烈文先生跟“五四”时代的一些名作家关系密切。当胡适之先生第一次从大陆返台，公开演讲时，人山人海的盛况，我深深记在脑里。“五四运动”对我们来说，仍旧有其莫大的吸引力。“五四”打破传统禁忌的怀疑精神，创新求变的改革锐气，对我们一直是一种鼓励，而我们的逻辑教授殷海光先生本人就是这种“五四”精神的具体体现。

台大外文系当年无为而治，我们乃有足够的时间去从事文学活动。我们有幸，遇到夏济安先生这样一位学养精深的文学导师，他给我们文学创作上的引导，奠定了我们日后写作的基本路线。他主编的《文学杂志》其实是《现代文学》的先驱。

《现代文学》创刊的成员背景相当复杂多元，而由这些成员的背景也可以了解到《现代文学》创刊的动机与风格的一斑。我们里面，有的是迁台后成长的外省子弟，像王文兴、李欧梵及我自己，有的是光复后接受国民政府教育长大的本省子弟如欧阳子、陈若曦、林耀福，也有海外归来求学的戴天、叶维廉、刘绍铭。我们虽然背景各异，但却有一个重要的共同点，我们都是战后成长的一代，面临着一个大乱之后曙光未明充满了变数的新世界。外省子弟的困境在于：大陆上的历史功过，我们不负任何责任，因为我们都尚在童年，而在大陆失败的悲剧后果，我们却必须与我们的父兄辈共同担当。事实上我们父兄辈在大陆建立的那个旧世界早已瓦解崩溃了，我们对那个早已消失只存在记忆与传说中的旧世界已经无法认同，我们一方面在父兄的庇荫下得以成长，但另一方面我们又必得挣脱父兄加在我们身上的那一套旧世界带过来的价值观以求人格与思想的独立。艾力克生（Erik Erikson）所谓的“认同危机”（identity crisis）我们那时是相当严重的。而本省同学亦有相同的问题，他们父兄的那个日据时代也早已一去不返，他们所受的中文教育与他们父兄所受的日式教育截然不同，他们也在挣扎着建立一个政治与文化的新认同。当时我们不甚明了，现在看来，其实我们正站在台湾历史发展的转折点上，面临着文化转型的十字路口。迁台后，经过十年惨淡经营，台湾正开始从农业社会转向工商社会，而战后的新文化也在台湾初度成形，我们在这股激变的洪流中，探索前进，而我们这一代，无论士农工商，其实都正在参与建造一个战后的新台湾。“五四运动”给予我们创新求变的激励，而台湾历史的特殊发展也迫使我们着手建立一套合乎台湾现实的新价值观。这一切都是在不自觉的情况下进行着，我们成长的心路历程也有其崎岖颠簸的一面。

新文学运动，往往受了外来文化的刺激应运而生，历史上古今中外不乏前例。唐朝时中国从印度大量输入佛经，佛经的译介，基本上改变了中国的文学与艺术。王维的诗、汤显祖的戏曲、曹雪芹的小说都是佛教文化熏陶下开放出来的灿烂花朵。我们中国人最足以自豪的《红楼梦》，其实也不过是佛家一则顽石历劫的寓言。“五四”的新文学基本上也是受了西方文化的刺激而诞生的。鲁迅、巴金、曹禺、老舍、徐志摩等人没有一个不受过外国文学的影响。二十世纪六十年代初，我们在外文系念书，接触西方文学，受其启发，也就是很自然的了。但在西方文学的诸多流派中，现代主义的作品的确对我们的冲击最大。十九世纪末以来近半个世纪现代主义波澜壮阔，蔚为主流，影响到西方各种艺术形式。要言之，现代主义是对西方十九世纪的工业文明以及兴起的中产阶级庸俗价值观的一个大反动，因此其叛逆性特强，又因欧洲经过两次大战，战争瓦解了西方社会的传统价值，动摇了西方人对人类、人生的信仰及信心，因此西方现代主义的作品中对人类文明总持着悲观及怀疑的态度。事实上二十世纪的中国人所经历的战争，比起西方人有过之而无不及，我们的传统社会及传统价值更遭到了空前的毁灭。在这个意义上我们的文化危机跟西方人的可谓旗鼓相当。西方现代主义作品中叛逆的声音、哀伤的调子，是十分能够打动我们那一群成长于战后而正在求新望变彷徨摸索的青年学生的。卡夫卡的《审判》、乔伊斯的《都柏林人》、艾略特的《荒原》、托马斯·曼的《威尼斯之死》、劳伦斯的《儿子与情人》，以及当时人人都在争读的加缪的《异乡人》（又译《局外人》），这些现代主义的经典之作，我们能够感受、了解、认同，并且受到相当大的启示。二十多年后，西方“现代主义”的影响在台湾逐渐式微时，海峡的那一边，大陆的学界文坛却出人意料之外地燃起了“现代主义”的火苗，尼采、沙特的哲学，弗洛伊德的心理学，以及卡夫卡的小说在青年知识分子之间，竟然成为畅销书，大陆剧作家高行健的“荒谬剧”在北京上演，场场客满，观众多为学生。经过“文革”，大陆的青年知识分子也开始在反省深思，摸索探求，在寻找新的文化价值了。卡夫卡的《审判》能够引起大陆读者的认同是能理解的，《审判》简直可以说是“文革”的一则寓言。“现代主义”是西方文化危机的产物，所谓乱世之音。而这一代的大陆青年知识分子成长于“文革动乱”之中，能引起他们的共鸣，也是很自然的事了。

我们在外文系研读西洋文学的同时，也常常到中文系去听课。记得那时我们常去听郑骞老师讲词，叶嘉莹老师讲诗，王叔岷老师讲《庄子》，其实不自觉的我们也同时开始在寻找中国的传统。这点使得我们跟“五四”那一代有截然不同之处，我们没有“五四”打倒传统的狂热，因为中国传统文化的阻力到了我们那个时代早已荡然。我们之间有不少人都走过同一条崎岖的道路，初经欧风美雨的洗礼，再受“现代主义”的冲击，最后绕了一大圈终于回归传统。虽然我们走了远路，但在这段歧途上的自我锻炼及省思对我们是大有帮助的，回过头来再看自己的传统，便有了一种新的视野、新的感性。取舍之间，可以比较，而且目光也训练得锐利多了，对传统不会再盲目顺从，而是采取一种批判性的接受。我们对待中国传统文化毕竟要比“五四”时代冷静理性得多，将传统融入现代，以现代检视传统，我们在融合传统与现代的过程中，大家都经过了一番艰苦的挣扎，其实这也是十九世纪以来，中国文化再造的大难题。百多年来，一代又一代的中国知识分子似乎都命定要卷入中西文化冲突的这一场战争中。

我们战后成长的这一代，正处于台湾历史的转折时期，由于各种社会及文化因素的刺激，有感于内，自然欲形之于外，于是大家不约而同便开始从事文学创作。那时我们只是一群默默无闻的学子，当时台湾的报章杂志作风比较保守，我们那些不甚成熟而又刻意创新的作品自然难被接受，于是创办一份杂志，刊载我们自己以及其他志同道合文友们的作品，便是一件顺理成章的事了。事实上，这股创造台湾新文学的冲动，并不限于台大外文系的学生。二十世纪五十年代后期，《现代诗》《蓝星》《创世纪》等几家现代诗刊早已发难于前，做了我们的先驱，而政治大学尉天骢等人创办的《笔汇》也比我们略早发刊。可见得二十世纪六十年代台湾的新文学运动并不是一个孤立偶发的现象，而实在是当时大家有志一同，都认为台湾文学，需要一个新的开始。

《现代文学》是同人创办的所谓“小杂志”，我们当时完全不考虑销路，也没有想去讨好一般读者的趣味，所以这本杂志走的一直是严肃文学的路线。因为曲高和寡，销路不佳，始终亏损累累，但是却因此保持了我们一贯的风格。我们那时虽然学识不够，人生经验也很幼稚，但我们对文学的态度，却是绝对虔诚的。我们那时写作，根本谈不上名利，因为《现代文学》的销路一直在一千本上下，引不起社会的注意，而经费又不足，发不出稿费。我们那时努力创作可能也抱有年轻人的一种理想与使命感吧，要为台湾文学创立一种新的风格。现在回想起来，我们当初在《现代文学》那本冷杂志上面壁十年，对日后的写作生涯倒是很有益处的。唯其没有名利的牵挂，写作起来，可以放胆创新，反正初生之犊，犯了错误也不足挂齿。那一段时期的磨炼，确实替我们扎下了根基。现在台湾的报纸杂志多了，稿费高，奖金多，青年作家成名太快，可能对他们的创作不一定有帮助。文学创作的确是一番艰辛而又孤独的自我挣扎，自我超越，不宜揠苗助长。二十世纪六十年代那种严肃而又朴素的文风，倒不禁令人怀念起来。

《现代文学》的创立，对我个人来说，最有意义的是结识了一大群志同道合的文友，大家同时在一本杂志上耕耘，无形中也有一种互相激励的作用，这大概就是所谓的“以文会友”吧，那的确是一种乐趣。最难能可贵的是在《现代文学》上投稿的作家，各人的文风各异，文学观也不尽相同，彼此居然相安无事。我想不起我们之间曾经为了文学观点互异而起争执的事情，这简直近乎奇迹。试看看早期在《现代文学》写稿的这份作家名单：写小说的有丛甦、刘大任、朱西宁、蔡文甫、王祯和、陈映真、黄春明、施叔青、李昂、林怀民、七等生等以及《现代文学》几个基本作家欧阳子、陈若曦、王文兴跟我自己，诗人也有一大群，各路人马，汇集一堂，竟然能够“和而不同”，我想那是因为当时大家对文学都有一个共识：文章是千古事、不朽之盛业。在这个大前提下，个人之间的歧异就显得微不足道了。大家各说各话，互不干扰，一时倒也呈现出一片百花齐放的局面。《现代文学》虽以“现代”为名，但并非定于一尊；虽然那时还没有“乡土文学”这个名词，可是一些后来被认为是“乡土文学”的代表作家以及他们的作品早已在《现代文学》上出现过了，“现代”与“乡土”在这本杂志上从来就没有对立过，而往往一篇作品中，这两种要素并立不悖。文学本来就有无限的可能性，以现代手法表现乡土感情，也是其中的一种。例如在《现代文学》上发表的王祯和的第一篇小说《鬼·北风·人》就是一篇地道乡土而又完全现代的杰作。

二十世纪六十年代走严肃文学路线提倡实验创新的杂志不多，《现代文学》在那段期间提供了一块文学园地，让一大群有才华有理想的青年作家，播种耕耘，开花结果，日后大都卓然成家，成为台湾文学的中坚。这，恐怕就是《现代文学》最大的功劳了。稍后《文学季刊》创刊，也培养了不少优秀作家，并且开创了一个新的创作方向。到今天我还记得有几位作家的初创首篇在《现代文学》上发表时，令我感到的惊喜之情。有一天在台大文学院的走廊上，有三个低我们一班的学弟来找我，要投稿到《现代文学》，那就是杜国清、郑恒雄（潜石）和王祯和。我拿到王祯和的处女作，马上跟王文兴几个人传阅欣赏，大家惊叹不止，我那时好像已经看到王祯和的未来。我的画家朋友顾福生拿给我一篇小说《惑》，是他的女学生写的，那个女孩子只有十六七岁，我颇为讶异，我说那篇小说很怪，那个女孩子有怪才，我拿去《现代文学》上发表了。那个女孩叫陈平，就是日后的三毛。许多年后，三毛才吐露，原来就是因为《惑》的发表，她才决定弃画从文，开始了她的写作生涯。从前我只知道奚淞是个才气纵横的青年画家，并不知道他也有文才。有一次他很淡然地告诉我，他写了一篇小说，要我看看。我一看，大吃一惊，《封神榜里的哪吒》像一颗光芒四射的夜明珠，令人目为之炫。那是一篇我自己也想写而没能写出来的寓言小说。我在美国接到二十三期《现代文学》，有一篇小说《壁虎》，特别引起我的注意。这篇小说写得剽悍，我以为是男作家写的，向姚一苇先生打听，原来施叔青竟是个在中学念书的女生。这些发现，都曾带给我莫大的喜悦。那些作家那时都那样年轻，而且一出手就气度不凡。《现代文学》的确发表了不少优秀的短篇小说，那些作品有的到今天还是能够经得起时间的考验的。

随着台湾社会转型，二十世纪八十年代工商起飞，同人办的文学杂志在台湾的生存空间几乎接近于零。多元化的工商社会朝气蓬勃，勇往直前，但也有其飞扬浮躁，急功近利的一面。台湾文学的发展，一直是我最关心的一件事，总希望台湾文学茁壮结实，蒸蒸日上。爱之深，责之切，就不免有许多杞忧。于是我便想如果能将《现代文学》重刊，将《现代文学》作家群从前那种不问收获的垦荒精神再现给台湾的青年读者，也许对一些有志于文学创作的年轻人产生一种鼓励，因为他们现在的客观条件毕竟比我们当年优越得多；如果他们也肯披荆斩棘，苦苦耕耘，成就一定远超过我们。这个宏愿，终于能够实现了。去年夏天在台北遇见了允晨出版社的负责人吴东升及林伯峰二位先生，他们对文化事业的推展，满腔热忱，他们赞成我的构想，同意重刊《现代文学》一至五十一期。他们尊重《现代文学》一贯的精神，此次重刊，不以营利为目的，若有盈余，可能设立文学基金，奖励青年作家写作出版。最重要的，重刊的《现代文学》将有低价的普及本，让青年学生也有能力购买。这次重刊，先出一至五十一期，因为前期的《现代文学》早已没有存书，历史价值也许比较大些，日后有机会，再将后期的二十二期补齐。当然，后二十二期也有许多重要的作家及他们的作品：马森、黄凡、陈雨航、吴念真、宋泽莱、蒋勋等，而且几个专辑"'文革'文学""抗战文学"，也有其特殊意义。

这次《现代文学》能够重刊，丘彦明的功劳最大，这位《联合报》副刊、《联合文学》的名编辑，不辞劳苦，自告奋勇，策划《现代文学》重刊。她花了不少时间精力编纂作家及作品的生平索引、大事年表等等，而且又力邀当年《现代文学》的作家及主编，撰写“《现代文学》与我”，回忆当年在《现代文学》投稿及编辑这本杂志的情况。他们这些文章，日后都将成为台湾文学的重要史料。《现代文学》的成长，与我自己的写作生涯可谓唇齿相依，为了这本杂志，我曾心血耗尽。对它，我是一往情深，九死无悔的。

辑二

游园·惊梦·孽子

千千万万个折磨，接受最后一刻的审判，
千千万万个工作，换取最后的一场欣赏。

游园惊梦二十年

怀念一起“游园”、一同“惊梦”的朋友们

像这样的好戏，一个人一生也只能看到一回罢了！

一九八二年八月中一个风雨交加的晚上，台北市中山纪念馆前有这样一幕景象：在大雨滂沱中，有上千把雨伞蜂拥而至，那是一幅十分壮观而又激动人心的场面。原来《游园惊梦》舞台剧演到第六场，忽然台风过境，本来中山纪念馆已经闭馆，那晚的戏几乎无法上演。但一个月前《游》剧十场戏票早已预售一空，台湾各家媒体竞相报道，观众的期望已经达到沸点，那天下午，制作单位“新象”接到几百通观众打来询问的电话。正在千钧一发之际，台风突然转向，我拉起制作人樊曼侬直奔世华银行把正在开会的市府秘书长马镇芳请出来，要求他下令中山纪念馆开馆，否则我们无法向过度热烈的观众交代。马秘书长了解情况严重，马上打电话给童馆长，请他开馆。当晚在倾盆大雨中，中山纪念馆二千四百个座位，无一虚席，而且

连过道上都坐满了人，有些买不到票的观众不知怎的也钻了进去。那晚，冒着风雨到中山纪念馆的观众，的确不虚此行观赏到一场精彩绝伦的表演：卢燕、归亚蕾、胡锦、钱璐、陶述、曹健、崔福生、刘德凯、吴国良、王宇这些海内外资深的表演艺术家，都把他们的绝活儿在舞台上发挥到了极致，他们在台湾的舞台上，树立了一道戏剧表演里程碑。《游》剧中有这样一句戏词：

像这样的好戏，一个人一生也只能看到一回罢了！

这是戏中赖夫人（钱璐饰）的一句话，抗战胜利后，她在上海美琪大戏院看到梅兰芳、俞振飞珠联璧合演出昆曲《游园惊梦》有感而发。我相信二十年前那个台风夜，看过那场精彩表演的观众，不少人事后回忆起来，也有同感。

《游园惊梦》舞台剧其实也就是在风雨飘摇中成形的，过程的艰难惊险可以写成一本书。《游》剧创下多项纪录，是空前的，恐怕也是绝后的了。首先我们能把这一台最优秀的舞台剧演员凑在一起已属奇迹，而且这些名演员竟分文酬劳不取，因为我们付不起他们的演出费用。他们完全是为了表演艺术，全身投入。我天天去看他们排练，足足排了一个半月，眼看着导演黄以功跟演员们每天磨戏八小时。是在排戏期间，我看到了这些资深演员的敬业态度和自我要求的努力，没有一个缺席、没有一句怨言。他们这种为艺术献身的精神，令我肃然起敬，同时也看到培养出千锤百炼的舞台演技是项多么耗费心血的事业。

我们的舞台工作者也是一时之选的艺术家。舞台设计聂光炎，音乐许博允，书法董阳孜，摄影谢春德、张照堂，服装设计王榕生，这些人都是各当一面的宗主，而且他们的贡献也是分文不取的，那是一次艺术智慧的互相激荡。聂光炎设计的那堂富丽堂皇的场景迄今仍是经常被用以示范的经典之作。董阳孜一手龙飞凤舞的书法使得舞台上满溢着书香气。许博允的音乐一声怨笛奏起，观众的情绪也就跟着悠悠地回溯到金陵秦淮去了。谢春德把卢燕、胡锦、归亚蕾最美丽的一刻定了格，化作永恒。这群杰出的艺术家，把《游》剧装扮得花团锦簇、美轮美奂。能把这群艺术家聚齐一堂，为《游》剧共襄盛举，又是另外一项奇迹。

当然，舞台剧最后就是要看演员的表演，演员的“做功”决定一出戏的成败。《游》剧的那一台演员个个都是好角，全都铆上，把看家本领施了出来，演员们过足了戏瘾，观众也都看得凝神静气，如痴如醉。我一连看足了十场，总算没有白辛苦一场。《游》剧虽然有很多精彩的片段，但我觉得最动人心弦的就是年迈的钱将军（曹健饰）临终时与他年轻貌美的夫人蓝田玉（卢燕饰）那一场对手戏。曹健的戏不多，可是他饰演的钱鹏志钱将军却是个关键人物。曹健把钱将军演活了，临终时对他年轻夫人几声疼惜而又谅解的呼唤“老五——”把观众的眼泪都叫出来了。曹健在以我作品改编的电影《金大班的最后一夜》及《孽子》中也露过面，角色完全不同，可是曹健来演样样称称，这就是老演员的功夫，演什么像什么。《游园惊梦》正式公布排演的记者会上，曹健代表演员们致辞，他说他最喜欢演出的还是舞台剧，因为在舞台上才显得出真功夫。的确，在《游》剧的舞台上，曹健表现了他的大将之风。前一阵子在报上看到曹健因中风而逝世，他多年的伴侣钱璐女士一位同样优秀的演员哀恸莫名的消息，不胜唏嘘。钱将军真的走了，将军一去，大树飘零。曹健的确是演艺界的一员桓桓上将。

为演《游》剧，我们也招考了三位新演员：孙维新、陈燕真和王志萍。当时孙维新是台大物理系的毕业生，也是台大戏剧社社长。孙维新饰演程参谋，这是个相当吃重的角色，孙维新居然周旋在一群资深演员：归亚蕾、胡锦、卢燕中，应付三位难伺候的夫人，从容不迫。孙维新有极高的演艺天分，不过他现在已是天文物理博士，台湾“中央大学”的名教授了；陈燕真是师大昆曲社的社长，我们在招考面试的时候，陈燕真表现最突出，是位才貌双全的可造就之材。她唱昆曲，嗓音宽厚甜润，身段做功中规中矩。陈燕真结婚后赴美定居在洛杉矶，我们还偶有联络。我知道她对昆曲的热爱依旧，而且还特别拜了昆曲名旦华文漪为师，把她的拿手戏《断桥》学了来。有一次，陈燕真突然打电话给我，告诉我她要在洛杉矶登台票戏演昆曲《断桥》，请我无论如何要去看她表演。她在电话里说得那样恳切，当然我也就去捧场。那天陈燕真在台上演得异常努力，她拜师后的演技果然大为精进。华文漪告诉我，陈燕真是她所收最认真的一位弟子。那天演完戏，我到后台去道贺，只看到她一身汗水透衣，整个人虚脱了一般，她演那出戏好像把她所有的生命都投了进去。事实上也是如此，事后我才知道，原来陈燕真那时知道自己患了癌症，已达末期，那是她一生中最后一次表演，她把所余的一点生命，献给了她一生所爱的艺术——昆曲。没有多久，陈燕真回到台湾，病逝家中。在《游》剧中陈燕真扮演票友徐太太，在戏里她唱了四句昆曲，是《游园惊梦》中［皂罗袍］的警句：

原来姹紫嫣红开遍

似这般都付与断井颓垣

良辰美景奈何天

赏心乐事谁家院

燕真事业家庭两坎坷，年纪轻轻，香消玉殒，这四句戏词竟成了她短短一生的写照。

二十年倏忽而过，人世几许沧桑，几许变幻。同是曾经一起“游园”、一同“惊梦”的老友们，对我们当年那一场灿烂绚丽的美梦仍然无限缅怀，不胜依依，趁着《游》剧演出二十周年，大家还要欢聚一堂，重温旧梦，并且怀念那些再也无法跟我们一起“寻梦”的朋友们。

白先勇、胡伟民往来书信

《游》剧在穗、沪、京演出成功后，应到东南亚及美国等地演出。美国要看此剧的观众有的是，东南亚就更多了。

白先勇致胡伟民[1]书信

一

伟民兄：

接到你的来信，知道《游园惊梦》舞台剧真的有可能在北京、广州演出，非常兴奋。我们在上海兴国宾馆的构想真的要付诸实施了。我还在十月份用航空寄了一本《游》剧剧本、资料，以及节目单给你，寄到你上海寓所，显然你没有收到。我上星期又寄了同样一份给你，

1 胡伟民（一九三二—一九八九），曾任上海青年话剧团导演，一九八八年担任《游园惊梦》舞台剧大陆版导演。

用双挂号寄到上海安福路二〇一号，请留意。最重要的是我托谢普带给你一卷《游》剧台北演出现场录像，录像带是美国制，中国普通机器不能放，复旦大学有多系统放映机可以放映，上海电视台也应该有吧？这卷录影供你参考，你可以截长补短，另辟蹊径。我对于台北演出，有几点意见、感想：

先讲优点：主要演员入戏，配搭得不错，尤其卢燕饰钱夫人，戏非常吃重，她把钱夫人的内心戏演出来了。灯光、音乐配合得不错，把气氛烘托了出来，服装设计还称职。

缺点：多元媒体运用不够纯熟，尤其是电影那一段不够细致。舞台受先天限制（这本不是个话剧舞台），变化不够灵活。

此剧在大陆演出我有些意见供你参考：

这个剧主要是个“回忆剧”（Memory Play），近似契诃夫式的“气氛剧”（如《三姐妹》），怀旧的调子重，重抒情，但演员道白应避免“文艺腔”，情感不宜夸大浅露。因为有许多“意识流”的独白，演员要求严格，需有京昆底子，要不然做身段不当行。合适演员相当难找（注：原剧本中用“钱鹏公”或“钱鹏志”处酌量改为“钱将军”，“程志刚”有时可改为“程参谋”）。

人物：钱鹏志这个人物绝对不能丑化，他不是一个“军阀”，而是一个懂得怜才的将军。程志刚也不能演得轻浮，他是一个善于察言观色，能周旋于贵夫人之间的英俊军官。这两个人一旦丑化，这出戏便变成讽刺剧，那就不是本剧的原意了。我寄给你的书中有几篇论文值得参考，尤其是欧阳子论《游园惊梦》小说那篇，很精辟。

音乐：应以昆曲中［皂罗袍］［山坡羊］的曲调为主题，加以变化。尤其回忆部分利用音乐带进带出，极有效。

舞台设计：整个剧是“虚”“实”交叉，现在与过去如何表示，恐怕是设计上的大挑战。

多元媒体：电影那一段，如果不便摄制可以取消，另设法念独白。幻灯运用亦得精确设计。台北演出，除了书法外，其他幻灯并不很成功。

服装：我认为不必太写实，赴宴男士似乎穿长袍比西装好看，钱鹏志也不一定着军服。

另外，剧本上的一些缺点：

一、开头太注重介绍笛王顾传信，后来没有给他戏，头重脚轻，可以适当加他的戏，比如让他表演吹笛。

二、赴宴的客人似嫌人少，场面不够热闹，也需考虑再加一两位票友（不必开腔的）作陪。

三、台北演出的一大败笔，钱夫人最后说：“我的嗓子哑了——”场面突然僵住，众客人面面相觑，时间停得不够。

四、有些独白，也许重复的地方太多，可以删去几句。

我相信你一定有一套自己的构想，我的意见只供你参考，我并寄上一套幻灯片做参考资料。

我对此剧的演出颇有信心，如果演出成功，我认为应该到世界各地上演，一定大大轰动，来美国都有可能，我当尽力支持，乐观其成。雪桦与我通信，他是一个优秀的青年，前途无量。

即祝

近好

先勇　十二月七日

二

伟民兄：

接到你十六日来信及简报，兴奋之情难以形容，我们在兴国宾馆的理想、梦想、构想，果然都将一一实现。你信上提到的艰难过程，我可以想象得到。这次你能把昆曲界的祖师爷俞振飞先生请出来，阵容上大大增加，尤其你能请到华文漪担任女主角，这个戏成功的机会又大了许多。钱夫人一角真是不作第二人想，以华的昆曲素养，这出舞台剧可以大大利用昆曲的美了。其他艺术家也是一时之选，我相信《游》剧的演出，很可能在中国话剧史上立一道里程碑。《游》剧在台北演出曾经大破纪录，可谓空前。你信上说，此剧演出样式，将有自己独特性，与台湾版“内在精神一致，演出风格迥然不同”。我完全赞成你这种看法，大陆版应该有自己不同的风格，此剧本演出的可能性有多种，可塑性极强。我给你的录像带只供你参考，截长补短，但我也认为台北版有可取之处，尽量利用，不必特意回避，以免受影响。我有一些提议，供您参考：

一、剧本方面，台北版上演时，审查剧本有些禁忌，如将军（钱将军）、参谋（郑参谋、程参谋）、副官（刘副官）等称谓，都取消了，大陆版应该斟酌恢复，要不然观众没看小说，搞不清剧中人物身份。演出本中“南京”“台北”也删掉了，应当恢复，尤其最后一句，窦夫人说“你这么久没上来，可发觉咱们这儿变了些没有？”“咱们这儿”应改为“台北”。要不然观众搞不清南京与台北之对比。

二、剧中三个男主角钱鹏志、郑彦青、程志刚，绝对不能丑化，或脸谱化，尤其是钱将军，他临终与蓝田玉那场对手戏是全剧最感动人的一场，如果观众不同情钱鹏志，这一场就没有力量了（台北版此场很成功）。郑与程，也是应该“风流”而不是“下流”，与两个夫人调情，不能轻佻，有失身份。

三、此剧主要为回忆剧，因此灯光、音乐特别重要，将主角带进带出“回忆”。

四、台北版的肢体语言大量采用京昆身段，比较优美。

当然，这些意见都只供您参考，您对此剧的设想一定早已胸有成竹了。因为被您的热忱所感动，又非常珍惜此次演出，我决定首演时到广州来参加，一面替你们打气。但我有几项要求，希望您一定答应，我才方便来。

一、我因为上课，须请假，请你马上出一封公函给我，邀我来广州参加。公函最好用英文。首演日期只有在三月二十五日至三十日之间，我才有时间来，再晚我就不好请假了，我可以在广州停留五天。

二、我还有一个特别的要求：我在上海复旦讲学时，收了一个学生何华，他的毕业论文便是论我的小说，此论文写得极有水准。此次首演我希望在广州见到他，不知可不可以由您邀请他到广州？

我认为《游》剧在穗、沪、京演出成功后，应到东南亚及美国等地演出。美国要看此剧的观众有的是，东南亚就更多了。

附上《联合文学》一册，请转赠华文漪，并代我致意：她就是我心目中的钱夫人。

即祝

好

先勇　二月五日

三

伟民：

几经交涉，《游》剧演出场地总算有了着落，香港场地难求，好地方一年前都定下了。时间上可谓十万火急。谢天谢地，我打电话联络上华文漪，她勉为其难也可挤出时间来，但她十一月十五日要上北京演昆曲，十一月二十五日才演完，所以《游》剧修改、重排，必须在十一月十五日前完成！因此，我认为你现在应该马上动手准备了。我有几个建议：

一、饰郑彦青的男演员我认为可在上海就地取材（此事我与林乃忠商量过，他完全同意）。此人需会舞蹈，最好有京昆底子，外形又要英挺俊美，一时并不好找，所以得马上物色。找到后可以立刻与华文漪排练那段舞蹈，不能等到下广州再排。

二、最麻烦的恐怕是那一段舞蹈的修改，因为要牵涉编舞及音乐，时间上有问题。但我认为应该掌握一个大原则：这段舞蹈在全剧并非重头戏，只是对白桦林那段独白的形象化说明，所以不必大张旗鼓，表演舞蹈，反而喧宾夺主。我认为不必编太优雅的片段，只要将昆曲《惊梦》的意境、音乐化进去即可。此段舞蹈必须由华文漪及男主角二人自己跳，不能找替身，观众完全不接受，我得到的批评，也以此点为多。

三、钱夫人上场前那二十分钟的戏，有的人批评太平淡，我也跟余秋雨先生商量过，他也担心，以现在演员的素质，戏味恐怕演不出来。如果缩短，我怕有些该说明的地方，刻画人物的地方又有损失。我想到能删减的，有以下几处：①罗妈妈抱怨穿针眼力不够。

②蒋碧月抢试窦夫人的钻戒。事实上如果演员注重小动作，小趣味，把戏演活，不必删减也行。赖夫人是个热闹活俏的角色，喜剧味可以重些。

四、我以前也提出来过，钱将军临终时，与钱夫人那段对手戏是全剧最感人的地方，应该让演员尽量发挥。但那段音乐本来是为舞蹈设计的，与此段情绪完全不搭调。我建议将那段音乐完全取消，只要开始用箫或笛幽幽将情绪带入即可。此点重要，那段音乐太扰戏了。

五、戏一开始，罗妈妈出场抱怨："这些小伙子，哪里懂得什么规矩！"而刘福呵斥的却是一个老用人，与台词不符，需换上一个年轻用人。

六、蒋碧月那两段戏，《醉酒》及《别姬》，唱作都还不够水准，需请京剧老师傅再指点一下。

我希望这次香港之行是一个满堂彩的演出。大家必须同心协力，同舟共济才能发挥力量。这次演出，我预测是一次空前隆重的演出，是件不寻常之举，因此，我们的心理负担更大，届时电视、电台、报纸、杂志，都会大力捧场，因此，我们更应兢兢业业，粗心不得，以免落人口实。这一个半月，大家都铆足劲来迎接挑战吧。

谢谢你转来俞老的墨宝，请你代我先谢他，我会写信去致意。

祝

好

先勇　十月四日

胡伟民致白先勇书信

先勇兄：

十二月七日信及贺年卡均收到。所寄剧本及资料、节目单亦收到，时间久了些，可能是印刷品的缘故，第二次的则未收到，估计不久也会来的。

经过半年多的筹划，我们在兴国宾馆的预想，即将变成现实，我内心的愉悦是无法形容的。事情办成的经过，既可谓艰难，亦可称顺利，此中甘苦，以后面陈吧！

原定的北京中国青年艺术剧院及广州话剧团先后推出《游》剧，但是中国青艺由于经费不足等困难，决定拖延了，至此情况下，我决定在广州首先推出《游》剧。广州话剧团集中全力对待此剧的排演，争取得到省内外戏剧界同行的支持，争取得到社会各界的支持，预定四月份在广州南方剧场隆重首演，四月中旬去中山大学礼堂续演，五月去上海长江剧场（原卡尔登剧院）及北京巡演。

你的作品在国内有大量读者，研究白先勇创作的文章相当多，这就为我们的演出提供了良好的社会基础。我们力求成功。为了保证演出在尽可能高的层次上进行，我做了多方面的联络，邀集了国内第一流的艺术家去广州工作。这个阵容可谓相当强大，他们是——昆曲顾问俞振飞，文学顾问余秋雨（上海戏剧学院教授，著名戏剧理论家，国家级专家），舞台美术设计指导周本义（上海戏剧学院教授，中国舞台美术协会副会长），编舞李晓筠（舞蹈家，上海舞剧院院长），作曲金复载（享有盛誉的影、视作曲家），灯光设计金长烈（上海戏剧学院副教授）。

最让人高兴的，恐怕是请到了昆曲表演艺术家、上海昆剧团团长华文漪担任此剧的女主人公钱夫人。说实在的，当我向文漪发出邀请，并承她热情允诺时，高兴极了。她的雍容华贵的气质，昆曲表演艺术达到炉火纯青的造诣，是不容作第二人想的，我想，有了她饰演钱夫人，作品的高贵气质一定会传达出来的。文漪从二月到五月，离开上海到广州也是不容易的，因为她是团长，该团五月份要去日本演出，现在她都搁置一旁，我想，这也是作品本身的吸引力，使艺术家动了心吧。九月，华文漪还将赴日本演出《长生殿》，我想，届时如果《游园惊梦》同行就好了，海外观众可以看到她在昆曲和话剧中的两种女性形象，该有多美妙。

目前，我正在广州做一系列排演前的准备工作，近几天，我还会返回上海，办一些有关事宜，其中包括参加复旦的《游》剧讨论会。一月末再至广州，你的来信，请寄到广州。

二月上旬，我们将开始正式进行排演前的案头工作。其中心是"认识白先勇"，主要内容有：白先勇作品朗读会（选读你的五六篇小说）；台湾文学发展状况及白先勇的贡献报告会（请中山大学的教授及其他合适的人）；放录像（《游园惊梦》台北演出版、《血红的杜鹃花》等）；放录音（你在香港的演说）；"白先勇小说创作的艺术特色——传统与现代的融合"报告会；关于白先勇的对话（由广州话剧团与中山大学中文系师生共同座谈）；《游园惊梦》剧中昆曲、京剧片段演唱会（由华文漪等演员演唱并讲解）；导演阐述。

以上内容，将在两周内进行（二月二日至二月十五日）。

与此同时，我们将举行一次新闻发布会，一次"白先勇之夜"晚会，晚会上将有作品朗读、昆曲演唱、放录像及简要的报告。晚会预定在二月十四日举行，作为迎接“龙年”的新春联欢活动，届时也将邀请社会名流及文化界人士参加。

二月二日（初八）开始，我们将转入第二阶段，主题是“认识《游园惊梦》”，进一步分析剧本，约一周。

二月二十七日起，将正式排演，费时一个月左右。三月末到四月五日左右，在广州南方剧场隆重首演。

此剧将制成电视，在基本保持舞台演出面貌的前提下，运用电视语言，使之更生动鲜明。时间将在四月末，五月份。之后就出发去上海、北京了。

大致的工作安排就是如此。

此剧的演出样式，将有自己的独创性，我们希望提供一出在内在精神上一致，演出风格迥然不同于台北演出的“新版本”。具体的想法另函相告。

根据上述时间，我希望你来穗参加首演式，一定会使演出溢满节日般的欢欣之情。

最后，我希望你写一篇三五百字的短文，并附近照一张，我们将刊登在说明书上，切盼早日读到你的来信。

言不尽意，衷心祝

体笔两健

弟　胡伟民

一月十六日于广州

三度惊梦

在广州观《游园惊梦》首演

千千万万个折磨，接受最后一刻的审判，
千千万万个工作，换取最后的一场欣赏。

一个人的戏剧因缘实在难料，没想到这次在广州又看到了《游园惊梦》三度搬上舞台。三月三十日晚上，《游园惊梦》在广州“长城剧院”举行首演，上海北京不少戏剧专家也赶了去参加。坐在我前面的，就是昆曲大师俞振飞，而台上演员们却正在兴致勃勃地谈论抗战胜利梅兰芳回国公演，与俞振飞珠联璧合演出昆曲《游园惊梦》的盛事。那次演出是在上海美琪大戏院，已经是四十年前的事了，那时我才十岁，坐在台下，台上柳梦梅与杜丽娘翩翩起舞，“转过了芍药栏前，紧靠着湖山石边”，我一个字也听不懂，可是却看得津津有味。俞振飞和梅兰芳实在是我对昆曲爱好的启蒙老师，而那次俞、梅合作的《游园惊梦》，也启发了我对中国戏剧美的认识。台上演员叹道：“像那样的好戏，一个人一生也只遇得到一回罢了。”

那是真的。那一回好戏，竟也变成了许多年后，我撰写《游园惊梦》这篇小说以及后来改编话剧的灵感泉源。

《游园惊梦》小说改编成戏剧，却也经过一番曲折，小说是老早（一九六六年）就写好了，可是总也没想到有一天会搬上舞台。那还得靠香港大学黄清霞教授的异想天开，一九七九年她竟按照小说原有的形式把《游》剧用粤语演了出来，在香港艺术中心由“海豹剧团”演了两场。那次我完全没有参加制作，剧本也不是我改编的，纯粹看戏，首度“惊梦”，倒也赏心乐事。女主角钱夫人由港大讲师何漪涟饰演，这位蓝田玉粤语发音，几段独白念得铿锵有致，导演手法新颖，观众反应热烈，演出相当成功。

香港版《游》剧演出给了我不少启示，使我相信《游园惊梦》这篇小说改编戏剧确有可能，于是便有了一九八二年台北版《游园惊梦》舞台剧的制作，那次在台北中山纪念馆的十场演出，盛况空前，是我一生中最值得怀念的经验之一。我记得演到第六天的时候，台风来袭，临晚倾盆大雨，而观众看戏的热情丝毫不为风雨所阻，千多把雨伞蜂拥而至，中山纪念馆内连走廊上都坐满了人，那种景况，令人难忘。而演员们一个个在舞台上光芒四射，人保戏，台北版《游》剧的成功，演员们的功劳与努力是重要因素。当然，舞台设计、灯光、音乐、服装等也集合了台湾艺术界的一时之选。我跟着演员们排练了一个多月，亲眼看到了他们的辛勤。我深深体验到舞台实在是演员最严厉的考场，而那次在中山纪念馆，《游》剧的演员们的确创下了一次超水平的演出纪录。卢燕、胡锦、归亚蕾、钱璐、曹健以及多位资深演员，我为他们精湛的演技而感动。那是我第一次参加舞台剧的制作，而且一出手便是这么复杂的一出大戏，对我来说，是一个重大考验。台湾制作话剧的环境不佳尚在其次，我们所受到各方的阻碍及压力之大，难以想象。幸亏制作单位“新象”的樊曼侬、许博允对艺术追求无比狂热，不畏艰险，而且我们福星高照，有一群朋友、长辈以及有心人始终从旁协助，给予我们“经援”，替我们纾困解危，让我们安全过关。如果没有他们慷慨相助，我们纵有满腔热忱，也无济于事。由于制作这出戏，我对人生的体味又深了一层，学到能够分辨真正友谊的可贵。二度《惊梦》，虽然险阻重重，但由于台上台下一百多位工作人员的同心协力，众志成城，终于把《游》剧圆满地搬上了舞台。那几个月，我跟那一群艺术家在一起不分昼夜甘苦与共，感到生活过得异常充实，多年后，每次我遇到导演黄以功、舞台设计聂光炎，大家总还情不自禁，要追念一下当年《游园》的姹紫嫣红。

本来我以为像《游》剧那样庞大的一出戏，一时不可能再搬上舞台的了，没想到大陆戏剧界一些有心人士原来对我们一九八二年台北演出相当注意。《游》剧的剧本大陆老早已经出版了。去年我到上海复旦大学讲学，临走的前两天，却遇见了上海青年话剧团胡伟民导演，他去找我，就是要谈论把《游》剧搬上大陆舞台的可能。胡伟民我并不陌生，因为他曾经把我的一篇小说《那片血一般红的杜鹃花》改编成电视剧放映过，而且我也了解胡伟民是大陆中年一代最有探索精神的话剧导演之一。胡伟民导演过莎剧《安东尼与克莉奥佩特拉》、萨特的《肮脏的手》，并且也导过中国的前卫剧《红房间、白房间、黑房间》，此剧在上海上演颇为轰动。同时胡伟民对中国传统戏曲也有浓厚兴趣及深入研究，他曾导演过越剧《第十二夜》、桂剧《泥马泪》，以及川剧《红楼惊梦》。那天下午我们交谈之下，发觉彼此对中国舞台艺术的看法非常接近。我们认为当今中国话剧面临的重要课题之一就是：如何将中国传统戏剧的美学转化到现代舞台上。胡伟民以为《游园惊梦》这个剧本，正可以拿来做一个实验。因为《游》剧须采用大量京昆的歌舞以及虚拟表演方式，又因有大段意识流的独白，可以发挥现代舞台的种种功效，将传统融入现代，胡伟民觉得《游》剧大有可为。

当然，那次只是一个构想，可是胡伟民导演竟着手筹备起来，大半年后今年二月《游》剧工作组终于在广州成立。这个工作组是胡伟民的大手笔，他把上海及广州一批戏剧界的精英组合在一起，共襄盛举。首先要解决女主角这个难题，因为《游》剧是出考演员的戏，尤其是女主角钱夫人戏份特重，必须精通昆曲，而且气度又要雍容华贵。台北演出，我们很幸运请到了卢燕，这次胡伟民也很幸运把上海昆剧团团长名演员华文漪请了出来担纲。我看过华文漪的昆曲《长生殿》，她精湛的演技，我十分钦佩，而她的风度又高雅，由她饰演蓝田玉钱夫人，这次《游》剧的成功率已经占了一半。更难得的是昆曲大师俞振飞以八十七高龄竟也肯出山，担任《游》剧昆曲顾问。其他工作人员也都是戏剧界有头有脸的人物，文学顾问上海戏剧学院教授余秋雨、舞台设计上海戏剧学院舞台美术系主任周本义、灯光设计上海戏剧学院舞台灯光教研室主任金长烈、编舞上海舞剧院院长李晓筠、作曲上影制片厂作曲家金复载。这次演出单位虽然是广州话剧团，事实上是由“上昆”“上海青话”，以及广东其他剧团联合演出，声势倒是相当浩大的。

我在广州看到了演员们最后几天冲刺的情况，看见他们夜以继日地磨戏，我又想起聂光炎先生对舞台表演的一句名言了：“千千万万个折磨，接受最后一刻的审判，千千万万个工作，换取最后的一场欣赏。”这就是剧场的魅力，剧场的甘与苦。《游》剧首演，轰动了羊城。广州戏剧家认为这是广州舞台上最高水平的一次演出。在广州演了十二场，《游》剧出师北上，到上海、南京、北京巡回演出，并且已应邀年底赴香港公演。首演完毕，在庆功宴上，我看到演员及工作人员个个兴高采烈，我不禁感到在观众热烈的掌声中，千千万万个折磨还是值得的。

一开始导演胡伟民便决定要制作一出与台北版内在精神一致而风格迥异的《游园惊梦》，这次大陆版《游》剧确实有许多创新的地方。首先，导演的构想完全围绕着“人生如戏、人生如梦”这个主题来设计，京昆乐队变成了剧中的有机部分，而观众不知不觉间也似乎进入了窦府的厅堂，亲身参加了窦府的夜宴雅聚。这项设计相当周密，贯穿全剧，使得大陆版《游》剧有了一个较严谨的架构。大陆版不用幻灯电影等多元媒体，当钱夫人回忆当年登台扮演昆曲《游园惊梦》，演员真的粉墨登场，上妆卸妆都在一分半钟完成，速度惊人，而且就在台上当众装扮，别具风情，更有人生如舞台，“你方唱罢我登场”的感觉，而华文漪演唱整段“袅晴丝”，韵味十足，充分发挥了她的昆曲艺术。这次华文漪出任女主角，果然不负众望。虽然这是她第一次尝试话剧，但毕竟她有多年的舞台经验，京昆底子厚，举手投足，风韵天成。台北版卢燕雍容华贵，演技炉火纯青，自不在话下。但华文漪江南本色，杏花烟雨，更有一番婉约幽独。这次华文漪饰演蓝田玉钱夫人是成功了，在她的演艺生涯又是一项突破。大陆版戏的进展，从平面到立体，愈爬愈峻险。舞台设计运用了三个滑台，表演区交叉变换，随着女主角的情绪流动，起伏汹涌，蓝田玉与瞎子师娘的两场对手戏特别慑人，达到了希腊悲剧的高昂。整体来说，台北版的《游》剧精致、深沉，趋向静态表演，而大陆版则流畅、多变化、富有动感，整体设计比较切题。这两个版本的确风格迥异，但演到最后，却都能给人一种曲终人散的苍凉。

这次在广州终于见到心仪已久的昆曲大师俞振飞，真是一大乐事。俞老精神矍铄，记忆力特强。我们又谈到胜利后俞、梅合作的盛事。他告诉我，原来梅兰芳抗日八年没有唱戏，回到上海，自感嗓子不行，京剧调门高，吊不上去，颇为沮丧。俞振飞鼓励他试试昆曲，于是由俞持笛，梅试腔，梅不愧是伶王，一开口仍旧玉润珠圆，于是便有了俞、梅合演《游园惊梦》的绝唱。那次在美琪我是俞振飞的小观众，而这次在广州我们却坐在一起观赏舞台上的话剧《游园惊梦》，四十年的岁月，在笙箫管笛声中也就悄悄地流走了。广州我并不陌生，一九四八年我在广州还念过两个月的小学。离开大陆，广州是最后一站，一觉醒来，已经身在香港，哪里想得到，四十年后再返羊城，已是三度“惊梦”。

《孽子》三十

这是一幅孽子们失乐园后，寻找救赎的流离图，这是一阕大悲咒，为这群孽子的苦难劫运默默念诵，上达天听。

十九世纪末英国作家王尔德（Oscar Wilde）因与道格拉斯爵士（Alfred Douglas）一段同性恋情而被打入大牢，王尔德两年后出狱，自我流放到法国，最后落魄潦倒，死在巴黎。这位爱尔兰籍的文学才子、举世闻名的剧作家，因“不敢说出名字的爱”（The love that dare not speak its name.）而遭到英国社会的唾弃迫害，蒙羞以终。“The love that dare not speak its name.”是诗人爵士道格拉斯的一句诗。王尔德在法庭上为“不敢说出名字的爱”滔滔雄辩，他宣称他与道格拉斯这份爱情，有例可循：《圣经》中大卫（David）与约拿单（Jonathan）生死不渝的同性情谊，柏拉图的哲学亦是根植于这种感情。米开朗基罗与莎士比亚的十四行情诗，更是歌颂人类这项至高无上的精神境界。王尔德说完，法庭上旁听者，一片喝彩。但维多利亚时代的道德观却容不下王尔德这种离经叛道的行为。英国是一个性道德极端保守的国家，十六世纪便有惩罚同性恋的法律。王尔德一案，使得英国社会的恐同症变本加厉，英国一些同性恋人士纷纷逃往欧陆。一直到六十多年后，一九六七年，英国法律才将同性恋除罪化。而要等到二十一世纪，二〇一三年，英国才终于通过同性婚姻法，承认同性恋在家庭伦理上的合法地位。这也是近年来，世界各地同性恋人士争取平权运动的结果。夏威夷刚通过同性婚姻法，这是美国第十六州。看样子，这个争取人权的运动，波澜壮阔，世界大势所趋，已无法阻挡了。这也是近世纪以来，人类共同追求的理想：人生而平等。

《孽子》小说出版于一九八三年，当时台湾社会仍相当保守，同性恋议题还是一项禁忌。我撰写《孽子》只凭一个信念：文学写的是人性人情，同性恋既是人性的一部分，同性之间的情谊，很自然的，也可成为小说的题材。《孽子》写完以后，我发觉这部小说的主题，其实写的是“家”，写一群“彷徨街头，无所依归”的孩子，被父亲撵出家门，被社会遗弃放逐后，他们重新寻找“家”的一段沧桑史。这个“家”是精神上的，亦是现实生活的，但不同于一般家庭，家中成员父子兄弟的关系并非基于血缘，而是凭借同性之间的情谊，互相取暖，相濡以沫。这是一幅孽子们失乐园后，寻找救赎的流离图，这是一阕大悲咒，为这群孽子的苦难劫运默默念诵，上达天听。孽子们狂热企图重建的“家”，是他们那慌张动荡的心灵，得以暂且安息的唯一所在。

晚清陈森所著的《品花宝鉴》是中国文学史上一部写同性恋的重要小说作品，描绘士子与伶人交往的社会风情。中国古代社会对待同性恋一向不似西方偏激，并无严刑峻法惩罚同性恋行为。明清两朝，士绅阶级竟有公开接受同性恋的时期，《红楼梦》中，写到宁国府贾敬身亡，治丧期间贾府子弟贾珍等人居然公然召相公入府陪酒作乐。《品花宝鉴》就是在那样比较宽容的社会传统下产生的，不自觉地把士绅蓄养优伶写成“雅事”。但二十世纪以后，由于受到西方基督教以及西方医学的影响，中国社会对同性恋的态度亦随之转变，将同性恋视为“罪恶”“变态行为”。

一直要到二十世纪八十年代，《孽子》的出现，《品花宝鉴》的传统又得以在台湾延续，中间已经隔了上百年了。这也标示台湾社会开始走向民主多元。此后有关同性恋议题的文学作品，如雨后春笋，遍地开花，朱天文、凌烟的小说并获百万大奖，接着吴继文、邱妙津、陈雪、舞鹤等人相继推出杰出优秀长篇小说。同时台湾的影视界也开了闸，一九八六年《孽子》改编为电影，由虞戡平执导，那是台湾第一部以同性恋为题材的电影，虽然当时台湾的电检处，将这部电影有些片段不由分说地剪掉了。此后，有关同性恋议题的台湾影视作品，纷纷上演，蔚为潮流，李安、蔡明亮，各有佳作。二〇〇三年，《孽子》改编成电视剧，由曹瑞原执导，公视一连回放五次，这部八点档的连续剧，对台湾社会产生了重大影响，同性恋者的人伦问题，头一次在荧屏上进到许许多多的普通家庭里，引起家长们对于这个问题的思考。

是由于文学影视所谓“软实力”的启蒙，台湾的同志平权运动得以大步迈进，台北变成亚洲对同志最友善的城市，每年台北同志游行，由数百暴长成数万人，亚洲各国的同志们，争相飞往台北参加台湾的同志平权运动。而今年二〇一三年，台湾的同志平权运动，因为“多元家庭法”在台湾地区“立法机构”引起的争端，更进一步，为了争取“同性恋者婚姻”“立法”通过，走上街头，同时也引来各方反对团体，造成两军对峙，双方展开了激烈的争辩。因此，台湾的同志平权运动，终于加入了世界的潮流。

《孽子》小说出版迄今三十年，明年二〇一四年春天，《孽子》即将改成舞台剧，仍由曹瑞原执导，作为台湾剧院国际艺术节的开锣戏。正值“多元家庭”“同性婚姻”成为台湾社会公共辩论议题之时刻，《孽子》搬上舞台，更具特殊意义，我们翘首以待。

《孽子》的三十年变奏

文学面前应百无禁忌，百分之百诚实。

《孽子》原著小说出版至今，正好卅个年头。

二十世纪八十年代，同性恋，还是一个无法被讨论的禁忌。我写了这样一本小说，只是作为一个写作者的自觉："文学面前应百无禁忌，百分之百诚实。"当时根本没想到，不只小说后来被译成英、法、德语在全世界发行，还出现电影、电视各种变奏。

二〇一四年，中正文化中心邀请电视、电影、剧场及流行音乐界的精英，倾力制作《孽子》舞台剧，作为台湾艺术节的开幕大戏。我充满期待：三十而立的《孽子》，从平面书写变成立体发声，会激荡出什么样新的火花？

我的同志议题书写，第一个作品是《月梦》。一九六〇年，我和欧阳子、王文兴、陈若曦等人共同创办《现代文学》杂志。创刊号文章不够，我以笔名发表了两篇小说，一篇是《玉卿嫂》，另一篇则是以同志为题材的短篇《月梦》。

《玉卿嫂》和《月梦》题材虽然不同，讲的却是同样的东西，都是关于爱情的追寻。汤显祖《牡丹亭》："情不知所起，一往而深，生者可以死，死可以生。"爱情、生命与死亡，一直是我写作非常重要的主题。

《孽子》是青春鸟的集体"寻父记"

一九六九年，我在《现代文学》发表另一短篇《满天里亮晶晶的星星》，以新公园荷花池为背景，主角"教主"曾是上海红极一时的明星，故事结尾，教主带着三水街一个面庞姣好、身上长着瘤子的小么儿小玉，"两个人的身影，一大一小，颇带残缺地，蹭蹬到那从幽暗的绿珊瑚里去。"算是《孽子》的雏形。

我的写作速度很慢，《孽子》真正动笔大约在一九七一年到一九七二年间，写了五六年，写得不满意，就重来，尤其是小说后半部，改写了大概有五六次。一九七七年，《孽子》开始在《现代文学》复刊号连载时，其实已大致写完，只是一边连载一边修改。

《孽子》写的虽然是同性恋的故事，但已不局限于个人情爱的追寻，而是更宽广的关照，那就是，人的合法性。回顾历史，同性恋在二十世纪初还被视为是一种罪，被当成精神疾病，纳粹时期，同性恋者被关进集中营，遭到屠杀。我不是搞社会运动的人，也没想过要争取同志平权。一个写作的人，一定要对自己百分之百地诚实，写出心中的信仰，不能有所顾虑。

这本小说定名为“孽”子，其实隐含着反讽的意味。这群流浪在台北新公园的青春鸟儿们，因为性别倾向不被社会认可，被家庭赶了出来，成了社会眼中的孽子，我写的是这群年轻人从孽子变为人子，成长过程里的痛苦与挣扎。

检视中西关于同性恋题材的小说，好像没有像《孽子》般纠结在家庭的冲突中。这本书很大主题是父子关系，父子之情虽然是与生俱来，但在中国传统却是格外沉重，尤其，当儿子又是同性恋，父子间的冲突会更为尖锐。故事里的阿青、龙子、小玉、吴敏或老鼠，来自不同的破碎家庭，都把对于家的渴望，转移到在同性恋的世界里建立一个新的家庭。《孽子》，可说是青春鸟的集体“寻父记”。

从小说到电影、舞台剧的多重变奏

《孽子》的故事背景，也是当年台湾社会及历史的缩影。主角阿青的父亲是迁台的潦倒军人，母亲是本省养女，“外省的悲哀，本省的悲情”结合的一对怨偶，生下了第二代阿青，《孽子》写的不只是同志，而是一则台湾的寓言。这或许与我成长在动乱的年代有关，潜意识里对于历史有着特别敏锐的观察。

让我意外的是，同性恋当年虽是禁忌，但《孽子》发表后，各界的反应竟是出乎意料的宽容，除了少数一两篇关于同性恋是病态论述的专栏，并没有对于小说的负面评价。一九八六年，《孽子》跃上大银幕，开始变奏出不同形式的面貌。

电影版《孽子》很有趣，将原著几个关于“父亲”的形象傅老爷、杨教头、郭老，浓缩在孙越饰演的杨金海身上，还有小说里没有的角色曼姨，塑造一个新的母亲形象。虞戡平导演说，他想创造出一个家庭的氛围，这也蛮好的。孙越演得传神，第一批孽子也有他们的味道。唯一美中不足的是，因为当时保守的社会气氛，电影被审查机关修剪后，无法完整传达原著的精神。

《孽子》的第二个变奏是一九九七年，学者王德威的博士班学生吴文思，根据英译本执导舞台剧《孽子》，由波士顿的亚裔学生演出，在哈佛大学亚当斯戏院连演一周，反应很热烈。有意思的是，这批说英文的孽子，演起戏来并不感觉是翻译作品。饰演 bar girl 丽月的是一名哈佛大学二年级的女孩，叼根烟，泼辣又性感，她的父母坐我后面，父亲看到女儿演得这么好，高兴得不得了，母亲则把头低下，根本不敢看。饰演阿青的是一名混血儿，独白念来相当动人；小玉也整个豁出去演开了。香港剧场界也曾改编过《孽子》，以后现代的手法探讨同性恋议题，已经是完完全全的变奏。

诉求走进家庭，被更多人听见、看见

二〇〇三年，曹瑞原为公视执导的电视剧《孽子》，应该是社会回响比较大的一次改编。不但获得金钟奖戏剧节目连续剧、女主角、导演（导播）等多项大奖，范宗沛做的音乐也拿了金曲奖，我在大陆还看过盗版录影带。友人告诉我，电视剧播出时，有父母找寻儿子的跑马灯启事，我很欣慰，当初写作《孽子》的初衷，就是希望不被认同的同志，能得到家庭对他们的谅解，因为这出电视剧，这样的诉求才能走进家庭，走进客厅，被更多人听见、看见。

拍摄电视剧之前，我对曹导演并不熟悉，一次咖啡厅巧遇，他表达想要改编连续剧的想法。我看了曹导演改编曹丽娟作品的《童女之舞》，觉得他把原著小说的味道抓住了，很有文学性，就放心把《孽子》交给他。

《孽子》历经多次改编，我明白，任何艺术形式的变奏都是二度创作，即使我自己操刀，也不会写得和小说一样。所以，只要导演、编剧抓住原著的精神，把人物导出来，细节的改变并不要紧。

因为大众媒体的特性，电视剧不能像小说一样过于抽象，曹导演把《孽子》改编得合情合理，很动人，演员也演得好，尤其饰演傅老爷的王珏、阿青父亲的柯俊雄等几位老演员，姜是老的辣；饰演龙子的庹宗华倒是出乎意料得好，因为他的形不像龙子，但他把角色演活了。

我与曹导演比较大的意见分歧是，小说里，阿青一次偶遇的角色赵英，电视剧创造出原著没有的青英恋（阿青与赵英）。饰演阿青的范植伟与饰演赵英的杨祐宁又年轻又帅，我担心，虚构的青英恋会变成两个美少男的偶像剧，改得太远了，起初并不同意，但导演拍好后给我看，我发觉蛮动人的，情感处理得恰到好处，就不再坚持。

杨教头性别翻转，增添一点母性的成分

两厅院“二〇一四年台湾国际艺术节”要以《孽子》作为开幕大戏，

有了电视剧成功的经验，曹导演是我心目中的不二人选。虽然曹导演没导过舞台剧，但他导过电视剧《孽子》《孤恋花》，对我的作品熟悉，我相信艺术是相通的，好的导演不管是哪种形式，一样可以处理得很好。

从电视剧到舞台剧，整整相隔十年，曹导演最疯狂的颠覆是：将青春鸟的师傅杨教头，来个性别翻转，变成 Tomboy 的大姐大，这确实是很大的突破，我听了叫绝：为《孽子》增添一点母性的成分，母鸡带小鸡，大有可为。

舞台剧短短两三个小时要说完一本书，需要很高浓度的提炼。整出戏还是照着原著脉络，从阿青的角度带领观众进入青春鸟们的黑暗王国，但形式更为开放自由，有戏、有歌，也有舞。

父子关系，是这次改编的主轴。阿青与父亲、阿青与病重的母亲、龙子与傅老爷的对话，以及傅老爷的独白，都是铺陈内心发展的重要段落。当初写《孽子》时，曾想过傅老爷的形象是否设定为同志，但考虑到这个人物承载了更大的意义而作罢。

傅老爷，是新公园那群不被家庭认同的孽子们的“精神之父”，他的葬礼，也是我写小说时最难完成的段落。到现在都还记得，我熬夜书写，天已微亮，写完孽子们“在那浴血般的夕阳影里，也一齐白纷纷地跪拜下去”。我好像龙子经历“撼天震地的悲啸”后，压抑的情绪终于得到抒发，我放下笔，打电话给友人：“这幕我终于写出来了！”这场葬礼，代表着这群孽子终于与“父亲”达成和解，洗涤了社会加诸他们身上“孽”子的罪名。

有了了解，就能谅解，最后便能和解

阿青与龙子、龙子与阿凤的血恋，是这出舞台剧的另一重点。我的作品好像不论主题怎么变，都会回到“情”字上。一位导演曾问我：为什么要玉卿嫂杀了庆生？不论是《玉卿嫂》或是《孽子》里的龙凤血恋，最后都因爱不到那个人而做了极端的事，我对生死恋特别着迷，因为，我看到“情”对一个人产生的动乱，搅得人多凶。

龙凤血恋，是新公园的传奇、神话。因为，同性对爱情的追求不被承认，才会更为激烈与炙热吧。阿青与龙子，则又代表了另一种永恒，两人在旅馆里裸裎互诉衷肠，是一种“同是天涯沦落人”的含蓄情感。三十而立的《孽子》，有变，也有不变。变的是，不同领域艺术创作者对小说的变奏与诠释；不变的是，人性普世的价值不因宗教、文化、种族而有不同。

我期待，《孽子》舞台剧的推出，社会可以更严肃思考同性恋也是人性的一部分，给予同样的尊重。虽然，偏见不是一朝一夕可以改变，但我相信，有了了解，就能谅解，最后一定可以和解。就像小说最后，寒流来袭的大年夜，阿青带着罗平向前跑，“一、二、一、二”，最终迎来的，将是温暖曙光下新的一年。

勾动人心的一出大戏

《孽子》舞台剧

这场同志爱情悲剧，早已超越性别、生死，变成了一则有普世价值的爱情神话了。

我这一生看过不少戏，即使只算我自己参加制作或改编自我的作品搬上舞台的，我也看过许多。一九八二年由我制作改自我的小说《游园惊梦》舞台剧，当年在中山纪念馆公演十场，场场爆满，盛况空前，树立了台湾话剧史上一道里程碑，十场我都看了。近十年来我自己制作的青春版《牡丹亭》世界巡演共两百三十多场，我大概看过一半，而我看到的那些场次都是爆满的，观众有时达到两三千人。至于我的小说改编成舞台剧如：《金大班的最后一夜》《永远的尹雪艳》也在上海看过了。可是今年二月七日至十六日在台北台湾戏剧院公演的《孽子》舞台剧，八场我都看了，那却是我一生看戏经验，最受震撼的一次。

台北《孽子》公演前三个星期，八场票一万多张抢售一空，看戏的观众以年轻人居多，约占六七成，但中老年龄层的观众也不少，观众中有很大部分是《孽子》小说读者或《孽子》电视剧观众，但也有为特定对象来捧场的，如主题曲歌者杨宗纬的粉丝，演员莫子仪、唐美云的崇拜者。但艺文界、学界、企业界，许多重要人士也都去了。平常到台湾戏剧院观看表演，观众总有几分拘谨，正襟危坐，好像参加一场文化仪式，可是《孽子》一开场，全场好像马上有一股暗暗的电流，四处上下流窜，勾动了在场一千五百位观众的心，观众情绪跟着剧情一直起伏，到了终场，掌声爆起，没有掉泪的观众，算是少数。我去看戏的朋友，从美国、新加坡，香港、北京、上海来的，作家、教授、出版编辑，统统感动掉泪。著名画家黄铭昌坐在我身后，哭湿了一叠纸巾，台达电文教基金会执行长女强人郭女士满面泪痕说：这就是爱情！她指剧中那一场龙凤恋。唐美云说她的朋友们买了五千元一张的贵宾票，个个哭得泣不成声。观众用眼泪投票肯定了《孽子》这出舞台剧的价值。《孽子》是我写的，人物也是我创造的，可是看到龙子抱着阿凤抢天恸哭、阿青与他垂死母亲一场惊心动魄的对手戏，我自己的眼泪，也禁不住暗暗掉了下来。

为什么《孽子》会勾动这么多人的心思？我想主要这出戏讲的是人伦——人类最基本的感情：父子情、母子情、兄弟情，还有爱情。而《孽子》的演员们又十分称职，把戏中的情感恰如其分地都表演出来了。莫子仪、吴中天、张逸军，老一辈的柯淑勤、唐美云、丁强、樊光耀，北艺大的学生：魏群翰、李尉司、许博翔等，把剧中人物个个都演活了。

其实《孽子》舞台剧的成功，全在于导演曹瑞原，运用一套极富创意而又有效的舞台形式，把《孽子》中极沉重又沉痛的复杂感情，成功表现出来。首先他用舞蹈来诠释剧中比较抽象的两场戏：《黑暗王国》《龙凤血恋》。尤其在《龙凤血恋》中，太阳马戏团中的明星舞者张逸军一场飞扬翱翔的彩带舞，活脱脱就是一只不甘受拘、飞向那远方天际的野凤凰。这场爱与死之舞，美而烈，令人惊艳，令人撼动，是这出戏大放光芒的一刻。这场同志爱情悲剧，早已超越性别、生死，变成了一则有普世价值的爱情神话了。

由陈小霞作曲、张艺编曲、杨宗纬演唱的主题歌《莲花落》，在这出戏接近尾声的刹那，横空而出，杨宗纬那特殊缠绵悱恻、如泣如诉的歌声一下子揪住了所有观众的心：

记住了你轮廓　忘掉了我死活　冰凉的泪该往哪里流落

拥抱曾经暖和　命运何曾承诺　用情够深就不忍心逼迫

梦在胸膛　醒来却流离失所　本来只要两人填满一个角落

如今都是错　找对了人为什么更难过　爱　因为爱上了谁　变龌龊

倘若　慈悲的阳光眷顾我　能否照耀着我们　直到欲望随莲花开落

梦本单纯　只有怪呼吸混浊　生来只要撑住没有你的寂寞就不会有错

拥有过你为什么要懦弱　天　怎么要比誓言还执着

倘若　旱天雷能保持缄默　让我赤裸裸爱一场　赤条条来去也

不　用　谁　为　我　解　脱

《孽子》在台北上演，北部观众为它流了不少眼泪。相信这次高雄春天艺术节《孽子》在文化中心至德堂演出，热情的南部观众将为它洒下更多的泪水。我也将在五月二十三日前往高雄和大家一起观赏《孽子》在高雄的演出，我们高雄见！

辑三

昆曲新美学：《牡丹亭》《玉簪记》

一种表演艺术如果没有年轻人的参与，不会有辉煌的前途。

昆曲新美学

以青春版《牡丹亭》和《玉簪记》为例

我想昆曲就两个字，情与美，我给它的定义是：“以最美的艺术形式来表现中国人最深刻的感情。”

昆曲，顾名思义就在昆山发源的，昆山属于吴语区，而语言就是决定哪个音乐、决定唱腔，像Opera是起源于意大利，就是用意大利的语言。昆曲它特别有江南文化的精髓特色，非常婉约缠绵，所以它的唱腔是一唱三叹。它的音乐是笙箫管笛，不同于京戏是弦乐、板乐，比较喧闹，昆曲的音乐是比较雅的，所以也叫雅部。后来它就在江南这一地传开了，经过很多音乐家、文人还有艺术家们的锤炼，变成非常成熟、完美的一种唱腔、一种戏曲。后来从南边传到北边，因为北京一些皇帝也喜欢昆曲，所以从晚明一直到清朝的乾嘉年代，朝廷提倡，民间也提倡，这两百年间昆曲可以说是当时的国剧，有它辉煌的历史，在那两百年不管是朝廷还是一般市民都喜欢唱，等于我们现在的卡拉OK。

到了苏州有一个虎丘，从晚明开始有一个风俗，每到中秋夜的时候，大家都去比赛唱昆曲到天亮，然后选出个冠军来，有点像中国好声音。所以一般人那时候都喜欢唱昆曲，而且像康熙、乾隆皇帝，也都是昆曲迷，乾隆到苏州聘请了好多伶人到北京去，最盛时期他的御班子有一千人！当时皇帝请客的时候，唱宫廷剧一来就是几百人上场，很大场面。苏州那时有很多退休的大官，还有一些富商，所以一些庭园，像是拙政园、留园，那时候家里是有家班子的，所以苏州最盛的时候有几百的家班子，请客要是没有戏班子，好像社会地位就低了；然后还要互相比哪个班子好。大家看过《红楼梦》的话，就晓得大观园里面贾家不也是到苏州弄了一个戏班子给元妃看戏吗？所以昆曲的确有它的辉煌时期，当然后来种种原因没落了，一直到民国的时候更加危险，后来是靠一些民间有心人士撑起来到今日。

青春版《牡丹亭》二〇〇四年四月二十九日在台北台湾戏剧院世界首演，演完到现在十五年后，已经演了三百多场，美国也去过，West Coast，或者到 East Coast，欧洲也去了，英国、希腊都去过。从前还不敢讲，经过十几年以后，现在可以这么讲吧，这出戏启动了昆曲的复兴运动。由于青春版《牡丹亭》在海峡两岸暨香港演了那么多出，的确把整个昆曲风气带起来了，最要紧的是把年轻观众拉回剧院来看戏，本来观众已经老化，以前的观众进去都是白发苍苍，现在呢？都是黑头发！所以这变动很大，尤其在大陆，我们去了三十几所高校巡回，所以大学生看昆曲好像变成了一种时尚。北京大学有一个学生在网上写说：“现在这个世界上只有两种人：一种人是看过青春版《牡丹亭》的，一种是没看过的。”好像看过青春版《牡丹亭》高人一等的样子。

我们北大去演过四次，演出的地方有两千个座位，这三天九个钟头的大戏，刚到北大的时候真的也是没底的，现在的大学生要他来三个晚上，坐九个钟头，而且是看《牡丹亭》，节奏非常缓慢，四百年这么古老的戏，不知道可不可行？我们进去的时候，北大的教授警告我：“北大学生的眼界很高喔，不好看就走的。”不晓得哪来的信心，我说：“绝对不走的！”果然，不光没走，到了第三天还要加椅子。这个情况到了很多地方都是 repeat，最远到兰州、西安，最南边到桂林、厦门，从来没有昆曲演过的，盛况居然像到北大那种，像在厦门大学，三千多快四千位学生，非常热烈。我也在仔细看，大概 98% 的学生是从来没看过昆曲的，为什么对于一个这么古老的东西会有这么热烈的反应？我想，当时大陆的情况是“文革”完了，社会比较安定，经济情况也好一点了，所以那些大学生很多时候心中都在找一种文化认同。但那时西方大量的商业文化也冲进去了，所以也比较茫然，一看到这个青春版《牡丹亭》，那么美、那么好看，而且最重要的是，爱情的表现那么动人。所以我想他们觉得这完全是自己的文化、自己的东西，我相信他们也接触很多西方的古典音乐，Ballet、Opera 都进去过，他们听贝多芬、普契尼的也会感动，但是看完的结论就是：“那是西方的文化，西方人的东西。”看完青春版《牡丹亭》才知道，哇！那么美的东西，是我们自己的。

所以那些学生看完了昆曲像是走过一种文化仪式一样。记得二〇〇九年北京大学演出的时候，零下九摄氏度，南方人很吃不消，冷得不得了，穿一下绒衣就要回去睡觉了，演完差不多十一点钟，几百个学生不让我走，好兴奋地跟我握手，他说：“白老师谢谢你，把这么美的东西带到北大来。”我心里想，我就是要听你这句话，我就说，就是给你们看美的东西。我想昆曲就两个字，情与美，我给它的定义是：“以最美的艺术形式来表现中国人最深刻的感情。”尤其汤显祖，那诗美得不得了，他唱的都是诗。中国文学最了不起的就是抒情诗，昆曲就是我们的抒情诗，而我们把抒情诗的传统用歌跟舞具体地表现在舞台上。昆曲有一个很特别的地方——它是载歌载舞的形式，跟其他剧种不一样，昆曲有“百戏之祖”之称，影响了许多的地方戏曲，京剧、粤剧，还有广东大戏，甚至是台湾的歌仔戏。

我跟廖琼枝聊过，她喜欢看昆曲，我们演昆曲她都来看，她说昆曲的身段非常优美，可惜昆曲没落下去了，我们青春版《牡丹亭》要把年轻观众弄回来，怎么办呢？我们之前不是没人演过《牡丹亭》，为什么没有引起那么大的热情？我相信若要引起现代观众的共鸣，一定要符合他们的审美观才行。二十一世纪当然不是在拙政园那个厅里面出演的形式了。现在是现代舞台，灯光是电脑控制的，所以怎么样把一个六百年的古老剧种搬到现代舞台上，让它用现代元素重新发光，这就是我们最大的挑战，如何把传统跟现代因素接起来？我们有一个原则是“只删不改”，汤显祖的剧本五十五折，我们删成了二十七折，只是删了，而且把它重新组合一下，但是它的唱词唱曲不改。除非你的古诗词比汤显祖写得还好，不比他好就还是用原来的，原来的最美。但是很多地方我们把现代元素非常小心谨慎地放进去，有些地方可以改，服装、舞台、灯光的设计、剧本的重新安排，这些东西要考虑到现在的观众能不能接受，所以如何把传统跟现代接起来，这是我们做的最大挑战，怎么把几千年的古文化搬到二十一世纪来，让它在传统根基下又给它新的生命？所以昆曲，我就等于是当个事业，这么古老的一个表演艺术，是不是可以给它新的生命？

昆曲它有六百年的历史，所以有一套非常成熟、非常程序化的美学。最主要它是抽象、写意、抒情、诗化，不是具象、写实的，跟西方有些写实剧很不一样。它有时候扇子这么试一下，告诉你这就是满园百花齐放，那你眼睛就跟着这样子看了，它就是有这么大的空间；它那鞭子指一下就是一条河，再指一下就是一座山，它空间是完全无限的，不像有些西方歌剧，他们演阿依达，坐在金字塔上，弄个金字塔外还把骆驼牵上去。中国的戏曲拿个马鞭就等于骑一匹马，完全是抽象、写意、抒情，这套东西不好乱改。我举一个失败的例子，我们很有名的一折叫作《游园》，大家都听过《游园惊梦》，杜丽娘跟春香在花园里面舞来舞去。因为我刚刚讲昆曲是载歌载舞的，每唱个一句，一定有很优美的身段来配她，她不可以站着唱，一定要舞着唱的，而且如果有两个人的话要双人一起舞，所以它难在这个地方，它要harmony，要丝丝入扣，《游园》我们完全是空台的，只有一个背景而已，两个女孩子在唱的时候，这里是牡丹花、那里是什么，就是看她身段的时候，觉得满台花，有一个production，一个牡丹亭，那个园子里面挂满了柳枝，挂满了春天。但那是学生做的塑胶柳枝，杜丽娘要进游园的时候，手要拨开才进得去，那就跟我们抽象的完全不对了，好就好在它是抽象写意的。

所谓四功五法，念、唱、做、打这套东西，五法就是手、眼、身、步、法，它有一套程序，我跟着他们练，跟他们排戏，才发觉昆曲有非常严谨的 discipline，昆曲等于是把西方的 Opera 跟 Ballet 合起来，Ballet 对肢体的要求非常严格，一举一动都是以最优美的姿态出来；昆曲也是，水袖动作都是非常严格的。我记得张继青老师教女主角沈丰英水袖动作的时候，笛音到哪个地方，水袖就要到多高，要准确得不得了，教她三十多次，不行，再来，不行，再来，等于芭蕾舞一跳一跳的，非常严谨。

我们讲青春版《牡丹亭》、青春版《玉簪记》，这是两岸合作很大的一个工程，在台湾这边我们互相截长补短，那时候台湾最厉害的就是多年来有一大批戏台、戏院的工作者，舞美设计、灯光、服装，全世界有名的都来演过，我们很多艺术家都曾参与过。大陆，演员和音乐乐队是他们的，两边截长补短合起来打造了这么一个大工程。

昆曲还有一个特点就是，晚明时候的文艺思潮，对礼教，存天理、灭人欲这种，要求太过了，把人真正的感情欲望通通轧断了。所以汤显祖还有李贽、王阳明，他们恢复心性学，就等于是对宋明理学的一个反动，一方面有《牡丹亭》，同时也有《金瓶梅》，所以一方面是情的大解放，一方面是对人的肉体、肉欲也是一种解放。

以前我小时候怎么跟昆曲结缘的呢？抗战胜利以后，我在上海看到了梅兰芳跟俞振飞的戏，那时候梅兰芳本来都唱京戏，不过战后因为他的琴师没有跟着他，所以就跟俞振飞唱昆曲唱了四天，刚好因为他八年没唱戏了，一下子回到上海唱戏，万人空巷，黑市的票卖了一条黄金。不过还好我们家有人送了几张票来，我母亲就带了我们去看，刚好那天晚上梅兰芳唱的就是《牡丹亭》里面一折，我没想到从此跟《牡丹亭》结了一辈子的缘。那天晚上唱那一折，当时我也不懂，大家就是看梅兰芳，我看他的时候他才四十几岁，是最好的时候。《牡丹亭》是个爱情神话，中间很重要的还有很多花神，当他们两个幽会、恋爱的时候，那些花神就唱歌跳舞来庆祝柳梦梅跟杜丽娘的爱情，所以我说花神的设计重要得不得了，如果不好看的话就糟了。梅兰芳那时候也是革命性的，以前的花神，班子没有那么多人，就把整个戏班子搬上去，生旦净末丑，老太太也上去、小丑也上去，就是充当花神，那不好看啊！梅兰芳就改了，全是一群漂亮的女孩子，女花神，那时候不得了的，是如何设计呢？她们每个人手上都拿一束塑胶花晃着晃着，当时塑胶花很摩登，那时候的我们就觉得好新奇。但我想美学是需要改变的，我们跟梅兰芳不太一样的地方在于，因为是青春版，所以就跟昆曲大师汪世瑜商量，两个人可不可以靠近一点？所以两个人水袖缠绵、勾来搭去，很好看，青春嘛，两个人六七十岁的在一起可能太近了，年轻的可以，我们就是青春版《牡丹亭》。

接下来我要介绍《玉簪记》。已经很多的观众第一次看昆曲的时候都是看《牡丹亭》，二十七折又是个大戏，所以结束以后我还想要继续制作别的戏，于是第二出就制作《玉簪记》。这个剧本是明朝杭州人高濂写的，当时也的确是思想的解放，讲的也是一段爱情故事，不过很特别，主角是道姑跟书生，到了晚明很多时候都是冲破当时的社会规范，《牡丹亭》也是，一个十六岁的太守千金，白日做了一个春梦，跟着书生幽会，所以都是突破，尤其是女性方面，突破对爱情的追求，杜丽娘也是对爱情追求勇往直前，《玉簪记》也是这样子，故事本来很复杂，不过把它最精华的抽出来，故事就比较简单了。它在讲一个陈妙常道姑，本来是个千金小姐，因为宋朝金兵作乱，家里冲散掉了，她一个人孤苦伶仃，没办法就投到道姑庵里面——叫作“女贞观”，当了道姑，那不是她情愿的，她是来逃难的。这时候恰好有位书生叫潘必正，落第了，不好意思回家，于是跑到道姑庵去，道姑庵的庵主是他的姑妈，所以他就想到道姑庵里静静地读书再去考试。一个书生、一个道姑，当然就有爱情啰，这个道姑很有修养，琴棋书画都通晓，书生也是，所以就发生了一段爱情故事。这一共有六折，第一折《投庵》，就是讲他们两个相遇，第二折叫《琴挑》，陈妙常会弹古琴，弹得很好，潘必正听到琴声就去见她，两个人以琴传情，琴等于是她的心声。这个戏有意思在哪里？它是爱情戏不错，但是它是非常典型的昆曲所谓“生旦戏”，一生一旦、一生一旦，我们说昆曲的文本叫作“传奇”，所以十部传奇九相思，以爱情故事为多，但不完全是，有些是以儿女之情寄兴亡之感，像《长生殿》《桃花扇》那些大的历史剧。那么这个是生旦戏，因为它非常细致精巧，两个青年男女在调情，从前不可以讲出话来的，就借了个琴弹啊弹，听得出琴声就好了，琴声里面有传情。不像我们现代青年男女谈恋爱，简单多了，一个简讯过去就行，那时候很麻烦的，又弹琴又写诗，搞半天才讲出心里话，所以那个时候的戏，也就这点好看。

人家问我说你搞昆曲，现代青年学生男女都是看好莱坞长大的，一拍两响，那么慢，他们吃得消吗？就是看多了好莱坞，现在回头看看眉来眼去二十分钟才过瘾啊！慢慢地你过来我过去，小儿女那种你来我往，很有意思的，它很细致，而且最特别的是在最后，他们有一段情了，结果被老道姑发现了，这还得了？不守清规！马上就把她的侄儿子赶去考试。侄儿子都来不及收拾东西，老道姑也不给他见陈妙常最后一面，马上就把他赶到江边，看着他坐船走才放心。哪晓得陈妙常一听到他走了，急得不得了，也追到江边，但是船已经走掉了，她就跳到一艘小船上要去追赶，追追追，追到了，但因为江心的波浪很厉害，怎么也靠不拢，撞来撞去，总算靠拢了，陈妙常很大胆，一跳就跳过去，两个人就在船上海誓山盟，缠绵道别。像《西厢记》就什么长亭短亭、杨柳阳光；这个是在江心道别，江心波浪大，他们两个人内心的波浪也很大，所以里里外外那个船也象征他们男女之间的激情，最后一幕非常好看，两个人缠绵不舍，潘必正就说："你跟我私奔吧！"陈妙常说："我来这里不是要跟你私奔，我要你发誓，要信誓你终身，我会等你，等到你考取回来。"他把她的玉簪扯下来，向天发誓，互交信物再分别，所以叫作《玉簪记》，这故事很动人的。

《玉簪记》它在京戏、川剧、粤剧，通通都有，演得很俗烂了，最后那个层次变成道姑跟书生在谈情，整个把它演低了。我就想，昆曲是雅部，是文人雅士比较欣赏的东西，所以我想把这出戏回归雅部，那因为这戏是在道姑庵里，大家晓得到了明朝的时候佛道不分，道姑庵里面也有观音像，这也不稀奇，我们的龙山寺里面，道家、佛家的神明都有。所以在这个情况下我们用了几样东西提高了它的意境。第一个，我们用董阳孜的狂草，用各种书法来做背景。你看昆曲的舞蹈动作，如果把它画下来的话，就是一幅狂草，所以如果要我说中国传统文化最大特点是什么？拿着一句话来讲，我们中国就是个线条文化，从象形字开始，青铜器、建筑，都是以线条美著称，以桥为例，西方的桥都是一条就通，我们偏要拱桥，要九曲桥。所以昆曲的舞蹈、线条跟书法是一个符号。因为是在道观，我们用奚淞的水墨佛像，观音像在里头。我们又加上水墨，所以整个舞美上有种禅意在里面。我刚讲她会弹琴，《琴挑》，所以主题音乐用古琴来弹。所以我们的文、书法、佛像、水墨画、古琴，加上昆曲，全是我们古典的传统文化在里面，最高雅、最古老的这些文化元素，可是我们给它一种特别的arrangement，你会觉得它是很现代的。《玉簪记》在我来看，就是我们的制作美学可能达到的最高标准。《牡丹亭》当然很好，但是牡丹亭二十七折，不容易统一，这只有六折，所以我们弄得非常精致，如果《牡丹亭》是一个symphony，《玉簪记》就是精致精巧的chamber music。《玉簪记》的男女主角还是青春版《牡丹亭》那两位，他们长得好美，金童玉女。所以我说青春版《牡丹亭》有九个钟头，要谈九个钟头恋爱，人不美很难看下去的，两个一对金童玉女，看得很舒服嘛。

这《玉簪记》，看到非常淡雅的东西是董阳孜写的。女贞观，如果不用女贞观的三个字写，如果真的用得很实景，弄个庵的门，就怪了，一个东西就好了，三个字，给你无限想象。你看女贞观，道姑出来的时候感觉后面好像道庵一样，所以这就是昆曲的美学，它是抽象的，不是给你一个实景，这边打个庙出来，那又不对了。《投庵》的时候，写的是《法华经》，经书是它的背景。小道姑跟背景在一起，就有很特别的效果，这就是我们书法的魅力。这个完了以后往里面走，一个观音像出来了，观音像出来以后等于整个庵的气氛就酿成了。这个观音是奚淞的白描观音，如果真的弄个彩色观音，又不对了，这很素雅的。

《琴挑》，就是陈妙常在弹琴，潘必正听到就来引逗她，陈妙常在荷花池边弹琴的时候，一边吟诗，吟了她的心事，随着她的唱腔，董阳孜的泼墨字，我们用来做背景，然后慢慢转变呈现出整个效果。还有陈妙常的衣裳，这个设计我觉得是最成功的一个，用了非常淡雅的颜色，绸子都跑到杭州去挑，一般在昆曲也好、京剧也好，道姑装或者尼姑装，有一定的规矩，用一个个水田式的，很难看，人要衣装，戏更要衣装，传统戏的衣服重要得不得了，那么美的道姑，难怪。

《问病》，董阳孜两幅字，“色即是空，空即是色”，按理讲有点 ironic，哪晓得潘必正装病，因为《琴挑》被陈妙常拒绝了，结果他就相思病了，一半装的，一半病了，他的姑妈就带了陈妙常来，在姑妈背后两个眉来眼去，上面是“色即是空，空即是色”，这个蛮好玩的。另外，一个佛手，一朵莲花，这是奚淞画的，我们这整个想法是，其实佛也很近人情的，这也是对他们的一种 blessing。按理讲佛手都是很古老的，可是这样来用的话就会觉得有一种现代舞台感。所以怎么把过去古典的传统拉到现代来，怎么样去运用安排，这个很巧妙，我们也不是一下就成功的，也东试西试，拿下来、放上去、

放上去、拿下来。

《偷诗》，是怎么回事呢？陈妙常实在按捺不住了，经卷也压不住她的凡心，后来就自己写了一首词，把内心的苦闷写下去，刚刚写下去的时候，就睡着了，潘必正就跑来，咦，看了有诗，偷来看，可见得她前面作来作去是假的，原来对他已经动心了，这下子，两个来来去去，总算是承认了，所以他们在调情的时候，菩萨眼睛往下看，看看两个人在来来去去，我想有个佛像在上面，好像在佑护他们似的。看这个佛手，开始还含苞未放，爱情慢慢开了，花慢慢开了，全开了，两个人的爱情像花一样，真的开，所以背后也有这个寓意在。然后陈道姑追舟，不管三七二十一豁出去了，追着江心去，两个海誓山盟，然后是佛手的解脱印。我们这样应用，你会感觉到有现代的味道在里头。

《秋江》，两个人在江上面道别，王童导演试了好久，画一下水？不对，画一下芦苇？也不对，我想到以前传统的戏院里演《秋江》，牌子上面就写"秋江"，就这么走完了。这给了我一个灵感，把这个牌子打到后面去，又请董阳孜写了好几幅让我们去挑，总共五幅，因为两人的感情在江心波涛汹涌的时候越来越惨，笔画也越来越放开，到后来全部打开了，最后就只剩了一帖秋江。秋江道别了，两个人坐船山盟海誓过了，潘必正离开了，这个时候只剩下陈妙常，灯照着她，最后"当"一声结尾。意境非常深远慢，非常美的。

这出戏是他们的老师岳美缇——上昆的昆曲大师教的，当然是演得好得不得了。他们的舞美，东西很传统，旧的戏是那样演，我们新戏是这样演，换成青春版的。有一段［小桃红］特别好听、特别婉转，而且身段也美，非常典型的生旦戏。别看这一小段，他们练了不晓得多久，每一个转身都要掐得正好，昆曲难是难在这个地方，又要唱、又要身段、又要两个对起来，timing快也快不得，慢也慢不得，节奏刚好要掐得准，尤其身段，一定要举起手来，没有就完了。所以昆曲是载歌载舞的艺术，等于每一个画面都不一样，拿电影frame来说，每一个frame都不一样，所以不会觉得沉闷。譬如说京戏，当然京戏它有一些唱段非常有名，大家听得很过瘾，还有一些过门的，不好听的也没有身段，就觉得很烦。昆曲不是，它是每个载歌载舞，不会在视觉上有倦怠的感觉。而且这出戏非常典型，无论唱腔什么都是昆味十足，我们又把它设计成一个非常高雅而又有禅意的一出戏。我觉得这出戏本来就是很好的一出戏，但是演演演……演下来，把它演俗掉了，那么我们把它改回来，这一对小男女，完了以后你会同情他们，是个好看的戏。

我们的服装、舞美什么都非常地讲究。人家说你是写小说的怎么去搞昆曲？我是觉得，昆曲因为是我们明清表演艺术里面最有成就的，UNESCO，联合国教科文组织它在二〇〇一年的时候，开始选口述非物质人类文化遗产的代表作，以前它是选中国的长城、苏州的园林这些物质的，非物质的口述，就是音乐、戏曲、语言这些，它第一次选了十九项，第一项就是昆曲。所以UNESCO很有眼光，而且那个committee director还是个日本人，他们的能剧还放在第八、第九，所以昆曲他们知道的，变成不光是中国的表演艺术，它已经是全人类的了。

后来我跟陈怡蓁也去了West Coast跟英国，二〇〇六年第一次到美国西岸，在加州大学四个campus，UC Berkeley、UC Irvine、UCLA，以及我教书的学校UC Santa Barbara，巡回了一个月，演了四轮，十二场，场场满的，有时候一半是非华人，有时候70%是非华人的观众，那时候UC Berkeley的场地也是很大，差不多二千一百个座位，也坐满的。本来我去的时候蛮担心，三天，我们也完全不妥协，也是九个钟头三天大戏，我有点担心美国人看了第一天，第二天不来了怎么办？哪晓得没有，每天满座，而且西方人对于昆曲的反应热烈程度不下于华人观众，还可能更热了一点，站起来standing ovation十几分钟，我想为什么？可能西方人对中国戏曲的知识了解只到京剧，大部分人不知道原来比京剧老个三四百年的时候还有一个昆曲这种形式，而且那么成熟，架构那么大，几十折、几十折，那么大的戏，他们吃了一惊。而且昆曲好像对他们有直觉的吸引力，打进去的，你想他们的文化背景完全不同的，表现的方式也完全不一样，他们是Opera的方式，跟昆曲非常非常不同，居然能够接受，可见昆曲真的是全人类的文化遗产。所以这么重要的一个文化遗产，二十世纪后九十年代，二十世纪初是往下滑，滑得很快，为什么呢？因为第一线的演员大师们都到了退休年纪，他们经过“文革”以后，中间空了一大块，演员接不上班、观众也接不上班，很久没看，“文革”时候昆曲是完全禁掉的，那时候才子佳人、帝王将相，不能演的，禁了这十年以后，观众也没有了。二〇〇五年我把青春版《牡丹亭》带到北大的时候，大概98%的学生没看过昆曲，经过十几年，我们三十多所高校都去过了，现在培养了一大群观众。而且还要往下演了，青春版《牡丹亭》演了三百多场，二〇〇九年，在北大我设立了一个昆曲中心，在那边教课，北大、香港中大、台大也都设立了昆曲中心，昆曲进校园，这样才会培养学生。经过了这九年，在北大也开了九年昆曲课，它的影响力外溢了，所以二〇一七年我想做个校园版的《牡丹亭》，让学生来演，让他们过过瘾，粉墨登场。开头的时候我只是这个意思，后来就在北京所有的大学海选，一来来了一百多人，北京的十六个大学都来了，我们就选了四十个人，有四个杜丽娘、三个柳梦梅，二个春香，当然那些女孩子各个都想争着演杜丽娘，演不到怎么办呢？也给她亮亮相，就演花神好了。更特别的是，乐队也是他们自己组成的，昆曲的乐队很难的，这些演戏的学生在每个大学的京昆社大概有一点底子，不是很扎实的基本功。吹吹打打那些都是国乐社的，很好玩，除了北大、清华、北师大这些名校以外，还有北京理工大学、化工大学，还有石油大学，学生都跑来了，吹吹打打，很好玩，没一个专业的。

来了以后，我对他们本来期望不是那么大，我想学生，引起他们的兴趣就好了，没想到这一群北大的学生认真得不得了，训练了八个月，是由青春版《牡丹亭》的这些演员一对一教的，所以在某种意义上等于青春版《牡丹亭》整套作风就传给那些学生了，又拉他们到苏州昆剧院，大热天、大寒天都去集训，非常用功，训练了八个月，去年四月十日在北大演出。本来我心里想，学生演演就是，一下子鞋子掉了、头饰掉了，本来好玩嘛，哪晓得这一群好认真，在北京大学演，二千人的座位，满的，而且演得热得不得了，一来是他们的同学都来捧场，还有他们的家长都来看这些孩子，当然还有其他的。所以一个学生演员跑出来一下子，下面这一堆啪啦拍掌就晓得同学，热得不得了，演得真好，大大出我意料之外。四个杜丽娘扮相又漂亮，几个柳梦梅也不错，他们的水袖功夫本来没有根基的，居然演得有模有样、中规中矩，乐队才奇怪，凑起来的，吹吹打打居然两个半小时演一天，真不容易，偶尔一听我以为是青春版《牡丹亭》的乐队，近乎职业水准，这一来他们大出风头了，CCTV、晚间新闻给他们播出去，很稀奇，北京十六个大学的学生凑起来演戏。完了以后，汤显祖的家乡，江西抚州，市长马上把他们请到汤显祖的家乡，在汤显祖大戏院演出，出风头了！后来我把他们带到南开大学，叶嘉莹先生在那边教书，她九十四岁了，那天刚好过生日，我就把这个《牡丹亭》带去等于去唱堂会，给她庆生，叶先生高兴得不得了，看完以后站起来说："这个是空前的！"她以为学生演几个折子戏，没想到全部演，而且演得非常好，后来他们演完到南京大学演，再后来香港中文大学请他们去，那个堂本来只有一千四百个座位，来了一千九百人，后来直播。所以出风头得不得了。

二〇〇五年第一次，我把《牡丹亭》带到北大的时候，昆曲他们看都没看过，昆曲什么东西也不知道，十三年后，北大学生自己组团演《牡丹亭》演得有模有样，可见这些年，北大的效应、我们课的效应外溢了，各个大学现在京昆社很多。香港演完了，他们以为就完了，很失落，跟我说："白老师，我们可不可以到台湾去演？"瘾大了，我想试一试吧，这个很有意思，所以昆曲一直一直延下来了，主要是学生，非常有意义，他们在演出的时候，兴高采烈还不说，非常自豪、自傲，那么难的东西我居然会演，而且演的是昆曲，很了不得的。我觉得是一种集体的文化觉醒，以前都是看西方的歌剧，现在有这个东西了，自己的东西自己去唱、去演，意义非凡。在香港演的时候，中大的两个学生也上去参加，有一个更有意思，他现在在台大念硕士，等于也是台大的学生，也上去演，那次演的时候是六个杜丽娘，演得真的有模有样，扮相都很漂亮，演得真的很棒，教他们的老师很认真，他们自己也学得很认真，都是硕士生、博士生，还有本科生。乐队指挥是个女孩子，好厉害，是中国戏曲学院的，不过她不是表演系，是作曲，会写昆曲的曲，所以这么个凑合起来，很难得。我们十几年来，艺工大队、陈怡蓁，还有好一大批人在推推推，是有点成绩了。

一个是“美”，一个是“情”

白先勇访谈录

我做所有文化事业，都是基于对自己文化的信念和信心。

二〇〇七年六月，青春版《牡丹亭》在北京第一百场演出之后，白先勇回到台北，接受新加坡《联合早报》高级执行记者潘星华的访问，畅谈制作这出大戏的始末。

潘星华（以下简称“潘”）：制作青春版《牡丹亭》有什么意义？

白先勇（以下简称“白”）：我们先谈两岸合作。这是两岸文化交流，规模最大、影响最大的一次合作。它让两岸人对传统艺术文化有了新的看法，重新认识古典美学，这一点很不容易，但是我们做到了。难得的是，在这个过程中，不管背后的政治意识分歧，我们都朝着“要抢救昆曲，恢复对传统文化信心”的纯净文化目标努力。中国人有自己一套精致的美学，青春版《牡丹亭》能让人看了三天，还恋恋不舍。可是过去二百年，我们却对自己那么美的文化失去信心，我们该怎样把信心重拾回来？我们看到昆曲的身段美、水袖美、词美、曲美、歌美、舞美、故事美，这个认识传统艺术美的信心要恢复过来。无论是身处何处，我们心底的文化 DNA 都是一样的。这个民族过去有那么辉煌的历史，陶瓷、书画、戏曲、建筑，有那么多巅峰之作，是让我们骄傲的。在现阶段，无论海峡两岸暨香港，经济发展都能达到傲视世界同侪的地步，可是，文化这个环节却是最弱的。我们的文化都是入口，而且还是入超，是赤字的，是被人主导的。复兴中国传统文化，才是救赎整个民族的力量，这是一个 Redeeming Force。我们的民族要怎样去救赎，怎样去还魂？怎么使我们民族的魂还回来？这听起来像是一个高不可攀、精深博大的课题，但的确如此。我们民族在过去二百年，从十九世纪开始失魂落魄，民族魂失掉了。西方的科技、人文，走在前端，我们应该学习，这是谁也没有异议的，但是，不能在学习别人的过程中，丧失了自己，而是应该在学习别人的当中，肯定自己。青春版《牡丹亭》表现了两个字，一个是“美”，一个是“情”，美和情都是文化的救赎力量。中国文化已经式微很久，今天，中国文化需要起死回生的力量，我们有几千年辉煌的历史，文化传统，我不相信古老传统没有办法被唤醒。我们制作这出戏，就是在唤醒潜藏在我们心中对文化的渴望，一种民族的乡愁。青春版《牡丹亭》用最美的形式把它展现出来。很多人看得掉泪，就是被戏里真挚的情，和绚丽的美所感动，而且还因为看到自己有着优秀的传统文化而感到骄傲。

潘：不是有你就没有我，东西方世界的文化是可以并存的。

白：是的。从“五四”以来，不管海峡两岸暨香港的教育系统，都有意识地、系统化地，把自己传统文化排除在外，这实在太令人失望了。大学开课欣赏贝多芬、莫扎特、普希尼，却没有欣赏汤显祖、洪昇、孔尚任的课。我们的教育是不是应该通过介绍自己的书画、文学、戏曲等传统文化，让新一代建立对自己民族的信心，对个人的自信？年轻人会由此知道自己也有好东西，并没有输给别人。而且，对自己文化传统没有认识、没有根基的人，是不可能对西方文化有太深刻了解的。不知己，如何知彼？中西文化是两个不同的系统，他们有文艺复兴的大画家，我们有宋朝的书画家，各有伟大之处，是不好相比的。不能说他们伟大，就丢掉自己的伟大。两岸还有全世界华人的文化DNA是相同的。我在美国四十多年，对自己文化是基于这种信念去追求。如果没有Faith，没有Confidence，是不敢去做青春版《牡丹亭》，也不敢坚持。我是在认识到昆曲的美，认定它的美是超越国界、超越语言障碍、超越文化障碍，是世界文化的瑰宝，才去坚持制作青春版《牡丹亭》的。在台湾演完，有一个女同学在座谈会上郑重地站起来说：“白老师，看了这出戏，我为自己身为中国人感到骄傲。”这个反应，让我欣慰。这出戏真能给年轻人恢复对民族文化的自信和骄傲。

潘：我访问樊曼侬的时候问她，办了这么多世界级的艺术团体到台湾演出，看尽了世界顶级的表演艺术，她心中是不是有着“可惜，这不是我的”的遗憾？尽管伟大的艺术已经属于人类，人人有份，毕竟不属于自己民族，还是有一段距离。而当看到昆曲精美雅致的演出时，会有“我们终于有一个属于自己，能让我骄傲自豪的世界级艺术了”的那种感觉。

白：肯定有，否则她不会赔钱台币两千万去做推动昆曲的工作。我做所有文化事业，都是基于对自己文化的信念和信心，一步步走来。从《现代文学》开始，到创作舞台剧《游园惊梦》、昆剧《牡丹亭》，都是这样。制作青春版《牡丹亭》更是为了面对昆曲越来越老，观众流失，演员老化，我要把昆曲的青春生命召唤回来的文化使命。

潘：怎样完成你唤回昆曲青春生命的使命呢？

白：我看到昆曲断层的危机，培养新人是刻不容缓的当务之急，传承重于一切。青春版《牡丹亭》每次谢幕，我都要请两位老师出场。我要不断提醒演员和观众，这出戏是传承下来的，我们是在做延续昆曲生命的。而且不只演员要传承，观众也要传承。我们走进校园，去把完全不认识昆曲的大学生，引进我们的队伍来。一个表演艺术没有年轻观众，就没有前途，没有生命，所以，如何培养年轻观众是我非常关注的。同样，年轻人也需要认识昆曲来重新认识自己的传统文化，并且对传统文化恢复信心，昆曲是非常好的启蒙艺术。

潘：两岸合作牵涉到两岸对展现艺术的不同理念、展现艺术的不同处理习惯，还有庞大的资金，人员的调度，你一只脚踏进去的时候，有考虑这么多问题吗？

白：问题当然是有的，但我一向做事的态度是一旦去做，就一定要做成。我生肖属牛，O型血，狮子星座，这几项加起来，是“要就不做，要做就一定做成”的人。

潘：当时有想到碰到这么多困难？

白：当初没有想到，太困难了，如果知道，会再考虑。我当初的想法是两地互补，截长补短。大陆的优势在他们有演员，有乐队，昆曲的根在他们那边。可惜多年来，大陆年轻人对昆曲没有接触。我做，是要把大陆的年轻人召回到剧场来接受昆曲美的教育。台湾的优势是过去二三十年，出现了一批舞台工作人员，舞台设计、灯光设计、服装设计，等等。而且，这么多年，台湾和传统文化没有断过，又接触了很多西方文化。这个 intellectual concept，美学的概念，思想上的概念很要紧，我把两边接起来，做提升，包装的工作。在青春版《牡丹亭》的第一个会议，我定下大原则。我说，“这是一出昆曲”。这句话看似理所当然，却是很重要。我们要把这个有六百年历史的剧种，搬到现代舞台上还魂。怎样把昆曲的古典美学和现代舞台接轨？老干新枝，说起来容易，做起来非常困难。这个“度”的拿捏，是最大的挑战。传统戏曲“现代化”有过太多的失败，我们必须兢兢业业来面对它。我们再三考虑，决定“尊重但不一定步步因循古典，选择但避免滥用现代”，古典为体，现代为用。制作的一切方向，都朝着抽象、写意、抒情、诗化，体现昆曲美学进行。现在所有大舞台，都是西方的现代舞台。演出的场所，决定演出的性质。从前明清时代，昆曲是在家里厅堂的红地毯上演出，跟现在要在歌剧院里演出，条件完全变了。我们不能再用传统那套，不打灯，或者打大白灯，只用一桌两椅，这是不合现代舞台概念的。It doesn't fit。虽然如此，我还是谨守昆曲舞台的极简主义 minimalism，能用一张椅子就用一张椅子，绝不多加，道具减到越少越好，因为昆曲着重表演，这个昆曲的基本精神是不能乱改的。从前，我在创作舞台剧《游园惊梦》和一本《牡丹亭》，已经在舞台设计做了很多改革。现代元素是可以加进去，去提升它，却不能去破坏它。第一本最后一幕《离魂》，杜丽娘披着长长大红披风，走进舞台深处的场面，是我想出来的。它的象征意义就是恋恋红尘，她的热情还留在人间，回眸一笑，代表了她还要回来。这些都是现代手法，用起来效果很好。但是在这个工作上，我花了很多唇舌。我必须一样样去说服大陆昆曲艺术家，就连青春版这个概念，也要说服。幸好我和汪世瑜老师、张继青老师有十几年的交情，尽管如此，他们也不一定买账。

潘：是的，我听张继青老师说，二〇〇三年年初八，她原本拒绝去参加你们第一次在苏州开的会议，她是被你们骗说“去玩玩”，才让你们有机会说服她。

白：汪世瑜老师开始也以为我们讲讲罢了，以为我只是自己瞎起劲，一个外来人，说说算了，他以为我不是来真的。我只好天天说，无时无刻不说，告诉他们要把身上绝活传下来的重要性，硬是把他们说服下来。

潘：连好朋友汪世瑜和张继青都不相信你要做，可见从一开始，你就举步维艰。

白：没错，我得一个个去说服。那次，我和周向群还有杨承志吃饭，我从头说到尾，一直向他们解说做这出戏有多重要，说了一顿饭，连桌上美味的苏州菜也没碰过。周向群说，她是被我感动才支持我的。后来，我才晓得她为了支持这个演出，担起了很大风险，那时候，苏州是有人反对的。当时，苏昆已经跟台湾合作排演《长生殿》，一个剧院哪里来得及同时做两出大戏？有人反对，可是她支持，担了蛮大的风险，我们一旦失败，她是要受批评的。说服了官员，再去说服两位老师。幸好上天有意玉成这件事，汪世瑜老师刚好退休。在大陆，演员是不能跨团去教别团的演员，我们做青春版，可说打破了他们所有格局。诸如两岸合作、把老师从别团请过来、起用新人、走进大学校园等等，全部打破固有的常规。我只想怎样好就怎样做，没有去考虑它的框框，考虑太多，根本不能做。还好周向群支持我们后，苏州官员没有来管我们。没有管，有好有坏。坏的是不支持我们，不理我们。好的是不来干涉我们。苏昆开始去筹了几十万元做 seed money，我再去台湾筹排演经费。苏昆开始筹到的人民币四十万元，用来请老师，给年轻人开魔鬼式训练课程。我在台湾找曾繁城，还有统一和富邦、文建会、陈毓秀，他们都支持我。开始我算了一笔账，以为到第一次演出，人民币六百万元就够了，我太 underestimate 了，结果远远不止此数。为了钱，我终日伤脑筋，到处去托钵化缘，这是我从来没有做过的事。面对企业家，我不好意思开口。怎么说呢？我只好告诉他们，这是一个文化大业，要让全世界的人重新认识中国文化的美，要抢救昆曲，大家听了，才纷纷捐款帮助。

潘：听说在编整剧本的时候，也有很多意见。

白：我们有五个月的时间，每个星期六都在一起，编剧小组都是专家博士，各人有各人的意见。编整剧本是一项很重要的工作，它影响演出的成败。汤显祖的原作有五十五折，明清时代，时代环境特殊，可以演几十折，慢慢演，慢慢看，剧情可以很松散，有很多旁支，就像现在的电视连续剧。但是在现代舞台却不行。我们要考虑它的戏剧效果，要把它浓缩起来，成为经典中的经典。我们虽然说只删不改，却是做了大量挪移搬动的工作，就像为电影剪辑那样。

潘：你们剪辑有原则吗？

白：有的。我们要把主题厘清。整部戏在讲一个“情”字，凡有关“情”的情节，都不能少，还要加强。而且，我们重视 presentation，怎样呈现很重要。

潘：你们在编的时候，是不是都要 visualize 它在舞台上呈现的情景。

白：对的。做这个，我是有 sense 的。我写过舞台剧，又搞过电影，不光是文字。所以，在 visual 上，我的感觉是有的。我们仔细看每一折，有时把两折并成一折，或者把三折并成两折，中间再搬来搬去，让它畅顺不矛盾，真是大费功夫。

潘：中间有吵架吗？

白：《牡丹亭》的基调是很 lyrical，很抒情的。有人说这段好，有人说那段好，幸好对这个，我们的美学、文学趣味相近，我们几个人都有共识。偶然冒出灿烂火花，带些硝烟是有的。我们编剧小组写出来的，只是案头本，还要给汪老师去过关。他会说，这段太长，没戏，没有戏剧化效果，我们就得重新修订。我们非常重视观众反应，冷场、热场、群戏、对子戏、个人戏，怎样分开，才能让人看得津津有味，抓住观众的眼球，这些我们都得仔细布局。

潘：你们完全用现代舞台和观众的互动关系来编剧。

白：是的。甚至连什么时候中场休息，在哪场结束，都仔细考虑。这个学问很大，在不适当的时候休息，原本万钧的剧力就削薄了。我们试过把《寻梦》放在下场，结果发现不行，休息回来，泄气了。于是，一定要从《训女》演到《寻梦》，才能休息。结果头重脚轻，前面两小时，后面一小时，观众要去厕所也不行，憋得难受。每天的末场，也一定要把剧情气氛煽起来，才能让观众想第二天、第三天回来追看，到第三天完场，还意犹未尽，情绪 high 得不得了。这些我们统统要想得清清楚楚，事实证明，在我们精心部署下，观众都看得津津有味。当然，汤显祖写的词美，故事动人，情真意切，生旦净末丑，各行当的角色都能发挥，剧情热闹，原剧本写得好，这是没话说。加上我们这番 recreat 的工作，每个细节精心推敲，就更好了。

潘：你说，汪老师在这个剧本的 recreat 过程，居功至伟。你是怎样挑选没有导演经验的汪老师来当总导演？

白：我发现很多“传”字辈师傅，没有受过什么教育，但是“捏”戏一流。他们凭着丰富的舞台经验来“捏”戏，在舞台上，演员该怎样走，怎样动，水袖怎样收、怎样放，他们了如指掌，运用自如。当导演，跟受教育的程度当然有关系，但没有绝对关系，我认为舞台经验更重要。我为什么大胆起用没有导演经验的汪老师，我是看到今天昆曲的发展走了歪路，往往去找不懂昆曲的导演来导戏，把戏导得不伦不类。所以我找汪老师来，就算他没有导演经验也不要紧。相对来说，舞台知识很多人可以帮忙，而且昆剧的舞台原本就是一个极简舞台，一桌两椅，并不复杂。但是昆剧的表演技巧，只有他懂。所以我鼓励他做总导演。我们的文戏都是他排的，其中《幽媾》《回生》

《如杭》都是他新“捏”的。汪老师的功劳很大，我们把剧本给他，他就去“捏”戏了。他的一把扇子，把满园花草扇出来，展现昆曲表演艺术最高境界的功力，是很多人赞叹的。本来苏昆还要去找另外一个很有名气的导演，我一听不是昆剧界的，就说不要。那人打电话来，问我该怎么导？我说：“一切听从汪老师。”他听我这么说，就跑了。后来，我们请了翁国生来帮忙，他是学昆曲出身的，（如果）没有这个经验，我也不要。之前，我已经认识翁国生，他是浙昆的。翁国生对这出戏的贡献也很大，有九折戏是他导的，特别是群戏，如《冥判》。他是武生出身，对动作变化很在行。他就像编舞那样，把舞台弄得很生动活泼。我让汪老师在文戏发挥了长处，武戏有翁国生帮忙。两位导演都做出了巨大贡献。

潘：音乐呢？

白：音乐是成功的。不成功的话，观众看不了九小时。戏曲戏曲，曲占了一半。周友良在这方面是有贡献的。虽然有人说他的音乐西化，其实没有。他只加了个大提琴和低音提琴，很多剧团都这样做。昆曲里面是没有低音的。开始，他的配器多了一些，太响了，的确有点喧宾夺主，把主笛的声音压过，后来都修正了。有人这样提意见也是对的，昆曲最重要的是那根笛子。周友良的音乐是好听的，节奏是对的，他的主题音乐设计得很好，是能让人绕梁三日。

潘：你对花神的戏也很在意。

白：是的。我非常注意花神的戏，我还说，这个戏的成败在花神，这是大家没有想到的。传统各种版本的《牡丹亭》，包括我自己两次制作《牡丹亭》里的花神都是失败之作，就连梅兰芳的花神也失败。有些版本的花神是男的，由官生扮演，带上胡须；有些是女花神，打扮像宫女，手上拿着塑胶花；有时候是全团的演员，包括生旦净末丑，全部上阵，表现团里的阵容，各扮各的，毫无仙气，也毫无意境。花神的作用太大了，是花神催动了杜丽娘的春情，是花神将柳梦梅和杜丽娘引到湖山石边，芍药栏前去幽会。花神在《惊梦》出现，气氛一下子起来了，像一座山峰拔地而起，如果这个山峰起不来，气氛就塌掉了。所以花神的出场很重要。

潘：男人怎么会像花神呢？

白：男人为什么不可以像花神？只要他美就行。女人不美，也不是花神。而且花神不能俗。从前的花神很俗气，衣服难看，头发难看，走步更难看，完全没有设计，就像不是戏里的一部分。

潘：所以你特别请了舞蹈家来设计花神的舞蹈。

白：是的。我特别请了台湾舞蹈家吴素君来为花神编舞，她虽是现代舞者，却很熟悉昆曲，她为花神排的舞和设计的造型，是典型的“古典”和“现代”结合的例子。而且，从前花神只在《惊梦》一场出现，我们让花神总共出现五次。让花神在《惊梦》催动杜丽娘的春情，在《离魂》带她死，在《冥判》为杜丽娘辩解，在《回生》带她重生，最后，再在大团圆的《圆驾》出场，歌颂男女主角的爱情，提醒观众这出戏是一个神话。我们再请王童给花神设计美丽的花袍，在白底披风上绣了十二种月令的花卉。花神一出场，美丽的花袍，又雅又艳，让观众看得眼花缭乱，纷纷鼓掌。还有花神举的幡，红的、白的、绿的，都和剧情配合，非常有意思。这个举幡的设计，是从楚文化来的灵感。当时刚好大陆楚文化在台北展览，我们去看了，楚俑和招魂幡给了我们参考的作用，我们把彩幡用在花神催情、护送杜丽娘到冥府，接她回生的场面上。

潘：还有男女主角水袖翻飞的设计，也是你的主意。

白：一般版本处理柳梦梅和杜丽娘的《惊梦》幽会场面，都很保守，连袖子都不碰一下。我告诉汪老师这是青春版，请他再重新设计，务必要让观众从男女主角水袖的勾来搭去，再加上他们的眉来眼去，让观众想象他们勾肩搭背，两情缠绵的云雨情。通过水袖的重新设计，汪老师把这些“情”戏，捏得非常精彩。美国人看得大为倾倒，他们用了 so graceful, so expressive 和 so sexually charged 的赞词。

潘：演员呢？我听马佩玲老师说，为了养好俞玖林的身体，你放了一千块钱美金在马老师那里，要她每个月给俞玖林一百元美金，要他吃好，把身体养好。

白：照顾这群年轻人，真是煞费苦心。母亲早逝，俞玖林的身体是弱的，体质不强。马老师是俞玖林的师娘，我特别请她在生活起居和品行方面照顾他。沈丰英的体质比较好，我买西洋参给她补气，怕她嗓子不好，还有买蜂胶给两个人吃。我对他们要求很高，天天长途电话查勤。电话里我问他们学习的状况，在电话里给他们讲戏，我告诉他们，《寻梦》和《拾画》两折戏是最重要的。这两折都是他们的独角戏，独自在空台上要唱半小时。我说，一定要唱好，不好，整出戏就垮了。这两折戏的内容，我是一字一句跟他们解释，告诉他们是什么意思，意境是什么，当时的心情又怎样，我还叫他们在电话里唱给我听。我告诉沈丰英《寻梦》虽然唱的是花花草草，但都是杜丽娘回忆和柳梦梅的两情缱绻，我要她内心要有沉醉的感觉，我一字一句向她解释。在唱“花花草草由人恋，生生死死随人愿，便酸酸楚楚无人怨”那几句，要以整个人的情绪爆发声唱出来，只有这样，才能抓住观众之心。我不断解释汤显祖深挚的感情，我还带沈丰英去游园，去沧浪亭，告诉她一进了花园，就像和大自然合而为一体，整个人解放，动作要随心舒展。我跟俞玖林讲《拾画》，我告诉他进入一个废园，已经人去楼空的那种心情。“则见风月暗消磨”还有“敢断肠人远，伤心事多”这些伤心语句该怎样表达，怎么唱。

潘：我问俞玖林，白老师经常叮嘱你什么？他说，每次演完，白老师都叫我回去再把汤显祖的原著拿出来好好地读通、读透。

白：是的。每次我都要他再去好好揣摩汤显祖原著深沉的精神。我买了两本汤显祖《牡丹亭》的白话文注解本给他们，要他们从头看到尾，彻底了解汤显祖，才能更好地把握角色。一般演员都没有彻底看过，只是自己唱哪段就注意哪段，我要他们把全书读通读透。对沈丰英，我把张继青老师演出的DVD和CD都买给她，要她仔细看，仔细听。沈丰英很用心，开车的时候也在听，非常用功。

潘：沈丰英说，白老师只让她喝酸奶，零食一概不准吃。

白：是的。我告诉她没有胖的杜丽娘，要戒掉吃零嘴的习惯。她减肥了，减掉十几磅，后来好很多，你看她现在扮相多好了。

潘：听说，演出期间，你很多规矩，要求特别严。

白：每次演出，我都向团里要求让俞玖林和沈丰英住单人房，要他们好好休息。演出的三天很紧张，不是说其他人不紧张，而是其他人没有他们两人紧张，如果睡得不好，会影响很大。住单人房，哪怕什么都不做，也可以安安静静想戏，任何消耗精神的事情都不做。演出前的记者会完了后，我不再让记者去干扰他们。在演出期间，我还不让演员们的配偶来看戏，以免分心、影响情绪，你看我很霸道吧。演陈最良的沈志明感觉不受注意，我也给他讲戏，鼓励他，后来他演得很好，演得恰如其分。小春香很娇俏，杜宝、杜母，我都鼓励他们。有一阵子，演杜母的陈玲玲很心灰意冷，觉得没有受到应有的重视，要离开我们。我跟她说："如果你今天是平庸的演员，要离开这个团，我会鼓励你，劝你不要在这里浪费时间，可是你不是，你是一个优秀的老旦，老旦的舞台生命很长，越年长越是你的戏。"年轻人都对我很好，他们说："白老师，你的戏，我们一定演，青春版《牡丹亭》我们一定演。"他们又感觉自己的前途茫茫，那种心情，我是很理解的，也很同情他们。按理，他们都是国宝，如果我们认为昆曲是国宝，这些昆剧演员都应该是国宝，好不容易演出一百场，怎样再去训练这样好的演员？哪里有二十九岁的演员，就能有演出一百场的经验？

潘：是的，俞玖林就说自己很幸运，还没到三十岁，已经有了演一百场的经验。

白：而且这一百场都是正式演出。

潘：是啊，而且还在世界级的舞台上演给世界级的观众看。

白：是啊，观众都是大学生。从台湾剧院，到上海大剧院，到加州大学大剧院，还有无数大学礼堂。一百场戏，十五万人次观众，绝大多数是大学生。演员和观众的关系是鱼跟水，好的观众让演员有好的演出，观众的水平不高，演员的水平也会降低。我对每个演员都很珍惜，像演皇帝的周雪峰，他是个好演员，可以独当一面，但是我们只有一出戏，只有一个柳梦梅。还有一个演花神的顾卫英，她也可以独当一面，可惜我们没有办法给他们机会。这出戏其他净末丑角色，每个人都能站得起来，花脸唐荣的架势也很好。

潘：他们已经有了很多粉丝。

白：是的。我发现很多大学女学生对俞玖林的反应特别强烈，追星她们特别勇猛。有一个女同学对俞玖林说："你在台上演戏，眼睛却拼命向我放电。"俞玖林就像剧中人柳梦梅那么痴，那么愣。他回说："我是近视眼。"我想不管他的近视眼，俞玖林的电眼的确是会往台下穿透的。我也发现中年男教授特别关心沈丰英，我就是被她那双会勾魂的眼睛勾上的。

潘：听说，你除了让男女主角跟汪世瑜老师和张继青老师，还筹了钱让其他演员去跟他们行当最优秀的老师学习。

白：是的。唐荣我让他去跟北昆的侯少奎老师学习，侯老师是花脸第一把手。甚至俞玖林和沈丰英，我也要求他们转益多师，跟岳美缇老师和华文漪老师学习《玉簪记》。我要他们都去学这些老师傅的绝活，我请好朋友余志明赞助他们学习费用。年轻人都是人才，不培养是很可惜的。

潘：我知道你很会打长途电话，俞玖林、马佩玲老师都告诉我他们在冬夜，听你的长途电话，冻到像一根冰棍的故事。

白：我大概打了几万元美金的长途电话。我盯他们盯得很紧，每天几个长途电话追踪。你知道大陆做事，没有我们扣得那么紧，不扣得紧，一松就垮，我这个制作人，什么都得管。

潘：首场在苏州大学，听说你是很忧心忡忡。

白：是的。我问过苏大学生，有90%的人没有看过昆剧，苏大老师对我们要面向全体学生的演出也很忐忑不安。他说，苏大有个小厅，可以坐四百人，就在那里演一晚就行。他怕没有学生来，我说不行，一定要在大礼堂演三晚。他于是问，要不要组织观众？我说，观众还要组织吗？我虽然这么说，心里面也是挺担心的。所以，后来我决定到上海去开新闻发布会，要让我们演出的讯息传得更远。结果，证明我这样做是明智的。新闻从上海辐射出去，影响的面很大，学生从上海、南京、杭州来，有些还从山东、北京来。戏票一下抢光。

潘：二〇〇四年九月青春版《牡丹亭》到杭州去参加中国艺术节，你初期也很紧张。

白：那次艺术节的阵势吓我一跳，有一百个团体参加，中外一流的表演团体云集，我们的戏票又卖得很贵，是非常不容易打的一仗。幸好有传媒帮忙，我们的卖座率，后来还成为这一百团之冠，这才让我安心。

潘：到美国去，更是去接受严峻的考验了。

白：我们要去美国验证一下昆曲是不是真的如联合国所说，是人类文化瑰宝、人类文化遗产；要在美国舞台上试一下，它是不是能够得到西方人的肯定和赏识；还要证明一下，这个艺术是否真能突破文化的阻隔、语言的障碍。我们花了很多时间去教育美国观众，引起他们关注。有一位美国教授告诉我，这是她一生看过最伟大的表演。一位剧评家说，这是一个极视听之娱的演出。美国主流传媒和大学教授的反应都让我们非常兴奋。

潘：青春版《牡丹亭》走到一百场，哪件事最让你头痛？比如呢？

白：按我的方式，做事一定要有严格的discipline，没有纪律是做不好事的。人员固定下来后，不能随意调换，演员每天作息要严格。台湾云门舞集舞员的日常排练非常紧凑，每天都要练上好几小时。但是，我们青春版的演员常常被调去做其他剧组的工作，这是最麻烦，最令我头痛的事情。从主角到配角、龙套，我要求他们每个动作都要到位，可是花神的龙套常常换人，一换，就影响整出戏的演出水平。别的事都可以妥协，艺术是不能妥协的。这出戏，大家也许都看得很兴奋，但是我还不满意，对艺术，大概永远不会有满意的日子，满意就没有进步了。哪怕进步一分半分也好。这个戏个别演员的确已经被磨成器，进步很大，但是整体的分数，我还是打得不高。这一百场，我给八十分到八十五分，距离一百分，还有一大截。

潘：你除了打几万块钱美金的长途电话，晚上你是不是也睡不着觉？

白：是的，我总是惦挂着每件事，总是想着要如何鼓励年轻演员的士气，我了解他们的报酬跟付出不成比例，所以，我必须到外面去托钵化缘，可以筹多少就多少，来改善他们的福利。另外，我又是很严格的制作人，样样都要求很高，今天我们能做到一百场，场场基本都满，而且还一票难求，你知道我们前期做了多少工作吗？从我们第一次开会开始，我已经规定哪张照片可以出去，哪张照片不可以出去，哪张照片可以常用，哪张不行，我们都预先部署好，考虑清楚。每一张演出海报，都精心设计，都讲究，昆曲是美的东西，一切配套都要美。我们出版了九本书，本本都出得很漂亮，这才是昆曲精美的调子。我们的素质水平，我都掌握好，捏得很紧。你这样才会明白为什么戏里柳梦梅拿着的一张画，我要请画家奚淞来画，戏里的书法，要请书法家董阳孜来写。艺术的东西，是不可以苟且，不能妥协的。

潘：所有参加青春版《牡丹亭》演出和制作的朋友，都说他们在听白将军的话，你感觉自己身上的确有父亲身为大将军，能运筹帷幄，调兵遣将的能耐吗？

白：父亲对我做人处事是有影响的。比如说他的意志力很强，是一定要成功，一定要做到底，很少半途而弃那种，这种精神蛮影响我。在台湾，我有十一年跟他比较接近的日子，他的影响力潜移默化改变了我。我后来做什么事都有一个 grand strategy，比如青春版《牡丹亭》，我认为应该走进大学校园，因为大学校园有最多的年轻观众，我便会努力去筹款进入校园。我们进北京大学演了三轮九场，你看影响力有多大。北大的人文教育深厚，也是中国大学的龙头老大，这种 grand strategy 我是有的，就像我从前写小说，也要事先部署好。

潘：写小说比较容易，你只要指挥你的笔，但是制作青春版《牡丹亭》却不简单，你要指挥千军万马，影响社会。

白：其实没有。我只带着我的秘书郑幸燕，光带这个小兵打仗。真的，每次演出，都是我和郑幸燕做前期部署，我们先去募款，有了钱，再工作。美国大歌剧的前期宣传费和制作费是各占一半。如果说制作费是三千万元美金，那前期宣传费用也是三千万元美金，你看前期工作有多重要。青春版《牡丹亭》就我们两人在做前期的宣传工作。

潘：王孟超说，两岸合作，成功的秘诀在于要有一个强而有力的主导者，才能叫大家信服。这次参与工作的都是两岸顶级艺术家，你承认有时智能的撞击，会冒出灿烂火花，难免带出硝烟，在大家闹得纷纷攘攘的时候，白将军你是怎样一锤定音呢？

白：我会跟他们讲心里话，我会说每个中国人内心对文化的渴求，这是我们共同努力的目标。我大概讲中了他们的心理，大家就没有话了。我在文化界很久，做了很多事，写书，搞舞台剧，拍电影，否则他们不会相信我。

潘：不是的。由比你更有名气的文化界人士来搞青春版《牡丹亭》，也不一定能搞成。今天白先勇能成，是因为他有特别的魅力，能够把八十五位两岸的艺术家团结起来合作这场文化盛事，又能化解中间的偏见、误会，你是怎样去做到的呢？

白：我想，是因为我定的目标很高，理想很远大。好像我创办《现代文学》，是为了创造新的文学；我制作《游园惊梦》，是为了创造新的舞台剧；制作青春版《牡丹亭》是为了文艺复兴，抢救昆曲。我的志向远大，目标崇高，才吸引这么多人来一起工作。

潘：为什么困难来到，在争执声中，你连一点愤怒也没有呢？就像辛意云老师说，什么困难都在你笑眯眯中解决？你有在什么时刻想不干吗？

白：愤怒是有的，而且有好几次。就像我订好了规矩，他们没有照做，我就生气了。我策划好的事情，铺好了路，是要确保一场都不能失败。演一百场，只要失败一场，人家就会记住这失败的一场，而忘掉成功的九十九场。绝不能有一场失败，这是多困难的事情啊。而且，我们还要确保一百场都满，如果有一天，观众只来了三成或六成，这都是失败。

潘：我知道连卖票的事情也要你操心。北京大学萧怀德告诉我，五一黄金周，开完记者会，你在离开北京的飞机场，还打电话叮嘱他卖票的事情，他那儿有四千五百张学生票。

白：是的，我告诉他一定要把这些票卖光，我看他很笃定的样子，所以很担心。

潘：你就是这样，为了一张照片，一张海报，官员、老师、演员、灯光、舞台、戏票，什么都不能出错，而挂心、忧心。

白：是的，都挂心、烦心。其实，到了这个时候，应该有个agency来做我做的事情，不要我那么辛苦。但是苏昆没有这个机制，没有一个来管宣传、行政、会计等的机制，现在全部是我和郑幸燕来做，怎么行呢？郑幸燕是一年三百六十五天，一天二十四小时在拼命做。

潘：未来呢？

白：我现在做了一个范本，火种点燃了，要让这个火继续烧下去，我是有计划的，但是可能还不能实现。如果要昆曲生根，发芽，茁壮，必须走两条路。这两条路，说容易是容易，说难也难。第一条路，我们校园巡回演出的目的是什么呢？我希望教育系统，最少我们的大学能够把昆曲当作美育课程。西方大学有很多音乐欣赏、歌剧欣赏课程，中国大学也有。然而，音乐欣赏，只欣赏贝多芬、莫扎特的音乐作品，却没有欣赏中国传统音乐、戏剧作品。昆曲已经被列入世界文化遗产，却没有人去保护它、发扬它，介绍学生去认识它，这说得过去吗？自己的文化被列入世界文化遗产，在外国已经不知产生了多少篇博士论文，我们却连昆曲的资料，也还不能有系统地去搜集和整理，昆曲音乐也没有人认真去研究，这实在是很遗憾。整个宋词的音乐已经流失了，宋词已经唱不出来了，连元杂剧也不会演了。今天幸好昆曲还有文本、音乐，还有老师傅可以教身段，教唱腔，如果这个已经成为世界人类遗产的文化瑰宝，任由它衰微、死亡，这一代人将成为民族罪人。现在经济条件好了，社会条件好了，可以做很多抢救和保留昆曲的工作。最近我们在香港大学设立了一个昆曲研究和发展中心，希望可以为昆曲做一点事。大陆的大学如果能把昆曲列入教育系统，这样昆曲就会生根了，就会培养一代一代的昆曲观众了。第二，要昆曲生根，昆曲一定要有自己的昆剧戏院 theatre。现在中国到处都有 theatre，却没有一间用来专门演昆剧。民国时期，京剧为什么能够这么兴盛，就是因为在北京、上海，都有京剧戏院，可以天天演，月月演。我建议在苏州盖一个昆剧戏院，外形配合苏州园林的古雅设计，内部全部现代化，六百至八百个座位就可以，坚持每天要演。中国人外国人要看昆剧，一定要到这间戏院，就像日本的歌舞伎剧院。苏州每天有很多游客，可以让他们白天游园林，晚上看昆剧，这不是很好的文化遗产之旅吗？这个昆剧戏院，由六大昆班轮流来演出，只有这样，昆曲才会生根，才有前途。这个戏院只能演昆剧，其他不能演。不可以又拿去放电影，做综艺表演晚会，那就完了。务必要让这个戏院成为一个文化指标，就好像看莎士比亚戏剧一定要去英国他的家乡 Stratford-upon-Avon 看那样。

潘：周友良说青春版《牡丹亭》一定会载入史册，一定会载入中国戏曲史、中国文化史，你怎么看？

白：我相信它的影响力是大的，它让这么多受高等教育的年轻人突然发现传统艺术的美，并且受到感动。大学生内心受到感动是难得的，不是听一首流行音乐的感动，而是召唤起他们对自己文化的骄傲和信心，这个影响力是大的。我们到美国演出，那么多人惊艳，发现中国人竟然有比他们的歌剧还早两百年的这么美的歌剧，感到惊叹不已。所以这出戏的演出意义是重大的。

潘：你又怎样评价自己呢？

白：我只是一个昆曲义工，我完成了一个 mission impossible。演出一百场，从国内走到国外，而且基本上场场都满。不过，要继续走下去，路会更难走，因为人家对你的要求高了，不会宽容你了，更不可以犯错了。参加这次制作工作，让我变得在艺术面前更加谦虚。因为昆曲实在是一门精致、成熟而完美的艺术，博大精深。有一次，我看张继青老师指导沈丰英一个水袖动作，纠正了三十三次。我从而了解到举起水袖的高度必须配合笛音，太高、太低、过了、不及都不行，必须非常精确、到位，它是经过了多少表演者的磨炼和契合，才展现的和谐动作，是非常精确严谨的。难怪昆曲的水平这么高，真是一点马虎不得。昆曲的美学，我形容是眼睛里揉不进一粒沙，几百年下来，它的层次已经非常高，所以，我们在创排过程，是存着兢兢业业、虔敬之心去做的。艺术这个字，Arts，我经常都是写大写的，艺术对我来说是至高无上，这次制作昆曲，让我对这门艺术又产生了十二万分的敬意。

潘：接下去，你会怎样做？

白：先休息一下吧。

潘：你好像没有办法休息，接下去的演出都排满了。工作人员都认为，演出一百场，是停下来做检讨的时候。

白：是的，舞美、演员，都要提升修正，要做大检讨。过去四年，我全心投身在这件工作上，我自己也要有个 break，休息一下吧。

潘：你现在不需要再讲这么多长途电话了吧？

白：没有了，那都是在第一年，因为方方面面都要照顾，第二年也多。现在，我只跟郑幸燕通电话。

昆曲复兴运动又一章

记北京高校学生校园版《牡丹亭》的演出

美与情是救赎与复兴我们整个民族的两股力量，寻回中国人原有的美学自信，恢复中国人本来的表情方式。

二〇一八年四月十日在北京大学百年纪念讲堂有一出非比寻常的昆曲演出：北京十六所大学的学生联合公演校园版《牡丹亭》。在长达两个多钟头的演出中，北大百年讲堂近两千位观众，有表演者各校的同学，有他们的家长，还有闻风而来的各地人马。在阵阵爆起的掌声中，在一片叫好的喝彩声中，北京大学生校园版《牡丹亭》圆满落幕，创下了这些年昆曲复兴运动历史性的一刻，继青春版《牡丹亭》后又树立了一道里程碑。

二〇〇四年我集合了一群两岸文化精英、戏曲大师共同打造出一出九个钟头分三天演出的昆曲经典大戏青春版《牡丹亭》，当时昆曲再度陷入没落的险境，尤其在大陆：第一线的演员老去、观众老化、青年人对中国传统文化疏离、对传统戏曲更是陌生无感。我们制作青春版《牡丹亭》一开始便有振衰起敝、兴灭继绝的大理想、大抱负，我们投入了极大量的人力物力，费尽心思、费尽心血，二〇〇三年花了整整一年时间的打磨，由汪世瑜与张继青两位昆曲大师将苏州昆剧院的青年演员俞玖林、沈丰英两块璞玉雕凿成器，虽然我们制作团队都是一流人才，而且非常认真努力地工作，然而昆曲这项古老的表演艺术，毕竟衰微已久，一个多世纪以来，虽然断断续续不绝如缕，但总未能有一飞冲天的中兴气象。二十一世纪初期，在大陆整个大环境对昆曲的推广并不有利，昆曲演出，往往观众寥寥无几，除了少数爱好者，一般社会大众对昆曲的价值并不认识，态度冷漠；大众的认知，充其量认为昆曲只是一种曲高和寡的古老剧种。我们逆势而行，挹注如此庞大精神与物质的投资，的确相当冒险，当年我常被问到一个问题：你为什么花这么多时间、这样大力气来推动昆曲？我经常的回答是：昆曲是明清两代最高文化成就之一，曾经独霸中国剧坛两百多年，是当时的国剧，有“百戏之祖”之称，其表演艺术的美学高度无出其右，是中华民族的文化瑰宝，而当今昆曲再次经历衰颓，甚至有断层失传的危险，抢救昆曲、抢救我们的文化块宝，的确是我们的初衷。然而我本人并非昆曲界人士，对昆曲的所知有限，只凭一股热情，也不计成败得失，知其不可为而为之，谁知竟感动了两岸的艺术精英、昆曲大师，以及许多企业家的文化使命感，大家同心协力、众志成城，把一出昆曲经典重新打造，完成了一项巨大的文化工程，迄今青春版《牡丹亭》已在世界各地巡演了三百多场。一出戏掀起了昆曲复兴运动，这应该不是夸大的说法。

如何让昆曲进入校园

一种表演艺术如果没有年轻人的参与，不会有辉煌的前途，这是我一向的看法，因此，我们在制作青春版《牡丹亭》的时候，首要任务，就是如何号召青年观众回到戏院里，观看这出有四百年历史的经典昆曲——这可不是一件容易达到的事情，要现在的大学生到戏院里坐九个钟头看一出古老剧种，当时听起来几乎是“不可能的任务”。对于这项难题，我们的确经过慎重思考，拟出一套策略，如何将昆曲这项古老艺术推向青年观众群中。首先我们选中《牡丹亭》作为我们重排经典大戏的第一部，因为这部晚明汤显祖的扛鼎之作其本身就是一部歌颂青春、歌颂爱情、歌颂生命的史诗。情与美是昆曲的核心价值，简单地说，昆曲就是以最美的形式表现中国人最深刻情感的一种艺术，因为昆曲产于昆山，代表了江南文化缠绵婉约的精髓。《牡丹亭》把昆曲的情与美发挥到极致，这首青春恋歌曾经打动过世世代代青年男女的“春心”，因此我们相信这出昆曲经典一样能感动二十一世纪的青年人。但新世纪的青年学子自然有他们自己一套的审美观，尤其是视觉上，不免受到西方现代影视舞台的影响。因此，我们在舞美、灯光、服装设计以及编剧上，设法将传统与现代结合起来，“尊重古典但不因循古典，利用现代但不滥用现代”，在这个大原则下，我们制作的青春版《牡丹亭》是一出在传统基础上融入现代元素的昆曲，符合新世纪的审美观，所以才赢得大量青年学子的认同及共鸣。美与情是救赎与复兴我们整个民族的两股力量，寻回中国人原有的美学自信，恢复中国人本来的表情方式。当然，我们挑选苏昆小兰花班青年演员担纲，这也是我们重要策略之一，形象俊美的男女主角，因为年轻亮丽，赢得青年学子的认同，在两岸三十多所高校巡演，引起千千万万青年学子的热烈追捧。

“昆曲进校园”是我们制作青春版《牡丹亭》的重要目标。第一步就是校园巡演，二〇〇四年四月台北首演后，六月大陆首演在苏州，苏州大学的存菊堂，那是一个二十世纪五十年代建立的大礼堂，有两千多座位，但舞台设备简陋，没有吊杆，青春版《牡丹亭》精心设计的舞美，全都派不上用场，那是一场相当原始的演出，全靠演员的表演以及一堂精美的服装。但苏大首演的成效，对我们这出戏是关键性的，因为这是大陆首演，而且又是在苏大演出，考验青春版《牡丹亭》是否能够被大陆的大学生接受，这关系这出戏的未来走向。我们在上海开了盛大的新闻发布会，本来苏大校方担忧礼堂太大，三天的戏，学生观众不够，哪晓得消息一出，从南京、上海、杭州各地的学生蜂拥而至，把苏大学生的票都抢走了，连大礼堂的走道上都挤满了人，学生观众的反应热烈沸腾，场面像热门音乐晚会。没想到被讥为“曲高和寡”的昆曲竟能激起青年学子这么大的热情。是汤显祖《牡丹亭》中的情与美深深地打动了这些大学生。大陆首演成功，证明我们“昆曲进校园”的策略是正确的，昆曲最重要的观众在大学。接着我们到杭州浙江大学演出，苏大的观众反应，在浙大又重演一次。

青年学子的集体醒悟值得深究

我们真正展开校园巡演是二〇〇五年，头一站是北京大学，在北大百年纪念讲堂的演出，可以说是我们“昆曲进校园”计划的一道里程碑。北大是中国教育界、文化界的龙头，从二十世纪初，在北大发生的任何文化事件，动见观瞻，影响全国。民国初年，北大开设昆曲教学，吴梅、俞平伯这些曲学家，在北大曾授过昆曲课，蔡元培校长还亲领学生去观赏昆曲表演。我们将昆曲送进北大，是延续了北大中断七十年的昆曲传统。当时，虽然青春版《牡丹亭》于二〇〇四年在台港苏杭甚至在北京、上海演出都很成功，声名鹊起，但在昆曲界地位尚未稳固，要闯进北大这样一个巍巍学府的殿堂，还不是一件易事。幸亏北大艺术学院院长叶朗教授也是一位重视昆曲教育的人，由他策划牵引，青春版《牡丹亭》终于在燕园百花齐放的四月天，顺利登上百年纪念讲堂的舞台。这次演出是售票的，三天晚上六千多张票一下抢光，除了北大师生，北京其他大学，如清华、北师大、中央美院等的学生闻声都纷纷而来，把纪念讲堂塞得满满的，青年观众的反应一晚比一晚热烈，到了第三晚最后《圆驾》，男女主角终于美满团圆，观众情绪已经被剧情拉到最高点，谢幕时掌声雷动，学生们喝彩的声音此起彼落，整个场子热浪翻天，学生观众年轻的脸上似乎都在发着一层光辉，好像被我们传统文化一股神秘的力量触动发光似的。一出四百年的古典戏曲竟能使二十一世纪中国北京最优秀的知识青年感应如此强烈，如同他们的心灵酣睡已久，突然被天雷震醒一般。那一瞬间，青年学子这种集体的醒悟，值得深究。这就牵涉到我们传统文化的大问题上了。中国传统文化自十九世纪衰微以来，江河日下，二十世纪内忧外患，并未能振作起来，一方面当然由于西方文化强势入侵，搅乱了中国文化的系统，但影响更深远的是“五四”以来，学校改制，模仿西方，教育当局竟将中国传统文化教育包括戏曲，有系统地排除在课程之外，这就使得在学的学生在文化认同上，产生混淆，对中国传统文化产生疏离，尤其经过“文革”，中国青年对传统文化更加感到陌生。但新世纪二十一世纪初这一代的青年学子，正处在中国社会急遽变动的时刻，此时离“文革”已近三十年，社会物质建设，尤其科技的研发，都做了三级跳的大跃进，中国经济快速崛起，社会价值跟着改变，同时西方商业文化大量涌入，这一代的中国知识青年正面临中国文化如何走向的十字路口，一股强烈的文化认同感，正急迫的驱使他们要做一个选择：作为中国人，自己的心灵文化构成到底是什么？青春版《牡丹亭》的骤然出现，使得这些知识青年好像猛见鲁殿灵光，触动了他们潜伏在心灵深处我们民族文化的DNA，引起共鸣，进而认同。是《牡丹亭》中的“情”与“美”两股救赎力量，唤醒了青年学子的文化意识。那是纯粹中国式的“美”，纯粹中国式的“情”。北京大学的学生看完青春版《牡丹亭》在网上留言：“现在世界上只有两种人，一种是看过青春版《牡丹亭》的，一种是没看过的。”另一位学生这样写道：“我宁愿醉死在《牡丹亭》里，永远不要醒来。”青春版《牡丹亭》一共在北大百年纪念堂公演过四次，其他三次是二〇〇六、二〇〇九和二〇一六年，每次都是满座，青年观众的热情，一点也没有减弱。二〇〇九年我替北大设立“经典昆曲欣赏”

课程同时公演青春版《牡丹亭》，那是个十二月天，天寒地冻，零下九摄氏度，晚上演完近十一点钟，还有数百学生排长龙，不肯回去，等着跟我说话："白老师，谢谢您，把这么美的戏带到北大来。"那些满脸兴奋的年轻人急切要告诉我，是中国传统文化的美，征服了这些在迷茫中正在寻找自己文化根源的青年学子，这些学生大概95%以上从来没有接触过昆曲，但昆曲的精深美学，有直接的穿透力，马上能打动这些青年人的审美直觉。

北大到底是中国领航的龙头大学，青春版《牡丹亭》在北大造成的轰动效应很快也就外溢到全国各个大学去了。二〇〇五年，我们第一轮校园巡演在北边，还有北师大、天津南开，南边我们进到南京大学、上海复旦、同济，一共六所高校。处处一样皆引起像北大公演的那样风潮，青春版《牡丹亭》在校园巡演已建立起本身的声誉了。但事实上头一年巡演，我们还未有稳定的基金支持，校园演出多为公益性质，青春版《牡丹亭》剧组相当庞大，有七十人上下，食宿交通，费用可观，我得一站一站去募款，例如北大演出，是美国华侨张菊华女士出资支持的；南开演出，全靠天津可口可乐公司包场。巡演运作相当辛苦，但是看到学生们对自己的古典戏曲传统文化反应如此热烈：南开演出，学生为了争取入场，几乎"暴动"，我也不禁感到欣慰。我就是希望青年学子接触过昆曲后，对我们传统文化的美有了新的认识，因此重新评价、重新亲近我们曾经有过如此辉煌成就的文化传统。

中国“文艺复兴”已点着火苗

二〇〇六年，我们第二轮校园巡演，还是以北大为起点。这一次，我们获得香港何鸿毅家族基金的全额赞助，每年一百万人民币，一共支持了三年，至二〇〇八年。这三年间，我们开足了马力，海峡两岸、大江南北，甚至远到北美，在各个名校巡回演出。二〇〇六年，我们在北大百年纪念讲堂特别演出了一轮给传媒大学学生看，再度到南开，然后转到西北西安交通大学、南下到成都四川大学，川大的体育场挤满近五千学生，武汉大学的演出热到沸腾。有几个地方，从来没有昆曲演出过的：安徽的合肥——中国科技大学，广西桂林——广西师范大学，福建厦门——厦门大学，这些地方的学生竟也一样狂热。我从各地背景不同的青年学子身上，看到他们对青春版《牡丹亭》、一出有四百年历史的古典戏曲，一种代表中国高雅的传统文化，如此强烈反应，完全自动自发地去拥抱，得到了一个讯息：二十一世纪中国的“文艺复兴”可能已经点着了几根火苗了。中国传统文化衰落已久，一个多世纪以来，中国文化在国际上几乎失去了发言权，西方强势文化引领世界，处处马首是瞻，作为中华民族的一分子，我们看着自己曾经有过如此灿烂成就的文化传统一直消沉不起，欲振乏力，每个人的心灵深处总有一份失落的隐痛。西方文化如此强盛，皆溯源于十四至十六世纪的欧洲“文艺复兴”，一个受到古希腊文明启发的文化运动。二十一世纪应该是中国文化再度兴起的契机了，这个中国式的“文艺复兴”也必然是向我们自己的古文明乞得灵感而发生的。我们最高艺术成就的古典戏曲昆曲，当然也应该是这股灵感的一部分，而说不定这些受过昆曲、受过青春版《牡丹亭》洗礼的青年学子，正是将来扮演推动中国“文艺复兴”的一分子呢。

人类口述和非物质遗产代表作

二〇〇六年，我们“昆曲进校园”计划推向世界，首站是美国西岸，加州大学的四个学区巡演：伯克利、尔湾、洛杉矶、圣塔芭芭拉，四轮十二场，场场满座。西方观众、加州大学的学生，对中国这出古典戏曲反应热烈的程度，居然毫不逊于国内观众，可见昆曲的艺术成就、美学高度是普世的，超越文化语言的阻隔。宜乎二〇〇一年联合国教科文组织将昆曲列为“人类口述和非物质文化遗产代表作”。美国媒体一边倒做了肯定评论，《旧金山纪事报》宣称，此次青春版《牡丹亭》美国之行，乃继七十多年前一九三〇年梅兰芳访美之后，中国戏曲对美国学界文化界造成的最大的冲击，同年加州大学伯克利校区便开设昆曲欣赏课程。美国之行，所费不赀，台湾趋势科技陈怡蓁女士及香港宝业集团刘尚俭先生，两人合捐一百万美金，全程赞助。

何鸿毅基金继续支持我们到港台各大学巡演。香港中文大学、理工大学，台湾由北到南：政治大学、交通大学、成功大学。所到之处，与大陆学生一样反应，三四年下来，我们已在海内外三十多所高校巡演过，培养了十多万的学生观众，青春版《牡丹亭》在各地校园里已建立起名声，男女主角俞玖林、沈丰英变成了青年学子的古典俊男美女的偶像。校园巡演与社会商演有本质上的不同，校园巡演是教育性的，是对一种古典文化的推动，目的是培养青年学子对中国古典文化、古典美学的认知，有潜移默化的宗旨与功用；目的在透过昆曲美学，让对中国传统文化早已疏离的高校学生，重新认识中国传统文化的"情"与"美"。青春版《牡丹亭》商演也创下了几乎场场满座的奇迹，二〇〇七年青春版《牡丹亭》第一百场在北京北展剧场上演，两千七百座位的剧场，三天满座。青春版《牡丹亭》的青年演员经过百场淬炼，唱作演技已达纯熟，百场庆演是青春版《牡丹亭》表演艺术上一座里程碑。二〇〇八年又去了欧洲巡演，在伦敦、雅典获得了欧洲观众与媒体的一致肯定赞扬。商业演出，受众乃社会一般人士，青春版《牡丹亭》商业演出成功，也就奠定了在社会上的艺术地位。商演与校园巡演，互相辉映，青春版《牡丹亭》在海峡两岸产生了全面的影响。

昆曲课程，从北大走向世界

青春版《牡丹亭》校园巡演，已对高校学生产生了广泛的初步影响，但再进一步培养高校学生对昆曲的认知，也就是深一步培养大学生成为散播昆曲的"基本种子"，那就得从在大学里设立昆曲教育课程做起。二〇〇九年，我们开始在北京大学开设"经典昆曲欣赏"课程。这是我们"昆曲进校园"计划，进一步在校园扎根。"经典昆曲欣赏”课程挂在艺术学院，获得北京可口可乐公司的赞助，每年一百万人民币，连续五年。课程设计采用讲座系列，案头场上同时进行，延请海峡两岸暨香港昆曲学者专家轮流讲授，发挥个人专长，讲解昆曲历史、社会背景、名剧解析、昆曲美学，从哲学、艺术、美学各种角度来探讨中国表演艺术成就最高的剧种昆曲。到北大授过课的学者专家众多：王安祈（台大）、辛意云（北艺大）、华玮（中文大学）、郑培凯（城市大学）、叶朗（北大）、陈均（北大）、叶长海（上海戏剧学院）、江巨荣（复旦）、宁宗一（南开）、周秦（苏大）、吴新雷（南大）、傅谨（中国戏曲学院）、赵天为（东南），我自己每年也会到北大讲授一节课。北大昆曲课程的一大特色便是，一半课程是延请昆曲界大师来课上现身说法，在课堂上示范大师本身的行当与绝活，除了青春版《牡丹亭》的导演汪世瑜与艺术总监张继青外，还邀请了上昆的台柱蔡正仁、华文漪、岳美缇、张静娴、刘异龙、梁谷音、计镇华等，北昆有侯少奎、刘静，一时生、旦、净、丑、末行当齐全，同学们趁此罕有的机会得亲炙目睹这些昆曲大师的风范。每年我去北大讲课，必带领青春版《牡丹亭》的班子，让这些青年演员演三天折子戏，同学们于是可以真正看到昆曲表演，有了宝贵的“场上”经验。二〇一三年，美国赵廷箴文教基金会接替可口可乐，又跟北大签约五年赞助昆曲课程，每年亦是一百万人民币，同时成立北大“昆曲传承与研究中心”，在校园里推广昆曲。如前所述，北大是中国的龙头大学，自二十世纪初“五四运动”以来，一直是带领全国文化走向的中心，文化运动的摇篮，在北大设立昆曲课，一方面是恢复昆曲在学术上应有的地位；另一方面，现今高校，中国传统文化课程严重不足，昆曲作为传统文化启蒙课程最为恰当，昆曲是熔文学、歌唱、舞蹈、美术于一炉的综合艺术，容易引导学生入门，欣赏我们传统文化的美。在同一时期，我们在香港中文大学、台湾大学，同样也开设了以北大为范本的昆曲课，中大的昆曲课是由迪志文化余志明先生赞助。这些高校的昆曲课多为通识课，全校学生都可选读，受到学生们热烈欢迎，报名常满，每班数百人。这些年下来，选过昆曲课的学生有几千人，这些都是将来推广昆曲的种子兵。

从青春版到校园版

二〇一七年，北大“昆曲传承研究计划”制作排演了校园版《牡丹亭》。七月开始“海选”，面向所有北京各高校的学生，几轮下来，最后选出三十八位：二十四位演员，十四人乐队；演员中有四位杜丽娘、三位柳梦梅、两位春香，成员虽然以北大学生为主，但其他高校竟有十六所的学生入选，还有一位中学生。北京高校有：北大、北师大、清华、中国戏曲学院、中国科技大学、第二外国语学院、中央民族大学、北京科技大学、中央音乐学院、北京理工大学、北京化工大学、中央戏剧学院、中国政法大学、中国石油大学、首都师范大学、外交学院以及北师大附属中学。

校园版《牡丹亭》完全以青春版《牡丹亭》为蓝本，演出《游园》《惊梦》《言怀》《道觋》《离魂》《冥判》《忆女》《幽媾》《回生》九折，演出时长两小时十五分，是一出一天晚上的小全本戏。

由青春版《牡丹亭》的演员如俞玖林、吕佳、唐荣、屈斌斌等一对一、手把手传授，在风格精神上，校园版《牡丹亭》完全承袭了青春版《牡丹亭》，可以说是青春版《牡丹亭》的校园衍生品。校园版《牡丹亭》由北大艺术学院陈均教授策划，北大昆曲传承与研究中心助理侯君梅领班，经八个月辛苦而又积极的排练，其中三次全队到苏州昆剧院去集训，这个三十八人来自十六所高校的学生，终于磨合成一组可以登场表演的昆剧剧团，这简直是一桩奇迹。

首先，这些高校学生，本身专业都跟戏曲表演无关，投身昆曲表演，完全是兴趣，四位杜丽娘：杨越溪（艺术学院硕士）、陈越扬（舞蹈系硕士）、张云起（哲学与宗教本科生）、汪静之（中文系硕士）。三个柳梦梅有学心理的、外交的、导演系的，还有许多理工学院的学生，这些来自北京十六所高校，专业各自不同的学员，凑在一起，只能利用课余时间，排练八个月，居然连乐队在内，磨合成一个剧组，演出两个多钟头昆曲经典大戏《牡丹亭》，这不禁令人难以置信，啧啧称奇。

昆曲是一种高难度的表演艺术，有一套严谨的表演程序，唱腔身段特别繁复，一个初学者短期内很难掌握。校园版的学员竟不畏艰辛，不辞劳苦，七月夏日炎炎，大伙结队到苏州集训，二〇一七年是苏州几十年最热的溽暑，二〇一八年一月最后一次集训，又逢苏州十年来第一次大雪，寒冬炎夏也并未减低青年学员的热情与决心。开始我个人对于校园版《牡丹亭》并没有抱太大的期望，本来我们宗旨只是让高校学生参与我们的昆曲活动，让他们粉墨登场，提高他们对昆曲的兴趣与认知。没想到校园版的学员如此执着，他们似乎拼了命也要把这一台戏学会演好。这种锲而不舍，求好向上的精神令我刮目相看，他们在排练期间，我常打电话去探问，他们的老师青春版《牡丹亭》演员吕佳，也是他们总教练，告诉我北京学生的素质极高，学习很快到位，恐怕有些戏曲学校的学生未必及得上他们。我看了他们排练的录像，果然一个个有模有样，举手投足，中规中矩，大大出我意料之外。最后响排彩排，我们请了青春版《牡丹亭》的总导演昆曲大师汪世瑜临场指道点拨，最后加工。我与汪老师通电话，他也没有想到校园版《牡丹亭》有这样高的水准，于是我们决定在北大首演，校园版将以最高规格演出，苏昆全力支持，服装舞美，完全借用青春版的，而且后台工作人员也大量支持。

校园版首演让人赞不绝口

四月十日北大百年纪念讲堂的首次公演对校园版的演员当然是最重要的一次考验与挑战。那是他们第一次正式登台，纪念讲堂的舞台特别大，而且要面对台下两千名的观众，那很可能是一个令人“胆战心惊”的场面。但学员们初生牛犊不怕虎，一个个登台一点也不怯场，尽情演唱，挥洒自如。观众中许多是演员们的亲友，来自各校的同学，鼓掌喝彩特别起劲，场子里热火朝天，台上就演得更加卖力了。我仔细观赏，发觉演员竟没有漏一句词，唱作规范，简直不像头一次登台的业余演员。第一个杜丽娘（北大杨越溪）出场唱《游园》，杨越溪扮相靓丽，台风沉稳，与春香（第二外国语学院汪晓宇）

配搭妥当，把《游园》这折开场的重头戏撑了起来，带动了下面一连串的折子。四位杜丽娘，两位柳梦梅，各有特色，各尽所长。《冥判》一折是净角担纲，胡判官由中国戏曲学院导演系的胡艳彬扮演，胡艳彬的大花脸戏表演出色，嗓音洪亮、身段边式。《冥判》原是翁国生导演排出来的经典折子，以队形变化多端取胜，校园版《冥判》完全继承了青春版的风格，成为剧中的亮点。

校园版《牡丹亭》在北大首演，掀起了一阵热潮，第二位杜丽娘（北师大陈越扬）与小生柳梦梅（席中海）搭配甚佳，翩翩起舞，把《惊梦》中的绮丽风光，从水袖勾来搭去中，表露了出来。第三位杜丽娘（北大张云起）演《离魂》，唱［集贤宾］一曲，这是《牡丹亭》中最难唱的一个曲牌，是《牡丹亭》全剧一首安魂曲，张云起是有功底的，九岁开始学唱昆曲，她把［集贤宾］唱得如泣如诉，颇有点张派（张继青）风格，令人印象深刻。第四位杜丽娘（北大汪静之）与第二位柳梦梅（中国戏曲学院饶骞）扮演《幽媾》，这是舞蹈身段最为繁复的一折戏，汪、饶两人的水袖动作你来我往，丝丝入扣，两人默契令香港台湾来观赏的朋友、中文大学教授金圣华和书法家董阳孜都赞不绝口，金圣华还马上写了一篇观后感，在《明报月刊》登出，大大地称赞了校园版一番。章诒和是戏曲专家，她的《伶人往事》畅销海外，她本来并不赞成我花那么多时间精力去抢救一种已经衰落的艺术，可是她看了那晚校园版《牡丹亭》后，完全改观，她拉住我的手说："先勇，以前我说过的话，现在收回。你去，你去，你去搞你的昆曲去！"激动之情，溢于言表。

那晚在北大百年纪念讲堂，我深深被台上学生的表演感动了。

那十四人的乐队，笙箫管笛，缠缠绵绵，奏出了《牡丹亭》扣人心弦的音乐，刹那间，我好像又回到十四年前的二〇〇四年四月廿九日，青春版《牡丹亭》在台北台湾戏剧院首演，我感到的那份从心底涌起的一阵莫名的兴奋。台上的学生是那么年轻，才二十出头，他们身上洋溢出来的青春活力，感染了两千观众，他们也许青涩，唱腔台步有时也许还未到位，可是这无伤大雅，他们在台上演得如此认真，如此兴高采烈，把汤显祖的爱情神话，演绎得如此纯真、唯美——这就是学生演员最动人的地方。

校园版《牡丹亭》演出成功，其意义远远超过这出戏的本身：十三年前即二〇〇五年，我将青春版《牡丹亭》带到北大百年纪念讲堂公演，那时的北京学生观众95%以上从未接触过昆曲，青春版《牡丹亭》是他们平生第一次看到的昆剧。十三年后，北京的大学生居然自己组团把两个多钟头小全本《牡丹亭》演完，而且演得几乎达到职业水准，引起观众热烈反应，这就证明我们这些年来“昆曲进校园”的计划奏效了。尤其是以北大为中心的昆曲课程及推广活动，对北京其他大学已产生了“蝴蝶效应”，渗透到各大学的校园中去。这次校园版《牡丹亭》的成员，虽然以北大学生为主但扩及其他十五所高校，学员的专业背景各异，还有不少理工科的学生，可见影响之广泛普及。青春版《牡丹亭》当初的宗旨之一便是要培养大批的青年观众，尤其是高校学生更是我们的主要目标，这些年的校园巡演，的确培养了十几二十万的学生观众，这次更进一步，培养出一个高水准的学生业余昆剧团，这就是这些年“昆曲进校园”的成果。

校园版《牡丹亭》来香港

“五四”以来，中国的高校制度大多模仿西方而成，课程设计亦深受西方影响，中国传统文化教育，尤其是艺术、音乐、戏剧方面，受到排除，被严重的边缘化，中国知识青年，一直产生文化认同的危机，其中经过“文革”、改革开放后，西方的商业文化又强势入侵，这些发展都不利于我们传统文化的复兴，但二十一世纪新时代的来临，社会经济条件改变了，这给我们的文化建设带来了契机。我看到北京大学生在台上奋力演出《牡丹亭》，他们脸上绽发出一种遮掩不住的骄傲、自信、喜悦，因为他们知道他们正在表演一种高难度的艺术——“百戏之祖”昆曲，他们正在传承中国文化的瑰宝，他们沉醉在纯粹的中国美学中，他们正在以中国人含蓄的方式来传递中国人的“情”。中国传统文化中的“情”与“美”似乎失传很长一段日子，被北京大学生突然找回来了，他们这种文化上的自觉与醒悟，我觉得发射出一则重要的讯息：二十一世纪的中国“文艺复兴”已有可能，因为中国的青年知识精英北京大学生已有了文化的觉悟，产生了复兴中国文化的使命感了。

北大校园版《牡丹亭》演出后，马上产生了社会效应，中央电视台十三台新闻隆重播出校园版演出的盛况消息，汤显祖的故乡江西抚州市立刻邀请校园版《牡丹亭》到汤显祖大剧院演出。在北京几家大学巡演后，七月十三日，我带领校园版《牡丹亭》移师天津在南开大学庆演一场，庆祝国学大师、古典诗词教授叶嘉莹先生九四大寿。叶先生是我在台大的业师，她观后兴奋地在戏院站起来讲评："我原来以为学生们只演几出折子戏，没想到是全面的演出，这太难得了。以学生的演出来说，这是空前的！"在场的南开师生，又经历了一场美的飨宴。接着九十月校园版《牡丹亭》应邀到南京大学演出，并参加苏州昆剧节与全国其他职业剧团一齐竞演。二〇一八年十二月初，校园版《牡丹亭》远征香港，受中文大学的邀请，在中大公演一场，此次演出非常特别，有中大以及台大学生参加，是海峡两岸暨香港高校学生的大会串，在香港的高校校园里，刮起了一阵旋风，引起社会广大注意。中大演出场所逸夫堂一千四百座位爆满，还需开直播，香港各大报纸杂志大幅报道，校园版《牡丹亭》的学生在香港出尽风头，之前他们已经演过十五场了，演技渐渐成熟，台上十分出彩，香港观众为之惊艳。

二〇一九年六月二日，经过重重难关，校园版《牡丹亭》终于能够渡海抵达台湾，在高雄演出一场。高雄社教馆一千座位亦是爆满，座中多为大、中学生，时任市长韩国瑜李佳芬夫妇并携儿子韩天一同莅临观看。这次演出，台大学生袁学慧参加演出《寻梦》一折，那天学生演员铆足了劲演出，台湾观众反应热烈，起身喝彩。

校园版《牡丹亭》继承了青春版《牡丹亭》的美学，在海峡两岸暨香港学子的身上，重新展现了中国古典文化的"美"与"情"。

导演汪世瑜指导男主角俞玖林，苏州昆剧院，二〇〇四年二月。

制作人白先勇欣赏俞玖林与沈丰英两人的《游园》，苏州沧浪亭，二〇一五年三月。

上：《投庵》，“女贞观”为书法家董阳孜题字，上海东方艺术中心，二〇一〇年四月。
下：《琴挑》，潘必正 / 俞玖林 饰、陈妙常 / 沈丰英 饰，台湾戏剧院，二〇〇九年五月。

上：《问病》，潘必正 / 俞玖林 饰、陈妙常 / 沈丰英 饰，北京大学百年纪念讲堂，二〇〇九年十二月。
下：《投庵》，水墨观音像为画家奚淞所绘，北京大学百年纪念讲堂，二〇〇九年十二月。

《偷诗》，潘必正 / 俞玖林 饰、陈妙常 / 沈丰英 饰，北京大学百年纪念讲堂，二〇〇九年十二月。

左：《秋江》，潘必正 / 俞玫林 饰、陈妙常 / 沈丰英 饰，北京大学百年纪念讲堂，二〇〇九年十二月。
右：《秋江》，陈妙常 / 沈丰英 饰，北京大学百年纪念讲堂，二〇〇九年十二月。

《拾画》，柳梦梅 / 俞玖林 饰，北京大学百年纪念讲堂，二〇〇九年十二月。

左：《寻梦》，杜丽娘 / 沈丰英 饰，西安交通大学，二〇〇七年九月。
右：《寻梦》，杜丽娘 / 沈丰英 饰，北京大学百年纪念讲堂，二〇〇六年四月。

左：《寻梦》，杜丽娘 / 沈丰英 饰，天津南开大学，二〇〇六年四月。
右：《寻梦》，杜丽娘 / 沈丰英 饰，中国传媒大学，二〇〇六年四月。

上：《牡丹亭》舞台设计，香港文化中心，二〇〇六年六月。

下："姹紫嫣红开遍·迷影惊梦新视觉"影像展。青春版《牡丹亭》两百场庆演前策展摄影师许培鸿记录近两百场的精彩作品，结合台达电最新高清投影技术，在国家大剧院东展览厅一千二百平方米的空间盛大展出一个月，二〇一一年十一月。

上：《离魂》，杜丽娘 / 沈丰英 饰，国家大剧院，二〇〇七年十月。
右：《离魂》，杜丽娘 / 沈丰英 饰，西安交通大学，二〇〇七年九月。

上：《惊梦》，花神衣裳造型，英国伦敦，二〇〇八年六月。
左上：《惊梦》，柳梦梅 / 俞玖林 饰、杜丽娘 / 沈丰英 饰，美国旧金山伯克利大学，二〇〇六年九月。
左下：《惊梦》，第一百场庆演，柳梦梅 / 俞玖林 饰、杜丽娘 / 沈丰英 饰，北京展览馆剧场，二〇〇七年五月。

上、下：校园版《牡丹亭》，《惊梦》，柳梦梅 / 席中海 饰、杜丽娘 / 陈越扬 饰，北京大学百年纪念讲堂，二〇一八年四月。

上：校园版《牡丹亭》，杜丽娘 / 杨越溪 饰、春香 / 汪晓宇 饰，北京大学百年纪念讲堂，二〇一八年四月。
下：校园版《牡丹亭》，《惊梦》，柳梦梅 / 席中海 饰、杜丽娘 / 陈越扬 饰，北京大学百年纪念讲堂，二〇一八年四月。

上：白先勇于北京大学开设昆曲课，二〇一四年三月。
下：青春版《牡丹亭》世界首演记者会，台湾戏剧院，二〇〇四年四月。

上：校园版《牡丹亭》，《冥判》，杜丽娘 / 陈越扬 饰，判官 / 胡艳彬 饰，北京大学百年纪念讲堂，二〇一八年四月。
下：校园版《牡丹亭》，《回生》，柳梦梅 / 王道骏 饰、杜丽娘 / 汪静之 饰，北京大学百年纪念讲堂，二〇一八年四月。

上：校园版《牡丹亭》，《言怀》，柳梦梅 / 王道骏 饰、郭驼 / 叶怡君 饰，北京大学百年纪念讲堂，二〇一八年四月。

右：校园版《牡丹亭》，《言怀》，柳梦梅 / 王道骏 饰，北京大学百年纪念讲堂，二〇一八年四月。

校园版《牡丹亭》，杜丽娘 / 杨越溪 饰，北京大学百年纪念讲堂，二〇一八年四月。

校园版《牡丹亭》，杜丽娘 / 杨越溪 饰、春香 / 汪晓宇 饰，北京大学百年纪念讲堂，二〇一八年四月。

上：校园版《牡丹亭》，《离魂》，杜丽娘 / 张云起 饰，北京大学百年纪念讲堂，二〇一八年四月。

下：校园版《牡丹亭》，《冥判》，杜丽娘 / 陈越扬 饰、判官 / 胡艳彬 饰，北京大学百年纪念讲堂，二〇一八年四月。

上：校园版《牡丹亭》，《幽媾》，柳梦梅 / 饶骞 饰、杜丽娘 / 汪静之 饰，北京大学百年纪念讲堂，二〇一八年四月。
下：校园版《牡丹亭》，《离魂》，右起：春香 / 谢璐阳 饰，杜丽娘 / 张云起 饰，杜母 / 何诗田 饰，北京大学百年纪念讲堂，二〇一八年四月。

辑四

红尘历劫：谈《红楼梦》

其实我们每个人都是一块石头，掉到红尘里面去，都要历经劫难。
每个人都在红尘里面历劫。

我们每个人都在红尘里面历劫

《红楼梦》讲来讲去也是一个“情”字。

01 过去

我年轻的时候蛮喜欢郁达夫。郁达夫有一篇小说，我觉得写得最好，但很奇怪好多人都忽视了，都不怎么选。在“五四”的小说里面，如果要我选一本集子的话，我一定会选那一篇。

郁达夫有一篇叫《过去》。你看很少人提到这一篇，都提他的什么《沉沦》《春风沉醉的晚上》《迟桂花》那些。我来判断的话，其实这篇写得最好，最成熟，也深刻。郁达夫有些小说其实挺情绪化的，像《沉沦》里最后要祖国怎么样。这个不是的，这个情绪控制得非常好。

它也是讲上海的故事。一个男青年租房子住，房东有几个女儿，尤其是老二老三很漂亮。老二是她们几个中最出色最美的。

这个青年就迷上了老二。那个老二很刁钻的，虐待他，羞辱他。这个男孩子有点“被虐狂”，迷恋她。后来老二嫁人了，那个男孩子就心碎了。

其实她的妹妹老三，心中暗恋这个男孩子。她看到姐姐对这个男孩子那么坏，很替他打抱不平，很同情他。后来她就陪他到杭州散心。其实老三很想表现对他的爱意，但是那个男孩子一心在老二身上，根本忽略了她。

这个是过去的故事。故事开始是很多年后他们在澳门，他跟老三见面了。老三已经嫁人了，好像是被人家包养的，婚姻不是很幸福。

后来他们俩又在一起，大家经过人生的沧桑了，互相了解了，老三对他还是很好。这个姓李的男人那个时候才发觉老三对他的爱意。他这时候一方面是忏悔，一方面也动心了。他想要破镜重圆，想恢复到过去。

那天俩人在一起，在旅馆里面的时候他想去亲近老三，老三拒绝了他。她哭着讲，李先生，对不起，在我给你我最纯洁的爱情的时候，你没有接受，现在我已经被污染了，已经不是从前的我了，那段时光已经过去了，我们没办法再在一起了。

那个姓李的这时候才真正地觉得难过，怅然他失去了一段这么珍贵的感情。

我写来写去也是跟一个“情”字有关，各种方式来表现这个“情”。恐怕文学最关心的还是个“情”字，文学写什么也不外乎人性人情，从各个方面来讲，每个人的手法不一样。《红楼梦》讲来讲去也是一个“情”字。

《红楼梦》有两个人物大家都知道，花袭人跟蒋玉菡，他们最后成亲了。花袭人是宝玉最亲近的一个丫鬟，而且以女性来讲，她对宝玉来说既是母亲又是姐姐，既是他的妾，又是他的婢女，女性所有的角色她都扮演了。而且她是第一个跟宝玉发生肉体关系的，所以她跟宝玉结的俗缘最深。

宝玉要出家的时候，他一定要把在世上的俗缘了尽，他才能够出家去。对他的父母，他考取了功名给了家里。他的太太薛宝钗，他给了个儿子。花袭人是他世俗上最亲近的一个女性，给她什么呢？给她一个丈夫。

其实蒋玉菡是宝玉下聘的。他第一次见蒋玉菡，他们俩就互相交了汗巾子。蒋玉菡给他一条红的，他给蒋玉菡一条绿的。宝玉那条汗巾子是袭人的。后来蒋玉菡跟袭人结婚以后，袭人把箱子一打开，两条汗巾在里边，一红一绿，她才明白原来贾宝玉早就替她下聘了。

蒋玉菡跟宝玉也有不比平常的关系，他跟他也有一段俗缘。等于说蒋玉菡代替贾宝玉完成了他在世上的这段缘，和袭人结婚了。

第九十三回，宝玉去王府看戏，蒋玉菡已经离开忠顺王府，自己组班子了。他在这边演戏，演什么戏呢？《卖油郎独占花魁》，他就扮演卖油郎。卖油郎名字叫秦重，秦重“情种”，谐音的。

宝玉看卖油郎《受吐》那一折，讲卖油郎本来攒了一年的钱，要到妓院里面去召花魁女来陪他的。然而花魁女那天晚上被其他的客人灌得酩酊大醉，那天她就吐酒了。卖油郎一看到她受了外面男性客人那样的欺辱，就拿他的新衣服来接，受吐。

那一刻，卖油郎秦重突然对这个女孩子产生了一种怜香惜玉的感情，忘掉了肉体的需求，忘掉了他的色欲，产生了一种超越了肉体的怜香惜玉的感情。那时候宝玉在下面看呆了，完全认同。

蒋玉菡的名字里头有个“玉”字，我需要特别指出来。这两块玉，贾宝玉跟蒋玉菡两块玉是互相认同的，他跟林黛玉那个玉也是认同的。这样子一看，移情作用，宝玉对卖油郎和蒋玉菡也是完全认同的。这种怜香惜玉的情怀，是贾宝玉一生中最高的理想，他对女孩子都是这种怜惜。

最后戏里面的故事是，卖油郎把花魁女赎出去结婚了。别忘了，花魁女，花袭人姓花。最后蒋玉菡把花袭人从大观园里面救出来，等于那个卖油郎把花魁女从烟花里面赎救出去。

最后别忘了，蒋玉菡是个演员。他替贾宝玉演了这出戏，扮演了《卖油郎独占花魁》里的卖油郎。他最后跟花袭人成婚，也就了了贾宝玉在世上的这段俗缘。

贾宝玉的肉身一劈为二，一半在花袭人身上，一半在蒋玉菡身上。这两个男女的结合，也就完成了宝玉的肉体重新地契合，了了他在世上的俗缘。

这一段是放在一百二十回最后的。前面一段是宝玉出家，他的佛身跟着一僧一道走了。他的俗身，世俗的身体，就在花袭人跟蒋玉菡身上得到圆满的结合。所以整本小说是这两根柱子撑起来的。

02 我们每个人都在红尘里面历劫

宝玉出家，我个人认为是我们中国文学的一座高峰——珠穆朗玛峰，是我们的抒情文学、抒情文字里面达到的最高境界之一。

大家都知道，《红楼梦》一开篇是个神话。女娲炼石补天，炼了三万六千五百零一块，有三万六千五百块石头用来补天了，剩下这一块，被丢在青埂峰下，成灵石了。

青埂，情根。一个情要生根，得有多深啊。我的看法是，这整个故事从寓言方面来说，是顽石历劫。一块石头坠落在红尘，历尽了凡劫。然后再归回原处青埂峰下。

其实我们每个人都是一块石头，掉到红尘里面去，都要历经劫难。每个人都在红尘里面历劫。

宝玉这块石头降到人间来，有更大的使命。他下到尘世是补情天的，因此他钟爱所有女孩子，要把她们被情所伤的痛补起来。所以他是情榜中的第一名，也是大观园里面的护花使者。

很多时候大家看这本小说，以为好像是因为林黛玉死了，宝玉看破红尘，走了。有些专家说他是逃避了人生的重担，逃掉了。我不是这样的看法。

宝玉出家的那一场，贾母死了，贾政把她灵柩送回到金陵，坐船回去，走到一个小镇。那天傍晚黄昏的时候，正下着大雪，雪地里走来三个人。一僧一道，夹着一个人。那个人光头，赤足，穿了一个大红斗篷。那个斗篷很重，长长的拖在地上。一片白雪中，穿个大红斗篷是非常显眼的。

他见了贾政以后，合十，四拜。一僧一道说：俗缘已了。然后走了。贾政说那不是宝玉吗？怎么这样打扮？宝玉向他合十四拜以后，脸上似喜似悲，转了个身，就被一僧一道架走了。一片禅唱，归彼大荒。

这边，贾政去追，气喘喘的。本来他很讨厌这个儿子，觉得他一无是处。但这时候，他最原始的、最内心的父爱觉醒了。我觉得写得很动人。贾政在雪地里面跑着追，前面三个影子越来越远，一下子走远了，追不上了。

贾政回到船里面，突然了悟了。他说宝玉原来是来历劫的，难怪他生下来口里就有一块玉。这时候，父子之间有了一种谅解。我觉得蛮动人的。

本来整本书里父子间冲突很厉害，他很厌恶这个儿子。但是这时候，他突然间对宝玉有了一种了解了。父子间产生了一种谅解，一种同情。也是贾政代表的儒家经世济民的入世思想，跟宝玉这种浮生若梦、镜花水月的出世思想之间的对话。

宝玉出家，我认为他不是逃避。我认为他那个红色大斗篷，是很重要的一个密码。红在这个《红楼梦》里面很重要，除了表示红尘以外，红色还代表人间情。那个斗篷那么重，他是背着一个情的重担走的。因为他来是补情天的，我想他背负了人世上，修补了人世间所有为情所伤的伤痛走的。

王国维在《人间词话》里面评论李后主的词，说是“以血泪写之”。他说俨然如释迦、基督，担负了人间的罪恶跟痛苦。我觉得这句话用在贾宝玉身上，更加合适。我的看法是，这本小说在某种意义上等于是一本《佛陀前传》。

宝玉就类似于乔达摩·悉达多太子，也是享尽荣华富贵，享尽美色，最后看破人间生死。悉达多太子出四门，到后来的大别离，然后剃发成佛，也是担负了人间所有伤痛。

《红楼梦》又叫《情僧录》，这个不是随便取的。做僧就不能有情，有情就不能成僧，这两个是完全矛盾的。我想情僧其实指的是贾宝玉，贾宝玉也说他就是情僧。情是他的宗教，他的信仰。

宝玉出家那一幕写得意境之高、意象之美，我觉得中国抒情文学里无出其右。你想想看，那个雪景，一片白茫茫大地。本来《红楼梦》是五色缤纷的一个世界，现在剩了一片白色，最后剩了一个“空”字。最后人间所有的七情六欲、嗔贪痴爱通通被白雪蒙掉了。那个意境多高，意象多大。

因此我说《红楼梦》最后是曹雪芹以大悲之心，以天眼来观红尘中的芸芸众生，所以他能包容世间的一切。这本书的厚度、深度、广度是超乎平常的，所以我称它为“天下第一书”。

戏中戏：《红楼梦》中戏曲的点题功用

《红楼梦》本身是出大戏，里边又有好多小戏；《红楼梦》是数百个折子凑起来的一出大戏，中间又以戏点戏——《红楼梦》实在是天下第一书。

曹雪芹在乾隆年代完成《红楼梦》这本书，有非常重要的时代意义。乾隆时代，中国传统文化已至最成熟的阶段。曹雪芹继承了诗词歌赋以降，唐诗、宋词、元曲到明清小说、戏曲的大传统，因此《红楼梦》不可能在明朝完成。中国传统文化数千年传统，包含儒释道三种哲学，皆在曹雪芹写作之际自然流出，因此我们说这本书伟大。

由于我自己是写作者，我想写作者看一本小说，与一般读者、学者有些不同。为何一句话写在这，为何这件事发生在此处，为何使用这种语言、这个诗词典故，以上种种皆是《红楼梦》精妙之处。小说基本上以散文为主，但《红楼梦》却将诗词、戏曲融成一体，且较其他小说更为严谨、丝丝入扣。这是相当特殊的。我这几年来推广昆曲，在昆曲或戏曲方面有较深的涉入。因此，我经过这十数年再重看《红楼梦》时，对《红楼梦》用戏曲点题一事，体验更为深刻。从晚明至乾嘉时期，昆曲兴盛了二百余年，乾隆朝时仍处极盛期。据说乾隆御用的戏曲团队，最盛时达千人，多来自苏州或南方。由此可知，昆曲与宫廷文化密切相关，而这也反映在《红楼梦》里边。此外，曹雪芹的祖父曹寅本身便写作传奇本子，现今仍在上演的《续琵琶》便是曹寅名作。当时许多达官富商有自己的家班子，各家戏班更相互评比，我想曹家亦然。许多传奇的作者，剧本完成后便交由家班上演，曹雪芹大概从小就耳濡目染。其表亲，曾任苏州织造的李煦，便在织造府邸有家班；其儿子李鼎更爱好票戏，曹雪芹可能在李家看过许多戏。

曹雪芹对戏曲非常熟悉，戏曲对他的影响很深。基本上《红楼梦》有两大写作方法，即叙述性（narrative）与戏剧性（dramatic method）。俄国著名小说家陀思妥耶夫斯基便善用戏剧手法，因此有人将之比为莎士比亚。而托尔斯泰则偏重叙述性。我认为，曹雪芹《红楼梦》与传奇的结构十分相像，且戏曲中的对话对小说影响很深。若分开来看，《红楼梦》的叙述方式便等于一折折的戏，每一小折皆有鲜明的场景、人物，上演一出小戏。而整部《红楼梦》则等于数百个折子，串联起来成为一部大戏。此外，《红楼梦》的情节经常提及看戏场景。《红楼梦》运用诗词、戏曲，即现在所说文本互涉（intertextuality），以戏曲点题。这部小说有两条线，第一个重要主题为贾府兴衰，并由贾府兴衰讲人世间的枯荣无常。第二条线则讲述人的命运。而人的命运是最神秘，且自己不可知的。如小说第五回说的即是人物的命运。《红楼梦》故事动人、思想伟大、人物塑造灵活，而我的疑问是：小说如何表现伟大的思想情感呢？手法之一便是用戏曲点题。

接着我们看看几个重要场合。首先是第十八回，这回元妃省亲是小说的第一个高潮。此时正是《红楼梦》最繁华、贾府最兴盛之时，省亲时不仅题诗还要唱戏。于是，元妃便点了四出戏，第一出为清朝剧作家李玉所写的《一捧雪·豪宴》。这出戏演的是，莫怀古因有夜光杯“一捧雪”，被权臣严世蕃觊觎，其后更惨遭抄家。此故事在京戏中亦有《审头刺汤》，是当时相当流行的故事。元妃省亲的第一出戏，无意间便点出了“抄家”，预示贾家将来被抄的命运。贾府被抄家的理由很多，最重要的是元妃之死。若元妃未死，皇帝大概不至于抄贾家。曹雪芹用得极巧妙，在《红楼梦》最繁华兴盛之时，下头衰败的迹象与示警已经出现，且不着痕迹。小说中元妃虽仅出现两次，属于次要人物（minor character），然而却扮演着非常重要的角色。

第一出戏点中的是家族的命运，而第二出《乞巧》，则点中元妃自身的命运。所谓《乞巧》，演的是一折《长生殿·密誓》，即《长恨歌》中“七月七日长生殿，夜半无人私语时。在天愿作比翼鸟，在地愿为连理枝”一段。这戏讲的是唐玄宗李隆基与杨贵妃的爱情故事，而杨贵妃缢死马嵬坡的结局，与元妃四十多岁的早亡相近。不经意的两出戏竟“一语成谶”，前一出点中贾家命运，第二出点到自身命运，这是极大的反讽（irony）。贾元春作为贾家权力的巅峰，贾家的一切皆有赖元妃，此二戏便暗暗埋下了伏笔。曹雪芹的不着痕迹，使读者仿佛进入中国古代的四合院，院门重重大开，表面是演戏，底下则是戏中戏。演出的是表面的繁华，埋伏的是底下的衰败。

《红楼梦》是一出戏，《长生殿》又是一出戏；而《长生殿》又回头影射《红楼梦》，结构十分复杂。

第十八回中，元妃共点了四出戏，后两出所讲的是贾宝玉与林黛玉的命运。第三出《仙缘》出自《邯郸记》（又称《黄粱梦》），讲述吕洞宾度化潦倒书生——卢生的故事。卢生在吕洞宾所给的枕头上入睡，梦中享尽繁华起落，最终一场大梦，空空如也。卢生其后发现黄粱饭尚未煮熟，而妻儿皆是动物所变，醒悟后随吕洞宾出家。《红楼梦》结尾，宝玉出家时随一僧一道远去，《邯郸记》便象征了“道”，伏宝玉出家；往下还有一“僧”，即《南柯记》。脂砚斋亦曾评此四出戏为“通部书之大过节、大关键”。第四出为《离魂》，戏中杜丽娘与柳梦梅梦中幽会于牡丹亭，醒来后因相思病而死。事实上，《牡丹亭》与《红楼梦》关系很近，杜丽娘与林黛玉两个人物有许多相似之处。二人最终皆为情而死，反映“情不知所起，一往而深，生者可以死，死可以生”的“情至观”。《离魂》伏黛玉之死，黛玉与杜丽娘逝世时更年纪相若。然而不同的是，《牡丹亭》的杜丽娘得以还魂喜剧收场；而《红楼梦》却是“苦绛珠魂归离恨天”，以悲剧结尾。

这四出戏在当时非常流行，因此阅读时容易忽略，其实每一出皆有深意。汤显祖对曹雪芹《红楼梦》有重大影响，《红楼梦》里边“临川四梦”便引了三梦，分别是《牡丹亭》《邯郸记》与《南柯记》。尤其《牡丹亭》的唱词更引了不少。因此，我认为《牡丹亭》上承《西厢记》，下启《红楼梦》，整体“情”的叙述实一脉相承，而《红楼梦》则是集大成之作。四出戏各有所指，贾府众人看戏却不自知，此为最大的反讽。《红楼梦》经常用诗词、戏曲点题，提醒读者。《红楼梦》的小说技巧多元复杂，且用得极致精微（subtle），不着痕迹，留予读者细细琢磨。

往下则是第二十二回。宝玉最终出家，与惜春自始看穿世间种种不同，宝玉的出家过程非常漫长。宝玉乃顽石历劫，必须经历生老病死、种种情关，方有最终的醒悟出家。我认为，曹雪芹对佛教或释迦牟尼的生平传记一定非常熟悉，因此才有意无意间将贾宝玉比作悉达多太子：享尽荣华富贵、娇妻美色，最终“大出离”。由此，方有读者将《红楼梦》视为“佛陀前传”。第二十二回，贾母要王熙凤替薛宝钗办十五岁生日，且特特延请外头的戏班子前来演戏。这回薛宝钗表现出人情世故上的练达，深获贾母欢心，或许贾母此时已定下孙媳妇人选。这回，宝钗点了一出《鲁智深醉闹五台山》，因宝玉嫌热闹，便引起宝钗念出一支《寄生草》：

> 漫揾英雄泪，相离处士家。谢慈悲，剃度在莲台下。
> 没缘法，转眼分离乍。赤条条来去无牵挂。
> 那里讨，烟蓑雨笠卷单行？一任俺，芒鞋破钵随缘化！

宝玉听后深受触动。后来宝玉出家，光头赤足在雪地间向贾政倒地四拜，便回应了“赤条条来去无牵挂”一句。另，“一任俺，芒鞋破钵随缘化”中鲁智深踽踽独行的出家形象，更早就遥指宝玉最终的出家。曹雪芹以戏中戏的方式，形象化地道出和尚的形象。而讽刺之处在于，启蒙宝玉的正是薛宝钗。宝钗曾说：“这些道书机锋，最能移性的，明儿认真说起这些疯话，存了这个念头，岂不是从我这支曲子起的呢？我成了个罪魁了。”而后来果然应验。宝钗之守活寡，竟缘于自己所念一段戏文所带来的启发，何其反讽。《红楼梦》的反讽常表现在细处、不见处，薛宝钗便在无意间点中了自身婚姻的终局。

往下是相当有名的一回，第二十三回“西厢记妙词通戏语，牡丹亭艳曲警芳心”。《西厢记》的崔莺莺与《牡丹亭》的杜丽娘都是打破规范、勇于追求爱情的女性人物，杜丽娘与林黛玉皆非常执着于情。本回林黛玉游经梨香院，正好听见众伶人唱《游园》《惊梦》，便一时心动神摇，落下泪来：

原来姹紫嫣红开遍，似这般都付与断井颓垣！良辰美景奈何天，赏心乐事谁家院？

林黛玉极度敏感，“满身都是神经末梢”，其对戏文的强烈反应，源于对繁华易尽的感触及与自身命运的联结。亦由此，方有第二十七回的自挽诗——《葬花词》。这回所听的戏文遥指她自身所写的《葬花词》，所写乃是自身的命运，说穿了即是佛教所言“无常”。而“无常”亦是全书重要主题。

接着是第二十九回，贾母带领大观园众人到清虚观做法事。原来道观做法事也看戏，而道观以抽签方式点戏，当日抽出的三出戏分别是《白蛇记》，即汉高祖刘邦起义，汉朝开国的故事；第二出《满床笏》讲郭子仪大寿，祝寿的七子八婿皆为高官的故事；最后则是一出《南柯记》。小说不曾明讲，却经由贾母前二出的欢喜到第三出的沉默，表现出老太太的了然于心，并带出戏曲点题功用。贾母作为贾家最高权位者，无意间三出戏竟点明贾家命运兴衰。《红楼梦》惯于此类繁盛大场面，轻轻一点，提醒读者所见全系表面繁华。这种方法非常有效。前八十回着意描写贾家之盛，其实暗伏后来衰落种种。这是小说一以贯之的主题，作者以几出戏点题，是小说中用得最好的伏笔。贾府抄家、宝玉出家、黛玉早夭等等，皆在前文“伏脉千里”，一次次提醒着读者。因此，当种种伏笔最后一次爆开时，才能发挥极大的力量。若缺乏提醒而突然抄家，其叙事便无法深刻。

最后则是第九十三回。《红楼梦》中，贾宝玉、林黛玉与薛宝钗的情感是一般熟知的三角关系。然而，宝玉、蒋玉菡与花袭人的关系其实是书中另一重要三角。蒋玉菡是个唱戏、演戏的伶人，其与宝玉初见面时便有着神秘的缘分。我想他们两个的情分，不是一般所谓的同性恋。《红楼梦》中凡是姓名有“玉”字者，都与贾宝玉有特殊关系。从二人姓名推敲，蒋玉菡与贾宝玉是两块玉，具有一样的认同；而“菡”字则有莲花之义，在佛教里象征“分身”，有“化身”的意思。贾宝玉与蒋玉菡互换表记时，宝玉给蒋玉菡的松花汗巾原属袭人，此举可视作宝玉替袭人下聘。花袭人对宝玉而言，扮演了所有俗世人伦中的女性角色，包括母亲、姊姊、妾与婢女。此外，真正得到宝玉肉身的是袭人。后来宝玉与宝钗成婚时，丢玉的宝玉已是个空壳。由此可见，袭人与宝玉的特殊关系。而宝玉也与花袭人俗缘最深。宝玉出家前须先还尽俗缘。对于父母，宝玉欠的是功名，因此他考中举人还与父母；对于宝钗，宝玉还的是一个儿子；对于袭人，则还给她一个丈夫。宝玉为袭人选的丈夫，是自己下聘的人；且此人能代表他、代替他上演一出《占花魁》。

小说第九十三回，宝玉随贾赦到伯爵家看戏，戏班子的领班恰是蒋玉菡。此时蒋玉菡不再是忠顺王爷畜养的伶人，已从旦角转唱小生。这回所唱正是李玉的《占花魁》。此戏改编自《醒世恒言》的《卖油郎独占花魁》，主角卖油郎秦重，谐音《红楼梦》的关键词“情种”。而贾宝玉本身便是第一情种，卖油郎秦重同样是个情种。此回演的《受吐》一折，表现出秦重对于污秽的接纳与洗净，对于“花魁娘子”具有救赎意味。小说描写宝玉见蒋玉菡“面如傅粉，唇若涂朱”，又将怜香惜玉之情表现得极情尽致，“更知蒋玉菡极是情种”。至此，宝玉完全认同了蒋玉菡。戏末，秦重将花魁女从烟花火坑救出，与最后蒋玉菡将花袭人从贾府赎出直接对应。而花袭人的姓更与花魁女相合。因此，作为演员的蒋玉菡，可说是替贾宝玉上演了这出《占花魁》。此外，第一百二十回中，宝玉的佛身随一僧一道远走；俗身则一半在花袭人身上、一半在蒋玉菡身上。因此二人的结合，等同于贾宝玉的俗身终得完满结合。佛身离去，俗身留在世间；一者出世，一者入世，《红楼梦》至此方得圆满。《占花魁》一戏，所点中的便是花袭人与蒋玉菡的结果，亦即贾宝玉俗身的完满结合。

《红楼梦》以戏中戏，从头至尾将贾府命运、宝玉命运、黛玉命运、蒋玉菡与花袭人的结合，轮番上演给众位读者。《红楼梦》本身是出大戏，里边又有好多小戏；《红楼梦》是数百个折子凑起来的一出大戏，中间又以戏点戏——《红楼梦》实在是天下第一书。

红楼人物五讲

情，可以穿越生死，是一道两面刃，可以使得你动容，使你人生高昂提升；也可以毁灭你。

前言

今天谈《红楼梦》人物，我想从比较综合性、挈纲提要地把这些人物从头到尾在《红楼梦》里占什么地位，或者很重要一点——曹雪芹是怎么去塑造来谈。中国的传统小说，从《三国演义》《水浒传》《西游记》《金瓶梅》《儒林外史》到《红楼梦》，六大小说，好在哪里？——好在人物，是以人物为主。我们看《三国演义》打了好多仗，也许那些仗不太记得了，可是不会忘记曹操赤壁之战横槊赋诗，不会忘记诸葛亮羽扇纶巾谈笑间把司马懿打败，这种人物的风度、意象非常的鲜明！中国小说在《红楼梦》之前结构比较松散，《水浒传》一百零八条好汉，不见得互相之间有很密切的关联，但是花和尚鲁智深不会忘记，武松不会忘记，当然还有宋江。等于一个Portrait画得很好。即使《西游记》那么多妖魔鬼怪，盘丝洞蜘蛛精、牛魔王、铁扇公主，当然最要紧的还是猴子跟猪，是我们再也不会忘记的两个人物。中国小说都是以人物取胜。

即使《金瓶梅》妻妾成群，你也不会忘记潘金莲、李瓶儿这些人，《儒林外史》也是一个一个书生。所以写得好的小说，一定是他的主角中，有一个人物，是让人难忘的。如果那篇小说即使故事再怎么曲折，主角面目模糊，名字都不记得，那小说大概失败了。之所以，我想小说作为文学经典能够传下来，内容的深刻、文字的美、结构的巧妙，有这样那样很多因素，但其中非常重要的因素之一，也可说必要条件之一——人物。人物是不是塑造成功，我想是小说的一个大考验。

中国小说客观地讲，比起西方小说有不少的缺点，尤其结构上不够严谨。但是以人物来说，不比西方的小说人物memorable。

《红楼梦》更加特别。算一算有名字的有四百多个。大大小小的人物也很多，而且让你记得非常清楚。大人物、主要人物不用说，即使很小很小的人物，哪怕只出现一场的人物，只要一开口讲话，你就记得他。这就是曹雪芹厉害的地方，塑造人物撒豆成兵，一口气吹过去就活了！这实在很奇很特别。我常常在研究人物怎么能写得这么活？你看那小人物贾琏的用人兴儿，只有一场，形容给尤二姐听大观园里边这些人怎么怎么样，他说，他看了林姑娘、薛姑娘出来说话，大气都不敢出，不敢呼吸了，为什么？他说，怕气大了吹倒了林姑娘，气热了吹化了薛姑娘。他一这么讲，你不会忘记林黛玉弱不禁风。薛宝钗雪白一身，姓薛，雪，吹一口气它就融掉了。人物的塑造一开口就活了。为什么？对话好！每个人的对话都有个性。

金陵十二钗，每个女孩子的个性、讲话都不一样，就不得了了！随便翻一页，里边很多对话，把名字遮住，看看讲话，就知道是谁。想一想，王熙凤的口气、贾母的口气、刘姥姥的口气，每个人有每个人的个性出来。曹雪芹耳朵构造不知道怎么样，很灵。我写小说的，如果耳朵不灵，不可能成为小说家，耳朵不灵，听每个人讲话都是一样。小说家很厉害，一听到那个人讲话，那特性抓住了。

切入正题。因为人物非常多，但人物再多，主要人物：贾宝玉、林黛玉、薛宝钗还是要讲。这三个人的组成是最重要的。

第五回，“贾宝玉梦游太虚幻境”，警幻仙姑给他唱了几个曲子，这些曲子等于是《红楼梦》的一些前奏、预言，一些对他们命运的判诗、判词。一开头是［红楼梦引子］：“开辟鸿蒙，谁为情种？都只为风月情浓。奈何天，伤怀日，寂寥时，试遣愚衷：因此上，演出这悲金悼玉的《红楼梦》。”一看，这是一个大悲剧的故事。那么谁为情种？整本小说，“情种”是关键词之一。这本书第一情种是谁？当然就是贾宝玉。

《红楼梦》的人物分象征与写实两方面，有很多佛、道、仙子，像警幻仙姑、渺渺真人、茫茫大士，纯粹的象征人物，象征佛、道，整个宇宙观，是一种 symbol。《红楼梦》的整个结构是二元结构，在形而上的这一层，是象征性的，是神话的，是预言的。这方面常常跟佛、道有关系。它的太虚幻境就是形而上的一个世界。

但是，它的二元结构下面，有写实的结构。《红楼梦》之所以伟大，是在两个方面，形而上有宇宙性的vision；另外一方面又在人间创造了一个写实的世界。上面的世界，是佛、道，很多预言、神话，下面是扎扎实实十八世纪乾隆盛世贵族家庭的林林总总，人物完全是写实的。比如王熙凤，在贾府里是权高位重的人物，曹雪芹在她身上花了很大的写实功夫，王熙凤一出场，八个字给她，“身量苗条，体格风骚”，写得栩栩如生。像邢夫人、王夫人，还有婆婆妈妈大小丫头都是，构成了大观园贾府里非常实实在在的生活社会。这是写实的层面。更重要的一点，在写实人物背后，又有很重要的象征意义，这才是最要紧、最厉害的地方。贾宝玉，我们说他是怡红公子、多情公子，跟林黛玉的爱情很动人、很写实，不是的，它再上面也有很多象征的意义。甚至于秦可卿，她是贾府第三代非常得宠的孙媳妇，非常美，跟她的公公好像有似有似无的暧昧。这么一个写实的人物，象征意义也很大。

所以很多时候，有些是纯象征性，有些是纯写实，尤其有些人物是写实到了极点，才象征背后的意义。在这一点，人物不光是写实，突然间发觉背后意义的时候，这个人物就大了，代表的意义就多了，主题也就大了，而且往往跟儒、释、道三家的哲学有关。这三家的哲学，其实是在《红楼梦》的底层、底蕴上，在控制、引导、指导这本小说的发展，但是它隐而不露，借重非常动人的故事，还有生活的人物，把这三种哲学表现出来。所以象征与写实是很重要的一环。

怎么塑造这些人呢？用什么策略来分别人物？曹雪芹用了第二个方法：对比。一对一对都是相反的个性。贾政跟宝玉；黛玉跟宝钗；晴雯跟袭人；尤二姐跟尤三姐；四姊妹四个春，像探春跟迎春，完全用对比的方式来刻画人物。

还有类比。很多地方物以类聚，宝玉跟黛玉两个人在某方面来说是像两块玉。要注意，名字里有“玉”字的，曹雪芹绝对不会随便取名字，一定含有很深的意义，宝玉真的有一个玉，生下来的时候嘴巴含了一块玉，而那块玉有很深的象征意义。黛玉生下来没有一块玉，所以她斤斤计较宝玉有一块玉。为什么？因为她听说那个玉要有别个东西来配它，是不是金玉良缘？薛宝钗有个金锁，说两个金玉要配在一起，黛玉就惶惶不可终日，怎么我没有玉？她不必要玉，她就是一块玉，而且是最珍贵的。所以这两块玉是认同的、类比的、心心相印，所以这么多人物里，宝玉觉得最知己的灵魂伴侣就是黛玉。因为他们两个人生观很多东西很像，不为世俗所拘，他们两个可能是儒家系统、中华社会两个大叛徒，不守儒家这套规矩，所以最后一个出家一个殉情。

还有，理性与感性。简·奥斯汀有本小说叫 *Sense And Sensibility*（《理性与感性》），后来拍成电影了。《红楼梦》里的人物，如果分两大系统的话，一是感性人物，一是理性人物。感性人物，最重要、领头的当然是林黛玉，林黛玉一身都是神经末梢，敏感得不得了，完全靠的是感性。另一方面是非常理性，非常酷的薛宝钗，吃冷香丸的角色。感性这边有林黛玉、晴雯、龄官这一串；那一边也有一串薛宝钗、袭人、探春，所以还是回到两个哲学，佛、道跟儒家。儒家是重理性的，克己复礼，是完全儒士、理性的这么一种哲学。佛、道方面近乎感性的，所以整个是感性与理性。

还有镜子意象。比如说塑造林黛玉，不止于林黛玉，林黛玉下面：晴雯、龄官、柳五儿、尤三姐；这些女孩子，有的是眉眼像她、长得像她、个性像她，最后都是为情，跟她一样。林黛玉一个人的故事讲不完，还要讲晴雯的故事、龄官的故事、尤三姐的故事，整个合起来就大了，最后这些人圈起来，一个“情”字！宝玉也是，旁边还有好多好多陪衬他的人物。

这本小说也是儒家跟佛、道相生相克，入世与出世。中国人大致都脱不了儒、释、道三种哲学，对人生的看法，儒家是完全入世的，佛、道是出世的。《红楼梦》以动人的故事、生活的人物，来诠释这三种哲学。儒家的经世济民：正心、诚意、修身、齐家、治国、平天下，贾政就是按了这一套。但是宝玉来说，佛家看的是这些世界，镜花水月这么一个幻象，或者道家的浮生若梦，这种出世的哲学，整个讲起来，是父子之间的对峙，也就是儒家的入世哲学跟佛、道的出世哲学之间相生相克的关系。

贾宝玉

我们现在讲第一个人物——贾宝玉。

贾宝玉有多重身份。《红楼梦》一开始的时候有两个人物：一个甄士隐，一个贾雨村。贾雨村是一个在尘世间浮浮沉沉，求功名求利禄这么一个人物，也是一个象征性人物。有一个卖古玩叫作冷子兴这么一个人，是贾家一个管家——周瑞家的女婿，所以对贾家很熟悉，跟贾雨村讲了贾家的一些事情，讲贾宝玉行为很古怪，不为所了解，等等。后来，贾雨村就说不是，他讲了一段话。“天地生人，除大仁大恶，余者皆无大异”，天地间有些人是大仁、圣人那些人，我们从儒家看，尧、舜、禹、汤、文、武、周公这些人都是应运而生。

但是也有应劫而生者，像是蚩尤、共工、秦始皇、曹操这些人。一种正气、一种邪气，互相作撞击，撞击以后气散到了就结成了会生出什么人来。千万人之中有的是正，有的是邪，正邪在一起的时候，成了另外一圈子的人，这些人什么人？他说，“其聪俊灵秀之气，则千万人之上”“其乖僻邪谬不近人情之态，又在千万人之下”“若生于公侯富贵之家，则为情痴情种”，讲的谁，当然是贾宝玉。“若生于诗书清贫之族，则为逸士高人”“生于薄祚寒门，甚至为奇优，为名娼”“断不至为走卒健仆”，什么人？许由、陶潜、阮籍、嵇康、刘伶，我特别注意阮籍、嵇康、刘伶这三个，魏晋时代竹林七贤。

竹林七贤是什么？是道家。道家是名士派，都是反礼教的人。其实曹雪芹本人非常欣赏阮籍，所以他塑造贾宝玉多多少少跟竹林七贤这些人的放浪于形骸之外，不拘礼节、反叛有关系。像唐明皇、宋徽宗；像卓文君、红拂、崔莺莺、朝云这些人，都是追爱情不管礼教。追爱情的人是什么呢？林黛玉那些人。所以其实曹雪芹在塑造人物时候有这些原型在他心中。

开头，贾宝玉是个顽石、灵石，《红楼梦》一开始的时候，就是第一个神话，女娲炼石补天。共工氏把天柱撞折了，天塌下一块下来，女娲氏就炼了三万六千五百零一块石头来补天。女娲补天用了三万六千五百块把天补起来，剩了的一块没用上，就放在青埂峰。青埂就跟“情根”谐音，所以《红楼梦》里好多很重要的密码，要把它翻出来。

这块顽石到了青埂峰下，经过了很多年、很多劫以后，有了灵性、生了“情根”了。所以青埂峰下，一块灵石变了情根。整个《红楼梦》

宝玉

讲的就是个“情”字。这个“情”字在《红楼梦》里又超越男女之情，讲的是天地之间一股力量，生而来的一股原动力，推动所有的一切，有时候往好的方面推，有时候往毁灭的方面推。

情的一字二面，于他第一个身份是顽石，所以这本书又叫《石头记》，顽石历劫。顽石降到红尘来，经过多少劫，历劫以后再回到青埂峰下，完成了它的使命。这当然是个佛教的寓言，等于是在说我们每个人都是一块顽石，都堕入红尘，都在历劫以后跑回青埂峰去。

因为没有被女娲选为作补天的这块石头，所以就自怨自艾，希望下到红尘。其实，这块灵石的责任、任务，比那三万六千多块还要大得多。降到红尘里去做什么？去补情天。

第五回，贾宝玉梦游太虚幻境的时候，看到一个牌坊上面，上面的横匾写着“孽海情天”，这就是《红楼梦》的宇宙观。我们整个都在孽海浮沉，大家都为情字所缠所绕，“人之大患患于有情”，所以就是这一个“孽海情天”。

看下面两行的对比：“厚地高天，堪叹古今情不尽”，这个情，整个宇宙充满我永远进不了的情；“痴男怨女，可怜风月债难酬”，讲的都是痴男怨女，“可怜风月债难酬”，惹上了以后，情债是永远还不清。汤显祖在《牡丹亭》里面有句话说：“情根一点是无生债”，“情”碰了一下子，生了根是永远还不清。所以宝玉这块灵石到尘世来，是来补孽海情天的。所有女孩子他都爱，喜欢女孩子为他动情的眼泪哭成一条长河，在里面漂漂漂。

《红楼梦》有好多个名字，《石头记》《红楼梦》《情僧录》《金陵十二钗》《风月宝鉴》，每个名字都有自己的意义，《石头记》

讲顽石历劫，讲佛教的一则寓言。另外还有一个名字是《情僧录》。《情僧录》是怎么来的？顽石到尘世历劫以后，把一切的经过镌刻在石上，后来再回到青埂峰下。有个空空道人看到这块石头，有了一个感想，“从此空空道人因空见色，由色生情，传情入色，自色悟空，遂改名情僧。”这个就是佛教色空的道理。佛教把我们所有世界都看成色，底下其实是幻觉、空的。空空道人便把这本书改成《情僧录》。在书里，空空道人只是个虚空的符号而已，情僧是谁？就是贾宝玉！《情僧录》就是讲这个情僧一辈子的故事。

曹雪芹很大胆地提出“情僧”这个词来，不是很相悖的吗？有情不能为僧，为僧必要断情。那情僧究竟什么意思呢？对贾宝玉来说，他的宗教就是情，他的信仰就是情，所以他叫作情僧，最后担负了世间所有的情伤而出世。

再往下，第三个身份。

又是一个神话。灵石久了以后就变成人形。在赤霞宫里变成了神瑛侍者，从灵石变成一个仙人。别忘了，赤霞宫，红色的，这个红色在《红楼梦》里占了很重要的位置。《红楼梦》可以讲红尘，另外，红色也是人的情。然后到灵河边去碰到绛珠仙草，“三生石畔，缘定三生”，绛，什么颜色？都是红色。看这情有多浓？碰到仙草，用灵河水灌她，灌了以后变成了女体，就是林黛玉，下凡要报恩。到了尘世上，把她一生的眼泪还他。所以我们的林妹妹整天哭，要哭得泪尽才人亡，这么一个 romantic 的故事。

宝玉，一个灵石，又变情僧，又是神瑛侍者。到了大观园里，他又是怡红公子。

为什么叫怡红呢？因为《红楼梦》里，他住的是怡红院，怡红院有很多红海棠。本来在赤霞宫做神瑛侍者的时候，就守护了绛珠仙草，灌溉她。到了大观园里，花花朵朵的更多，那么多女孩子每个都是一朵花，他自己以护花使者自居。所有大观园的女孩子，他都想去保护她们，去爱她们，是怡红公子也是护花使者。所以后来也称他“绛花洞主”“富贵闲人”，在这人世间的身份。

到了最后，出家了，皇帝给他一个称号叫“文妙真人”。

宝玉有个名言：“女儿是水做的骨肉，男子是泥做的骨肉，我见了女儿便清爽，见了男子便觉浊臭逼人。”他在一岁抓周的时候，父亲贾政在前面放了笔、砚、书一大堆，他通通不要，抓了胭脂水粉，贾政说，大了一定是个色鬼！果然他看了女孩子，眼睛就亮了。

《红楼梦》中女性的地位，可能是最高的。其实这本书，就是个女儿国。有好多都是女孩子的世界，据人类学者说，好像我们中国古老的社会是母系社会，后来母系社会被父系社会压倒了。我想，《红楼梦》中母系社会又浮现了。

《红楼梦》里面最高的权威是贾母。下面好多各层，王熙凤是管理层，然后下面就是个女儿国，女性可能在这里地位最高。两种男人他厌恶：第一个，一心一意求功名利禄，像贾雨村这种；贾政恐怕也不太喜欢，但不敢表露。第二种，不尊重女性，以女性为玩物，只是一种肉体的宣泄，像薛蟠、贾琏、贾赦这种。他觉得男子浊臭逼人，就是因为这两种人。但是有其他几位男性不一样。像蒋玉菡、秦钟、柳湘莲、北静王，每个人跟他有不同的关系。

我特别要讲贾宝玉跟其他人物的关系。一开头有两个人物出来，一个是秦可卿，一个是秦钟。

秦可卿是宁国府贾蓉的妻子，贾珍的媳妇，贾珍是宁国府的宁国公，继承了他父亲贾敬的爵位，贾敬整天在庙里求道不回来，所以宁国府以贾珍为主，贾珍的儿子贾蓉，贾蓉的妻子就是秦氏。秦氏兼宝钗跟黛玉之美，等于世上所有女性的美集于一身，又得贾母、王熙凤、婆婆尤氏、公公贾珍，所有的宠爱在她身上。

一开始就出了这么一个人物。有一天，他们请了贾母、王熙凤、贾宝玉到宁国府去玩。第五回，你们都知道了。宝玉要睡午觉，他嫌那些地方都不好，秦氏就说，睡我的房间吧。按理讲，贾宝玉是叔叔，这个是侄媳妇，不应该睡她房间的，但是她觉得他年纪那么小有什么，让他睡了。她的房间里有非常的布置，各朝代里最sensual、最有色情、情色、女性的布置都在她房间里。宝玉是青少年，这就启动了他的青春期、萌动期，对性的觉醒从这里开始。

后来游太虚幻境，到最后的时候，看了很多册子听了很多诗词，但还懵懂不知，那些其实就是后来，金陵十二钗、他家里面人的命运，判诗已经判了。我提醒大家一次，命运这两个字是《红楼梦》里很重要的一个力量。《红楼梦》里经常出现一些警示，警示那些人的命运。人的命运，我觉得是最神秘、最不可测的一件事情。

在第五回的时候，从来没有这么过，等于希腊的Chorus合唱团，开头唱出了这人物的命运。最后，警幻仙姑要让他尝到人生启蒙的滋味，把警幻仙姑的妹妹兼美，兼黛玉跟宝钗之美，样子完全是秦氏的模型，跟宝玉结了婚，有了一番云雨之后，走在河边，牛头马鬼、夜叉来惊醒他，他一醒一叫，“可卿救我！”可卿就是秦可卿的小名，没有人知道的，他突然就叫出来了。秦可卿很纳闷，他怎么会知道？后来，秦可卿没有多久就病死了，但“秦可卿之死”有很多说法，暂且按下不表。

在贾府极盛的时候，这么一个美貌、受宠的女孩子突然死去，《红楼梦》有一个很重要的主题，就是贾府的兴衰。在贾府极盛的时候，突然间，秦可卿死掉了。宝玉那天晚上，就听得有传出云板四声，敲了四下，正是丧音。这个丧音在贾府最盛的时候突然间来了，常常这样子。在表面的繁华之下，暗暗地藏了要衰亡的气象。宝玉一听到她死，一下子一口鲜血吐了出来，刺激到这么厉害。

因为宝玉是个极敏感的人，而且他在梦里，跟秦可卿同样的一个人，跟他有这么一段情，突然间这个人死了。死亡无常，无常也是整本书很重要一个主题。宝玉出家那时，是受过了许许多多劫难，这些劫难是，他最亲切的人一个一个死亡、离去、衰亡，秦可卿是第一个，所以对他是特别的。

但是秦可卿有很大的象征意义。第一个意义是，她的鬼魂死了以后马上去见凤姐，警告她，“三春去后诸芳尽，各自须寻各自门”，我们家已经兴盛百年，有一天应了“树倒猢狲散”的，要趁早奠立根基，她说，“月满则亏，水满则溢”。这是中国人的哲学，月最圆的时候就是亏的时候，水到最高的时候就是要溢出来的时候，在最盛的时候要居安思危有所为。

这是秦可卿。别忘了，她姓秦，秦跟“情”谐音的，秦可卿等于启蒙、启发了贾宝玉对于女性觉醒的人物。虽然她自己没有跟宝玉有一段真正肉体上的关系。可是，她是暗示性的，在她房间里、在他梦里，这位女性是对他一种性的启蒙，女性的启蒙、启发。

同时，还有一个人，秦钟。

秦钟跟宝玉差不多年纪，比宝玉长得还要漂亮，俊秀，还要美，宝玉一见到他，非常倾心。所以人家讲说，宝玉好像对女孩子非常多情，其实对男孩子也有，像对秦钟、蒋玉菡。

宝玉最后成佛了。佛性无所不包，不分性别，他之所以成佛，是因为人世间所有的情他都能包容。所以对秦钟的那一份情、那一份爱，跟秦氏一样，别忘了，秦钟是秦氏的弟弟，等于是同胞，是情的一体二面。

情，这个字的男、女，一体二面，如果说，秦氏启发了宝玉对女性的觉醒，那么秦钟也就启发了宝玉对男性的觉醒。他对女性觉醒的时候，醒来以后马上就跟袭人发生了肉体关系，这也是书里唯一的一次。最后跟薛宝钗结婚，那是夫妻圆房，另外一回事了。所以袭人跟他的俗缘特别深，她真正得到宝玉的肉体。所以秦氏给宝玉的启发，也就延长到了袭人的身上。秦钟的启发，后来也延长到蒋玉菡的身上。最后，蒋玉菡跟花袭人结婚了，完成了宝玉整个情的归属。

宝玉跟他父亲可以说是非常明显的对比。贾政是个非常正直，完全实行儒家经世济民那一套理想，整天要宝玉去考科举，偏偏宝玉最惧畏功名考试这套东西，而且也最不喜欢。《红楼梦》里面的社会是非常繁文缛节，他们的儒家宗法社会仪式是非常繁复的。

余英时先生写过一份论文，因为曹家虽然是汉人，但是满化的汉人。乾隆时代的满人对儒家礼仪的守，比汉人还要繁重，曹雪芹反的是那时满化汉人那一套非常烦琐、非常仪式的东西。跟贾政来比的话，其实是一个自然人跟社会人。如果贾政代表儒家，贾宝玉就代表佛、道思想。他们两个最有意思的一场在第十七回，元妃省亲，贾宝玉的姊姊，皇妃，要回到贾府探探门，就为了她起了个大观园，大观园就是为了元妃省亲起的。

那天，贾政带了一伙清客。所谓清客，是那时候的官家养了一批大概都是些落魄文士，在家里陪着贾政下棋、作诗，这批清客当然念过书，都会题词、题韵，中国人在园林里都要题诗、题对联，他也要宝玉去题，为什么呢？原来元妃在去当皇妃之前，宝玉的书是她教的，让他显显才给姊姊看。

走来走去走到一个地方，稻香村。搞了稻田养了一些鹅、鸭子、鸡，做出个农村的样子来。贾政走到这里，看了宝玉一眼说，这地方好不好？他晓得宝玉喜欢雕梁画栋，很不以为然。这地方不好吗？宝玉本来非常怕这个爸爸，不敢出声去辩他的。这时候，突然间，他的自然人、那个劲儿跑出来。他就说“此处置一田庄，分明是人力造作成的”“远无邻村，近不负郭，背山无脉，临水无源；高无隐寺之塔，下无通市之桥，峭然孤出，似非大观。那及前数处有自然之理，得自然之趣呢？虽种竹引泉，亦不伤于穿凿。古人云‘天然图画’四字，正恐非其地而强为其地，非其山而强为其山，虽百般精巧，终不相宜……”未及说完，贾政气死了，“叉出去！”他们父子对于自然的诠释完全不一样。

贾政看起来很好，归农、种植，很朴素，这是社会化，人为化的。对宝玉看起来，完全不自然。贾政讲不过他把他赶走了，这两父子的人生哲学就有基本的冲突，也就是儒家的入世哲学跟出世哲学两个尖锐的对比、冲突，在《红楼梦》里面常常用人物对比的方式来显示不同的哲学。

《红楼梦》里面有一个人物——薛蟠，是薛宝钗的哥哥，薛姨妈的儿子，家里面开好多当铺，很有钱。后来因为打死人闯了祸，投靠贾家。薛蟠外号叫呆霸王，是一个非常骄纵粗糙的人，跟宝玉完全相反。

请看第二十八回。

他们有一个朋友冯紫英，也是一个纨绔子弟，请客，把薛蟠、宝玉都请去了。同时还请了一些唱戏的，像伶人蒋玉菡，还有妓女云儿，陪酒的这些。那时候妓女、唱戏的，像蒋玉菡，都有一定的修养，跟高层的社会人士来往，要懂吟诗作赋、作曲这套东西才合格。

来了以后，就要唱歌、唱曲。薛蟠一唱："女儿悲，嫁了个男人是乌龟，女儿愁，绣房蹿出个大马猴"，"一个蚊子哼哼哼，两个苍蝇嗡嗡嗡"。所以，薛蟠只是在动物这个层面，还没有完全被教化。不过，这个人物写得好，他是个喜剧人物。妓女云儿唱什么："女儿愁，妈妈打骂何时休"，老鸨打她，薛蟠搂她说："前儿我见了你妈，还吩咐他不叫他打你呢。"非常喜剧。

宝玉也唱了。宝玉唱的是很有名的红豆词，"绛珠仙草"那个红豆，讲的就是黛玉，"滴不尽相思血泪抛红豆，开不完春花春柳满画楼，睡不稳纱窗风雨黄昏后，忘不了新愁与旧愁，咽不下玉粒金莼噎满喉，照不见菱花镜里形容瘦。展不开的眉头，挨不明的更漏。呀！恰便似遮不住的青山隐隐，流不断的绿水悠悠"。这一回很重要的就是，蒋玉菡跟贾宝玉见面的时候这么对比，像跟贾政是一种对比，跟薛蟠是一种对比。

《红楼梦》还创造了一个很有意思的人物，非常具象征性，叫甄宝玉。甄家跟贾家一样是很大的家族，跟宝玉长得一模一样，完全是镜子相反的人物，个性开始的时候也跟贾宝玉一样，喜欢跟在女孩子群中混。等两人见面的时候，甄宝玉跟贾宝玉讲的却是什么呢？文章经济、为忠为孝那一套，听得贾宝玉越来越不耐烦，心里说又是个禄蠹。其实我想，宝玉是说哪个是真、哪个是假？贾宝玉其实是真宝玉，甄宝玉其实是假宝玉，这是哪一套价值？你觉得佛、道这一套是真，那就是真；你觉得儒家那套有时候过了分的东西是假，那就是假。所以有各种的对比来丰富贾宝玉这个人物。

贾宝玉碰到蒋玉菡，这什么人呢？是个演员、戏子。当然他长得很好，宝玉见了他的时候，马上就对这个人有一种很自然的、特别的亲切，马上互相交换礼物。什么呢？汗巾子，绑在腰侧，等于我们现在的手帕。宝玉将一个松花绿的巾子给蒋玉菡，是谁的呢？是花袭人的巾子。蒋玉菡给宝玉一个红的汗巾子，是北静王赠给他的。这两个交换有很重要的意义，因为最后花袭人嫁给了蒋玉菡，那时候宝玉已经替花袭人下了聘礼了。

蒋玉菡跟贾宝玉有什么关系呢？普通看觉得是同性恋的关系，其实可能更深一层，这两个男人互相认同。第一，他也是玉，两块玉。第二，菡什么意思？菡萏，莲花。在佛教里面，莲花是分身、化身。所以蒋玉菡在某种意义上，是贾宝玉的化身。

后来，第五回，一开头有个判诗，讲命运，“枉自温柔和顺，空云似桂如兰”，讲的是谁？花袭人。“堪羡优伶有福，谁知公子无缘”，是讲谁？蒋玉菡。为什么这么重要？我想花袭人对宝玉有特别世俗的关系，因为他第一个发生肉体关系的就是花袭人，花袭人是真正得到他肉身的人。蒋玉菡跟宝玉可能也有一段情，没有直讲。在九十三回，为了蒋玉菡，宝玉被他父亲打得要命、差不多打死掉。

到了九十三回，宝玉被贾赦带到一个临安伯的家里去看戏，那时候到豪门互相看戏是很普通的一件事。一个班子来了，班主就拿本子来请他们点戏，“宝玉一见那人，面如傅粉，唇若涂朱，鲜润如出水芙蕖，飘扬似临风玉树，原来不是别人，就是蒋玉菡。”小心看这个“芙蕖”，芙蕖就是莲花的意思。然后唱了什么戏呢？《占花魁》。大家都知道“卖油郎独占花魁”，卖油郎的名字叫什么？秦重。秦钟、秦重、情种，又扯在一堆了。

宝玉看了，“果然蒋玉菡扮了秦小官，伏侍花魁醉后神情，把那一种怜香惜玉的意思，做得极情尽致。以后对饮对唱，缠绵缱绻。宝玉这时不看花魁，只把两只眼睛独射在秦小官身上。更加蒋玉菡声音响亮，口齿清楚，按腔落板，宝玉的神魂都唱的飘荡了。直等这出戏煞场后，更知蒋玉菡极是情种，非寻常脚色可比”。这出戏还有更深的意义。宝玉对女孩子的感情不在于肌肤之亲，最高的境界是怜香惜玉，也是他最可贵的。所以这个时候，他看着蒋玉菡，完全认同在台上那个卖油郎秦重。

别忘了，蒋玉菡是演员，替宝玉演出这出戏。花魁女是谁？花袭人。都姓花。花袭人后来嫁给蒋玉菡，蒋玉菡把她从贾府救出去，等于秦小官把花魁女从烟花火坑救出去。蒋玉菡也就是替宝玉在尘世上演完这出戏，演完他作为花袭人丈夫的这出戏。宝玉跟花袭人、蒋玉菡的俗缘特别重，他最后出家了，佛身跟着一僧一道，归到青埂峰下。肉体俗身一分为二在这两个世俗男女的身上，最后破镜重圆，所以人生有佛、道的一面，也有世俗的一面。《红楼梦》不偏哪一个，而是无所不包、无所不容。

所以这一百二十回有很重要两个插曲，一个就是宝玉出家；一个是袭人跟蒋玉菡，这是画龙点睛的一回。这两个爱情三角，一个是贾宝玉、林黛玉、薛宝钗；一个是贾宝玉、花袭人、蒋玉菡，不同的境界不同的人，这本书太复杂了。

除了对比还有类比。

再有一个人，柳湘莲，又是一朵莲花。取这些名字，不是随便的。柳湘莲也很奇特，虽然是世家子弟，但是喜欢玩枪弄棒，喜欢票戏，也是演员。在某种意义上，后来他跟尤三姐有一段关系。尤三姐非常希望嫁给他，他送了一个鸳鸯剑给尤三姐作聘礼，后来听说尤三姐是贾珍的小姨子，觉得贾珍跟她的姊姊尤二姐已经有了一段，怀疑尤三姐不贞，就把聘礼拿回来，尤三姐以示贞节自杀了。自杀了以后，柳湘莲怎么样？剃发出家了。

宝玉跟柳湘莲有种惺惺相惜的关系，柳湘莲后来出家了，宝玉后来也出家了。所以这两朵莲花，一个是告示在天，显示出家这条路；一朵莲花是在人间完成他的俗缘，这两朵莲花，在某种意义上，都是宝玉的化身。

所以这些类比的人物，柳湘莲、蒋玉菡、秦钟、贾政通通加起来，宝玉这个人物就很多面，整个的意义就一层比一层厚。当然他也是个多情种子，跟好多女孩子谈爱，最重要的，当然就是林黛玉了。

贾宝玉跟林黛玉什么缘分呢？如果说贾宝玉跟花袭人是俗缘，他跟林黛玉可以讲是仙缘。在世间，两个小儿女你来我往，但是另一方面，其实是个爱情神话。两个人的第一次见面在第三回，曹雪芹写得好的，黛玉看宝玉，最后说，“面若中秋之月，色如春晓之花，鬓若刀裁，眉如墨画，鼻如悬胆，睛若秋波。虽怒时而似笑，即嗔视而有情。”“越显得面如傅粉，唇若施脂，转盼多情，语言若笑。天然一段风韵，全在眉梢；平生万种情思，悉堆眼角。”哪里有真的这么一个人看起来像神仙一样，不过，讲他一生的情多到眼角都要冒出来，发脾气眼睛一嗔也是情，宝玉就是，他是情种嘛！黛玉看他是一身的情。黛玉还没有进贾府的时候，就有个和尚警告她不能见、最好不要见最亲近的人。后来碰了宝玉，果然一场悲剧收场。

世人看贾宝玉，是怎么样一个人？《西江月》有这么一个：“无故寻愁觅恨，有时似傻如狂。纵然生得好皮囊，腹内原来草莽。潦倒不通庶务，愚顽怕读文章。行为偏僻性乖张，那管世人诽谤！”其实宝玉也是这么一个人。我们常常在讲，佛、道里的圣人痴啊傻啊，西方也有，圣梵西斯会听鸟语，跟鸟讲话疯疯傻傻的，大概在某种方面来说他是一种圣人。

黛玉跟宝玉在一起的时候，小性子有理无理她戳他一下。宝玉旁边那么多美女，黛玉当然非常没有安全感，总要试探一下。宝玉越痛，那真的才好，戳他一下，痛了，表示还爱她，所以无缘无故给他几下子。第二，家里头她是独女儿。从前也是官家，到了爸爸林如海也不过是中上阶级，比起贾府来差一大阶了。所以大家注意看，开始第二、三回，黛玉进贾府的时候，作者非常详细地描述是几进几进的深宅大院建筑，仆人穿梭往来的架势，对黛玉来讲都是一个威胁。虽然她在家里是唯我独尊，又孤高自赏，非常自负，到了外祖母家寄人篱下，处处对她来说都是一种威胁。所以在贾府里也蛮紧张的，心中生怕落人褒贬，所以无形中为了保卫自己的尊严，有时会无缘无故有攻击性，而且天生又非常天真，不是那么人情世故，跟宝钗来比，就是两回事了。这么一个女孩子在贾府里面，处境不容易。虽然贾母很疼怜她，但是因为她的母亲贾敏死得早，她只是怜孤，比起真正的贾家人，她到底是外人，姓林不姓贾。她的不安全感就是要试宝玉，试得宝玉简直是没办法，非要把真心试出来，后来把他试出来了，她就比较放心了。别忘了，林姑娘是生肺病的，生肺病的人特别敏感而且多疑，后来医生去看她，讲了她说，其实很多小性子、多疑不安全，是病来的。

宝玉看黛玉是什么样子？“两弯似蹙非蹙笼烟眉，一双似喜非喜含情目。态生两靥之愁，娇袭一身之病。泪光点点，娇喘微微。闲静时似娇花照水，行动处如弱柳扶风。心较比干多一窍”，比干是纣王的叔父，有七巧玲珑心，比他还要多心，“病如西子胜三分”，形容黛玉是病西施。

整个黛玉好像看不到她的身体，好像她是一束灵性，没有肉体的。我想宝玉对她一点邪念都没有，他们俩睡在一起，一点邪念都没有。倒是宝玉看到宝钗白白胖胖的手，想去摸她一把。黛玉是整个没有肉体的一个人，所以他们两个的爱情，完全是心灵之交，知己知彼，惺惺相惜。

宝玉不喜欢功名，黛玉很了解他。所以有一次史湘云劝他总要念念经世济民的文章，宝玉把她推出去，你到别地方去，不要来我这里了。花袭人就说，如果碰到林姑娘，林姑娘又要生气了。宝玉说，林姑娘知道我，从来不讲这个事情。原来黛玉在外面偷听，哎呀是知己啊，感动得不得了，又掉眼泪了。大家最遗憾的是，宝、黛没有成婚。可是宝玉真娶了林姑娘，生了一大堆儿女，不堪，不能想象，林姑娘抱那些baby抱不动，两个人不能成婚的。这是灵与灵之间的结合。不晓得大家看过Emily Bronte的《呼啸山庄》没有？《呼啸山庄》女主角Catherine，男主角Heathcliff是外面捡来的，他们两个在一起，好得不得了，非常知己，但不能结婚。她后来嫁了一个世俗的贵族，然后讲了："I am Heathcliff."我想宝玉跟黛玉就是他们，我就是他他就是我，两个人，我想婚姻是一个跟他体、一个other才能成婚，自己跟自己不能成婚的。他们两个常常这样子，世间男女也是，有时候两个男女间太相知相惜，欸，不能结婚的。这种心灵相交是另外一种爱、另外一种情感，宝玉跟黛玉就是这一种爱情，他们俩真是一仙缘，是一则爱情神话。

在第五回的时候，已经讲了他们两个爱情的命运。《枉凝眉》说："一个是阆苑仙葩，一个是美玉无瑕。若说没奇缘，今生偏又遇着他；若说有奇缘，如何心事终虚化？一个枉自嗟呀，一个空劳牵挂。一个是水中月，一个是镜中花，想眼中能有多少泪珠儿，怎禁得秋流到冬尽，春流到夏！"这个就是他俩爱情的判诗，最后悲剧收场，一个出家，一个殉情。因为两人都不符合儒家的系统、宗法社会那一套，不容许这两个儒家社会的叛徒，是这悲剧最深的由来。

林黛玉

我说，林黛玉——诗魂。黛玉有一次跟史湘云中秋的时候在凹晶馆下面一个池塘的地方联句，你一句我一句来比才，比到最后，差不多用尽了韵，这时候，有只白鹤飞过去，境界很美，史湘云突然想道："寒塘渡鹤影"，多美！林黛玉的诗才很好强，想了一下子，欸有了，一句："冷月葬诗魂"，这下子对到、压过她那个字了。其实，

“冷月葬诗魂”在无形间讲她自己的命运了。这一回已经是七十几回，林黛玉那时候已经渐渐趋向死亡，对自己的命运最敏感，妙玉马上跳出来制止她，“不要讲了！你们警句出来了。”妙玉通灵的，知道黛玉这个话不祥，她的命运已经定了。

黛玉有几重身份。

大家记得黛玉的前身是什么？绛珠仙草。她在“灵河岸上，三生石畔”，游哪里呢？“离恨天”。吃的什么呢？“秘情果”。喝的是什么？“灌愁水”。这个女孩子一身是愁！贾宝玉本来是块灵石在青埂峰下，化成了人形，就是赤霞宫的神瑛侍者。赤、绛都是红色，所以他们的爱情是在红色下形成的。神瑛侍者看到绛珠仙草很可爱，就用灵河里面的水灌溉她，绛珠仙草就变幻成一个女体，因为要报答神瑛侍者，所以下凡以后，用她一生的眼泪来还。所以林妹妹一天到晚哭，哭得泪尽人亡。

世界上的眼泪为什么流得最多？为“情”！林妹妹爱哭有道理的，到了红尘来她是还情债。我们说青埂峰是情根，情生了根以后是往下扎，《牡丹亭》里面有一句“情根一点是无生债”，“情”生了以后是还不完的债，宝玉不是去看了“孽海情天”四个字吗？在太虚幻境里，它最后一句是“痴男怨女情不尽，可怜风月债难酬”。所以林黛玉下了凡就要用她的眼泪还一生的情债！

《红楼梦》里大致分成两组人，一组是感性，一组是理性。感性人物以林黛玉为首。我也讲过，《红楼梦》的人物塑造是用镜子意象，好像好多块镜子，每个镜子都在反射她这个人。

所以有了黛玉，就有晴雯、龄官、柳五儿、尤三姐这一群的感

黛玉

性人物。像晴雯其实简直就是黛玉的影子，最后两个人都殉情而死。尤三姐也殉情而死，龄官也是执着于情；这些感性人物很重要的一点就是对情的执着，常常因为情的执着殉情。

曹雪芹是天眼来看红尘芸芸众生，对这些感性人物非常同情，但并不是说对理性的人物，对适合于现代的、儒家系统、宗法、社会那些人物有什么偏见，他只是告诉你，我们的社会就是中国社会。

其实西方社会也有这样的，《包法利夫人》Madame Bovary，还有《安娜·卡列尼娜》Anna Karenina，都是为情而死。汤显祖说“情不知所起，一往而深，生者可以死，死可以生”。情，可以穿越生死，是一道两面刃，可以使得你动容，使你人生高昂提升；也可以毁灭你。为什么我们对林黛玉有一种怜爱，最后还有一种尊敬呢？殉情嘛！为了情的执着而死，赢得了大家的同情。

现实上已经下了凡尘的林妹妹，是怎么样的人呢？别忘了她是苏州姑娘。想到苏州就会想到园林、刺绣、昆曲，那些江南文化，非常精致、精髓的东西，也都在林黛玉身上。

曹雪芹不是随便写的，整本书什么时候是加重？什么时候要收起来，老早设计得清清楚楚。写个人物不容易，在京戏里如果女主角出场，一来一定一个 pose 停在那个地方，给大家看清楚了——我是女主角。

谁开始介绍林黛玉出场的呢？是她的老师——贾雨村。是个很世俗、一个在官场里边打滚的人，后来丢了官以后就去当老师，教了这个女学生。他讲了这个女学生身体很弱，淡淡几句就引她进来，让她到了贾府，你不知道林黛玉什么样子。贾雨村是个俗人，看林黛玉看不出什么名堂，黛玉不是世俗的人能够理解的一个女孩子，要等到宝玉出场，从宝玉的情人眼中出西施，才看得最准。

所以要等到这个时候，才告诉你林黛玉长得是这样："两弯似蹙非蹙笼烟眉，一双似喜非喜含情目。态生两靥之愁，娇袭一身之病。泪光点点，娇喘微微。闲静时似娇花照水，行动处如弱柳扶风。心较比干多一窍，病如西子胜三分。"所以如果贾雨村讲这个话，身份不合适，他也不懂。

宝玉看得出这些名堂，他就讲了"这个妹妹我见过"，他们本来就有前世，三生石畔已经定下缘了，所以两人在某方面来说都是谪仙，在我们现实的儒家系统、宗法社会里得不到一个合适的位置。

林黛玉进贾府曹雪芹写得好。林家虽然也是官家，但比贾府的气势差太远。黛玉也是个非常自负的女孩子，在家里面是唯我独尊，到了贾家，外祖母再怎么疼她也是寄人篱下，所以为什么黛玉那么多心，处境不容易的。

一开头没多久薛宝钗进来了。薛宝钗进来对她是一个很大的威胁，长得也很美，得人心，很世故，完全跟她相反。而且最主要，薛家有钱，妈妈也一起到贾府，不像林黛玉是个孤女。

薛宝钗拿了几个宫钿要送给那些姊妹们。王夫人道："留着给宝丫头戴也罢了，又想着他们。"薛姨妈道："姨太太不知，宝丫头怪着呢，他从来不爱这些花儿粉儿的。"她就送给这送给那，表面上好像送给这些人。什么人去送呢？周瑞家的，王夫人的陪嫁丫头。周瑞家的拿了这些花，到处去一个一个给她们那些女孩子，给了惜春，惜春笑道："我这里正和智能儿说，我明儿也要剃了头同他作姑子去呢，可巧又送了花儿来，要剃了头，可把这花儿戴在那里呢？"她后来真的当了尼姑，随便一句就点到她最后的结局。送到贾琏跟王熙凤，贾琏旁边奶妈就嘟嘟嘴说，嘘、不要讲话。原来贾琏跟王熙凤白昼行淫，在讲这一对非常非常世俗。

最后送到林黛玉的手里。黛玉只就宝玉手中看了一看，便问道："还是单送我一个人的，还是别的姑娘们都有呢？"周瑞家的道："各位都有了，这两枝是姑娘的。"黛玉冷笑道："我就知道么！别人不挑剩下的也不给我呀。"周瑞家的听了，一声儿也不敢言语。林黛玉多么地一点一滴生怕人家瞧不起她。这就得罪了人，那周瑞家的是在王夫人前面可以讲话的，薛宝钗看了周瑞家的，周姊姊长周姊姊短，林黛玉"碰！"就戳她一下。所以这两个人以后谁胜谁败，一个天真、一个世故，都可以看得出来了。

《红楼梦》很重要的一个主题，就是人的命运。

在第五回游太虚幻境，前面很多谜语判诗，讲金陵十二钗，还有那些丫鬟，把她们的命运都写在上面，像希腊悲剧一开场 Chorus 唱出人的命运，命运在前很可怕无法反转，所以西方的命运之神眼睛是蒙起来的，因为他是盲目的。《红楼梦》讲的就是这些，那么多人的命运一个一个在判诗里已经暗暗地唱出来。在这里边，黛玉对她的命运最敏感。

第二十三回是："西厢记妙词通戏语，牡丹亭艳曲警芳心。"我说《红楼梦》是集大成的一本书，唐诗、宋词、元曲、明清的传奇、戏曲、小说，这一个大传统最后落在《红楼梦》的身上、落在曹雪芹的身上，曹雪芹就是集中国文学、文化、哲学集大成的这么一个人，把中国的大传统化进了这本书里。戏曲在《红楼梦》里也扮演了相当重要的角色，经常以戏点题。乾隆时代戏曲，尤其昆曲非常盛的时候，乾隆自己有御班子，最多人的时候一千个。康熙游江南六次，四次是曹家在江南织造府接待康熙皇帝，一定天天有戏的。曹府里自己就有戏班子，曹寅他自己写传奇本子。到今天很重要，他还留着一个叫《续琵琶》的本子，所以曹家有戏的。

以前有句话，“水浒诲盗西厢诲淫”。“西厢诲淫”，讲崔莺莺跟张生在寺里幽通，一个相国府的千金小姐打破礼教，等于是禁书一般，大家不太能看这个东西的。宝玉就悄悄弄了《西厢记》来。黛玉道：“什么书？”宝玉见问，慌得藏了，便说道：“不过是《中庸》《大学》。”黛玉笑道：“你又在我跟前弄鬼。趁早儿给我瞧，好多着呢。”宝玉道：“妹妹，要论你，我是不怕的。你看了，好歹别告诉别人。真是好文章！你要看了，连饭也不想吃呢！”一面说，一面递过去。黛玉把花具放下，接书来瞧，从头看去，越看越爱，不顿饭时，已看了好几出了。但觉词句警人，余香满口。一面看了，只管出神，心内还默默记诵。宝玉笑道：“妹妹，你说好不好？”黛玉笑着点头儿。然后宝玉就讲了一句《西厢记》里的话：“我就是个多愁多病的身，你就是那倾国倾城的貌。”这是张生逗崔莺莺的，林黛玉其实心里蛮高兴的，但是不行，马上装怒：“你这该死的，胡说了！好好儿的，把这些淫词艳曲弄了来，说这些混账话，欺负我，我告诉舅舅、舅母去！”宝玉当然吓坏了，所以黛玉扑哧笑了一下子“呸！原来也是个‘银样镴枪头’！”两个人其实是互相在调笑。后来黛玉走到梨香院，那些女孩子正在演戏。本来黛玉有点不大瞧得起戏曲，她一听，唱什么呢？《牡丹亭》［皂罗袍］那一段：“原来姹紫嫣红开遍，似这般，都付与断井颓垣……良辰美景奈何天，赏心乐事谁家院。”黛玉一听，原来曲里也有好文章。再听下去，“只为你如花美眷，似水流年”黛玉听得心动神摇，接下来“你在幽闺自怜”，又“越发如醉如痴，站立不住，便一蹲身坐在一块山子石上……不觉心动神驰，眼中落泪”为什么这几句词这么触动黛玉的心呢？这是谁唱的呢？是《牡丹亭》里的杜丽娘，年方二八，十六岁的时候，跟春香到后花园去游园。从前明朝的时候礼教很严，自己的后花园女孩子也不能随便去逛，所以待她爸爸杜太守到乡下去劝农，她跟春香两个人悄悄去，一看，本来满园春色的“原来姹紫嫣红开遍”，已经“似这般，都付与断井颓垣”。杜丽娘一下子伤感起来，觉得已经芳华虚度。

林黛玉也跟杜丽娘一样，兴起了伤春悲秋的情绪。在我们所有文学的传统里面，我想崔莺莺、杜丽娘、林黛玉，是一个继承一个的。其实，在《红楼梦》里，林黛玉最接近杜丽娘，为情而生、为情而死，“情不知所起，一往而深，生者可以死，死可以生。”对情的执着、追求，杜丽娘是她的前身、模范。

所以黛玉听了这些话特别有感触，也就遥指、启发到下面写出了等于是一篇自挽诗《葬花词》，成为《红楼梦》里的一个高潮。

《红楼梦》借重于诗、词、曲来点题，是整个小说有机的一部分，这很重要。

二十世纪七十年代作曲家许常惠先生从法国回来，写了《葬花吟》的曲子。他利用佛教诵经的旋律来吟诵《葬花词》，抓到《葬花词》的精髓。《葬花词》就是一首自挽诗，黛玉以花的命运跟自己的命运合而为一，以一己之痛道出世人之悲。最美的东西，是花。最脆弱的，也是花。“彩云易散琉璃脆”，美的东西一下子就过去了。黛玉也知道自己可能命不长，就像花一样挨不过秋冬。她自己讲说：

“天尽头！何处有香丘？未若锦囊收艳骨，一抔净土掩风流。质本洁来还洁去，不教污淖陷渠沟。”别忘了她是绛珠仙草，落到这红尘里，当然是格格不入的。后来她死的时候，跟紫鹃讲：“我的身子是干净的，你好歹叫他们送我回去。”

再看，“质本洁来还洁去，不教污淖陷渠沟”，这是黛玉的拗性。“尔今死去侬收葬，未卜侬身何日丧？侬今葬花人笑痴，他年葬侬知是谁？试看春残花渐落，更是红颜老死时；一朝春尽红颜老，花落人亡两不知！”这首诗用的是古代的歌行形式，可能在乾隆以后，中国的诗词、歌行方面，再没有达到这个高峰。

接着，“昨宵庭外悲歌发，知是花魂与鸟魂？花魂鸟魂总难留，鸟自无言花自羞；愿侬此日生双翼，随花飞到天尽头。”其实这等于是一曲大悲咒，在哀悼这些花的命运，也在哀悼她自己的命运。这就是由于听了《牡丹亭》，所以才有了《葬花词》的浮现。《葬花词》也充分地展示了林黛玉的诗才、个性，以及对自己命运的一种觉悟。

我们看“林潇湘魁夺菊花诗”。大观园里女孩子作诗，每个人都取一个诗名、笔名。林黛玉住在潇湘馆，所以是“潇湘妃子”。

秋天，大观园里满园菊花。史湘云想要在大观园里请客，薛宝钗非常懂事，就说我来替你张罗，送了很多螃蟹，吃了螃蟹以后就作诗。他们拟了很多以菊花为主的题目出来，“问菊”“访菊”等等。薛宝钗的诗才也很高，跟黛玉时常还不相上下。可是薛宝钗是个儒家的理想，作诗，对她来说是闺秀的一种修养而已，不像林黛玉是诗魂。刚刚《葬花词》已经表露了黛玉对自己的命运。这一首《问菊》，也看出林黛玉的个性。“欲讯秋情众莫知，喃喃负手扣东篱。孤标傲世偕谁隐？一样开花为底迟？”菊花是在秋天才开，秋天的时候“傲霜枝”，林黛玉就是个傲霜枝，讲她自己。“圃露庭霜何寂寞，雁归虿病可相思？莫言举世无谈者，解语何妨话片时。”这个时候她孤高傲世，自视甚高，一定是个寂寞的人。

但是黛玉的一生，最要紧的就是宝玉的情，但那时候谈恋爱不能露的，尤其大家闺秀，只能悄悄地，有时候眼角传情一下，写情诗还要暗含着，不能直讲。

有一次，真情毕露，露出来了。怎么露出来？什么时候呢？宝玉被贾政打了。大家知道他跟戏子蒋玉菡有来往，而且刚好金钏儿又因为宝玉的关系跳井，几个事情凑在一起。本来贾政讨厌他讨厌得不得了，这个儿子一点都不合乎儒家的理想、规矩。这下子就打他，也是贾政这个父亲的挫折，怎么这么一个儿子就教不好，为什么呢？有个老太太杠在那里！贾母宠他。打得快一身皮肉都见血了，大家都很着急，打死了怎么办？马上进去通知老太太。史太君跑来以后当然就要阻拦，贾政就说，哎呀这么热天，怎么还惊动老太太来，要有什么事情吩咐儿子一声就行了。老太太很厉害，说：“你原来和我说话！我倒有话吩咐，只是我一生没养个好儿子，却叫我和谁说去！”这贾政就一下子跪下来，妈妈讲了重话。贾母这个老太太非比寻常，不得了的一个人。

宝玉得救了以后，当然一身打得不成话，青一块紫一块的都不能动了，家里都很心疼他。这个也来看、那个也来看，连宝钗这个非常不动声色、沉稳的女孩子，来了以后居然眼眶也红了，心里面也是疼贾宝玉的。最后一个，黛玉来了。宝玉一看，两个眼睛肿得像桃子一样，哭了，真情毕露。

那天晚上，宝玉就叫晴雯拿两块手帕去给林姑娘。晴雯一看，欸，是宝玉用过的旧手帕。晴雯不懂，问说，要拿手帕给她，拿新的，拿旧的给她，等一下林姑娘又不高兴了怎么办啊？宝玉说她懂的，你拿去吧。晴雯就带去给黛玉说，“二爷叫给姑娘送绢子来了。”黛玉当然不好意思，“我这会子不用这个。”晴雯说，“不是新的，就是家常旧的。”哦——林黛玉一下子就懂了，她说“放下，去罢。”这下子不得了，从来没有这个，互相表记耶，定情的表记，新的不稀奇，用过的是宝玉的身体的一部分。两个人最亲密的时候，也就是这么最亲密啦。

这下子黛玉七上八下，又喜又惧，喜是宝玉给她这种体己的东西，又惧这私通表记，当时候还得了。点了灯，她就在两块手帕上写下三首诗，这是她对宝玉讲话讲得最confessional、最告白的三首诗。讲什么呢？还泪啊，“眼空蓄泪泪空垂，暗洒闲抛更向谁？尺幅鲛绡劳惠赠，为君那得不伤悲！”讲到这个时候，不得了了，然后是，“抛珠滚玉只偷潸，镇日无心镇日闲。枕上袖边难拂拭，任他点点与斑斑。”眼泪都掉了，掉到宝玉的旧手帕上面，这是他们两个人最亲密的一刻！然后，最后是，“彩线难收面上珠，湘江旧迹已模糊。”这个湘江，她是潇湘妃子嘛，“床前亦有千竿竹，不识香痕渍也无？”写完了三首情诗在这手帕上面以后，一看，一脸通红，脸都烧起来了。

这下子，黛玉的病根子由此起。我们的林姑娘这么弱柳扶风一个女孩子，哪里承受得起这么重的情债，是“情”把我们的林姑娘压垮、压病的，所以最后只好把所有的眼泪还给宝玉，这时候她心里面的情愫已经通通讲出来了。

后四十回常常被人攻击，说这里写得不好、那里写得不好。我是觉得非常的不公平，我们的张爱玲张姑奶奶，因为她的影响力太大，我现在要把她驳回去。她说，一生里有三大遗憾，是什么呢？鲥鱼刺太多，海棠没香味，第三大遗憾是什么？《红楼梦》曹雪芹只写了八十回，后四十回没写完。后来她也常常攻击后四十回，她说，一到了八十一回天昏地暗。我想张爱玲那么敏感、聪明的一个人，后四十回她没看懂，这才是我的遗憾之一。

后四十回写得好的地方太多，处处有亮点，而且很重要。没有后四十回宝玉出家、黛玉之死那两根柱子，没有那个悲剧的话，这本书根本就不能成立。

写得很好的是第八十二回。

袭人也是心机很深的一个女孩子，她的一生也想抓住宝玉的心、抓住宝玉这个人，因为最后她得的也是个妾的位子，而正室是谁，也就会决定她的命运。

那时候大家看来看去，风言风语，贾母也不露声色，不过有些地方已经透露出来是要选宝钗了，可是还没有太多的迹象。大家都在猜很可能选黛玉，因为黛玉最亲，她是姑表，中国人是姑表比姨表亲。这一个是贾姓，一个是异姓，大家以为是她。袭人当然心里也跑到黛玉那边去。

第六十九回，王熙凤把尤二姐磨死了，袭人不敢讲是王熙凤，把手伸着两个指头，道：“说起来，比他还利害，连外头的脸面都不顾了。”黛玉接着道：“他也够受了。尤二姑娘怎么死了！”袭人道：“可不是！想来都是一个人，不过名分里头差些，何苦这样毒？外面名声也不好听。”黛玉很敏感的，一听，袭人从来很懂分寸的，不在背后讲人家坏话的，怎么认起这正房、偏房来了？她心里边一动，就讲了一句很有名的话，“这也难说。但凡家庭之事，不是东风压了西风，就是西风压了东风。”

正好薛宝钗家里派了两个老婆子替林黛玉送燕窝来，那两个老婆子不懂事，一看到黛玉就说，以后就是配我们宝二爷。这个不能说的！黛玉赶快把老婆子赶走。晚上刺心，做了个噩梦，这梦写得极好，非常Freudian。

在梦里，她突然看清楚了在贾府的处境。在梦里，王夫人、凤姐要把林黛玉嫁走，而且是当续房。说是黛玉的父亲娶了一个续房太太（其实她父亲已经死了），继母指定要她嫁出去。黛玉就急得不得了，求他们说不要。她又去求贾母，请老太太救她。贾母脸上没什么表情，很不耐烦地跟鸳鸯讲，黛玉把我闹得累了，把她请走吧。黛玉才发觉，原来平常的时候，凤姐、王夫人个个好像表面都疼她、宠她，尤其是贾母那么宠她，她看出了她们虚伪的地方，也看到她们对她的真面目。后来果然贾母选定了薛宝钗的时候，对黛玉就比较冷淡了。

梦里最后她就到宝玉那边去，最后能救她就是宝玉了。宝玉也说，你原是许了我的。黛玉说，她们要把我嫁走。宝玉说，我拿我的心给你瞧，一讲了就自己拿刀把胸口划开，把心掏出来，掏出来后宝玉就倒下去了。黛玉一下子惊醒来，吐了一口鲜血，这刺激太大了。黛玉整天要什么？要宝玉的心，宝玉就挖开来给她。

从此黛玉的健康一直往下走。后来果然贾母、薛姨妈她们已经在背后暗暗地把宝钗订下来了。从贾母的观点来说，宝钗懂世故，又很健康，长得又好，家里面又有钱，各种条件都好。贾母自己讲了，娶媳妇要娶一个健康媳妇，要能生孩子、传宗接代。林姑娘身体不好，要生孩子很难，而且脾气又孤僻。所以就把宝钗订下来，但是不敢讲，因为后来发觉他们两个人已经生情了。

另外一件事情，宝玉的玉不见了，等于他的心丢掉了，剩下一个躯壳。中国人相信如果能结婚冲喜，可能恢复过来，所以就急着把宝钗订下来。订了以后，晓得万一这事漏出去，宝玉闹起来不肯了，所以大家都封口不准讲这个事情。

这时候，黛玉生日了，贾母她们在形式上还是要替她做生日。但薛姨妈跟宝钗就不会出现了，因为已经被订做媳妇。但是贾家的人还在强颜欢笑的做这个 Birthday Party。

这里写得真的很好。曹雪芹有时候悄悄地一笔，要注意。黛玉那天穿得很漂亮，打扮得像嫦娥一样，又是一个仙女。当然也唱戏，什么戏呢？《蕊珠记》。《蕊珠记》的一折叫《冥升》，讲的是嫦娥奔月的故事。这又点了黛玉像嫦娥的命运一样。

嫦娥偷了灵药以后就奔月了，永远在月宫里面。李商隐有一首《嫦娥》诗可以来解释林黛玉的处境。“云母屏风烛影深，长河渐落晓星沉。嫦娥应悔偷灵药，碧海青天夜夜心。”这什么心？一个人永远在月宫里高处不胜寒的夜夜寂寞心。

对林黛玉来说，偷了什么灵药？偷了“情”！拿了“情”的灵药，就像嫦娥在广寒宫里一样，碧海青天夜夜心，处境在大观园里完全孤立了，灵药不是随便能偷，也不是随便能尝的啊。

然后，“林黛玉焚稿断痴情，薛宝钗出闺成大礼”，这是《红楼梦》高峰之一。傻丫头告诉她已经订了薛宝钗，马上要结婚了。林黛玉一听就觉得整个错乱，醒过来的时候，她知道必死无疑，整个她一生的追求落空。

她死的时候要做什么？第一，“林黛玉焚稿断痴情”。她的诗稿代表什么？诗是她的灵魂。她在病得快死的时候，叫紫鹃把那火盆端放到炕上来。大家还记得那两块手帕吗？这个时候派上用场了，这两块手帕表示什么？两个人最亲密的爱情。本来要撕但怎么撕不动，所以把它丢到火里面烧，把这段情烧掉，烧了以后，把诗稿也丢到里面去，烧起来——焚稿。

烧两块手帕，是烧掉她跟宝玉之间的爱情、肉体；烧掉诗，是焚掉她的灵魂，在这世上不留情的，烧掉。

最后她就跟紫鹃讲，我是干净的。很决绝地讲，妹妹！我这里并没亲人，我的身子是干净的，你好歹叫他们送我回去！跟贾府一切的人一刀两断，“质本还来还洁去，不教污淖陷渠沟”，林黛玉突然间变成一个很刚烈的、殉情的女子。

这一段写得非常好：

当时黛玉气绝，正是宝玉娶宝钗的这个时辰。紫鹃等都大哭起来。李纨、探春想他素日的可疼，今日更加可怜，便也伤心痛哭。因潇湘馆离新房子甚远，所以那边并没有听见。一时，大家痛哭了一阵，只听得远远一阵音乐之声，侧耳一听，却又没有了。探春、李纨走出院外再听时，惟有竹梢风动，月影移墙，好不凄凉冷淡。

最后一次，黛玉之死轻轻地一笔过去了。那边，只见新人笑，这边，哪闻旧人哭。黛玉这变得非常凄凉。

在第五回的判诗里老早已经写好了，她跟宝玉两个人的爱情，是一场悲剧：

一个是阆苑仙葩，一个是美玉无瑕，若说没奇缘，今生偏又遇着他；若说有奇缘，如何心事终虚化？一个枉自嗟呀，一个空劳牵挂。一个是水中月，一个是镜中花。想眼中能有多少泪珠儿，怎经得秋流到冬尽，春流到夏！

薛宝钗

薛宝钗是《红楼梦》里儒家的理想女性。儒家很重要的个人修为、家庭规矩、社会秩序这一套思想哲学，几千年有形无形渗透到整个社会、渗透到中国人的灵魂里。薛宝钗在这里头极有分寸，极懂得进退。而且也有才，几乎无所不通，作诗作得很好，画画也有一套，连医药也懂，几乎是无所不能。

薛宝钗如果一不小心讲大道理，而且讲得振振有词，写得不好就变成女孔子。曹雪芹写薛宝钗写得合情合理，她就是这么有血有肉的一个人，而且非常合乎儒家的理想。我说曹雪芹是以天眼看红尘，是把所有中国社会、所有的中国人看得透透彻彻，才不倚不偏地写出来。曹雪芹之所以能做到这个地步，在他本人对于中国的哲学思想、儒释道的传统已经融化在身上。常常有人说，有把《红楼梦》看成是反儒家、反阶级斗争，林黛玉变成革命英雄，薛宝钗是保皇党，这都是比较偏颇的。当然，几百年前就有两派，一派是拥林派，一派是拥薛派。其实曹雪芹两边都有一个 balance。

如果说感性人物是林黛玉的话，理性人物就是薛宝钗。儒家是真的非常理性，尤其对“情”。不光是儒家，佛家、基督教，大概对人的基本情欲，都要用层层的道德把它规范起来。弗洛伊德有一本名著叫作《文明及其不满》（*Civilization and It's Discontents*），他说人类文明压抑了我们的原欲，所以人有种暗暗在心里头的不满，比如人生天性的情，这种情有时候也牵涉到欲，是天性的冲动，被层层的这东西捆绑起来，把它合理化。

我说林黛玉有很多镜子的意象，有晴雯、龄官；薛宝钗也有，理性的人物像袭人，也很能够知进退；然后探春，也是很合乎儒家的标准。所以黛玉有这么一群，宝钗也有这么一群，这些又是相对的，黛玉跟宝钗是两个对比，晴雯跟袭人也是。

薛宝钗有什么特性？一开始让我们印象很深的是常常吃冷香丸。

薛姑娘，姓薛，snow，冷的，姓雪。吃的是冷香丸，你看这女孩子冷不冷？她必须冷，必须要把她情的冲动通通规范起来、压制起来，要把她 socialize 社会化，合乎儒家的要求，所以让她吃冷香丸。她住的蘅芜苑，刘姥姥进去的时候，一看，雪洞一般，都是白的，非常素。贾母就不以为然了，这女孩子太素了，拿了东西来装饰。她的妈妈讲：“宝丫头怪着呢，她从来不爱这些花儿粉儿的。”朴素得有点怪，住得像雪洞一样、吃冷香丸，最后守活寡。不光是冷香丸，还有一个 symbol 给她。有个和尚很早就给她一把金锁，这是她最神秘的地方。

宝玉有次看着薛宝钗说：“看看这个玉怎么样？”宝钗就拿他的玉来看，上面刻了几个字：“莫失莫忘，仙寿恒昌。”宝钗的丫头莺儿说，这两句好像对得我们姑娘的金锁上那两句，“不离不弃，芳龄永继”。和尚给宝钗金锁的时候，就已经预言说，要有一个玉来配她，所以是金玉良缘。但是宝玉不喜欢这金玉良缘，他说，谁说金玉良缘，我说木石前缘。因为绛珠仙草是木，宝玉是石头嘛。所以宝钗必须用金锁把他给锁起来、扛起来。金子是最沉重、最耐的，真金不怕火炼，玉还会碎掉，金不会，所以宝钗要扛起这把金锁来，最后嫁给宝玉。我的看法是：宝钗嫁的不是贾宝玉，是嫁给贾府、儒家系统宗法社会孙媳妇的位子，为什么？她要扛大任。

宝玉后来出家，出家的人要了尽尘缘，要给世俗上的东西通通做个了结才能走。宝玉后来考中举人，留给他父母功名。他走的时候，宝钗怀了孕，留给她一个儿子。后来甄士隐变成道士了以后，贾雨村问他，以后贾府会怎么样？他说，有一天还会起来。靠什么呢？兰桂齐芳。兰，贾兰，李纨的儿子，后来也考取中了。桂，贾桂，就是宝钗怀的遗腹子，等于是以后会挑起贾家来，而宝钗的大责任就是抚养这个儿子，宝钗就是要接王熙凤的位子，撑起贾家这个担子来。所以，她要不要吃冷香丸？要不要戴金锁扛起来？她有重任的，贾母选她，冥冥中也是要这个女孩子接下来。我们现在最遗憾的是贾母没有选林姑娘，可林姑娘没有金锁，撑不起那个重担。

说宝钗好像是个女孔子一样，其实也不然，她有一段白白胖胖的手臂，宝玉看了也想要摸一摸，可能也是有作为女孩子的 sex appeal。

再往下看。

把宝钗和黛玉对比起来，第二十七回："滴翠亭杨妃戏彩蝶，埋香冢飞燕泣残红。"杨贵妃跟赵飞燕就是燕瘦环肥。林黛玉做什么呢？在写《葬花词》，把花埋起来，等于埋她自己，是不是？看

宝钗

了这落英缤纷都是落下来的、凋残的，有一点在想她自己像花一样、不能挨过秋冬。

薛宝钗则在做什么？她走在园子里，看了两只很大的蝴蝶在飞，她就拿扇子去扑。林黛玉是要埋葬残花，宝姑娘是要追那蝴蝶往上飞，而且是成双成对的，是团圆，她追求的东西都是富贵、团圆的，跟林黛玉成了强烈的对比。一个戴金锁、吃冷香丸，一个常常自怨自艾说我什么也没有，整天酸酸地拱着宝玉说人家有金来配你我什么也没有。她根本不必，她自己就是一块玉，而且是最珍贵的黑玉。所以这两块玉根本就是很契合、心心相印的，林姑娘不需要金也不需要别的东西，本身的玉就够了。

我说宝钗冷，冷在哪里？王夫人有个丫鬟叫金钏儿，因为跟宝玉调笑，王夫人骂道："下作小娼妇，好好的爷们，都叫你教坏了。"啪地打了她一个耳光。金钏儿本来很得宠的，这么一下就羞愧得不得了，回到家里就跳井死了。王夫人很懊丧，怎么打了这么一下就死了？正很不舒服的时候，宝钗来了。她听了以后说："姨娘是慈善人，固然是这么想。据我看来，他并不是赌气投井，多半他下去住着，或是在井旁边儿玩，失了脚掉下去的。他在上头拘束惯了，这一出去，自然要到各处去玩玩逛逛儿，岂有这样大气的理？纵然有这样大气，也不过是个胡涂人，也不为可惜。"

这王夫人想，人死了总是要对她好一点，给她一套寿衣吧，她说，哎呀一下子找不出新的衣服，原本有替林妹妹做了几套新衣服，但黛玉身体不好也很忌讳。宝钗就说没关系我那里有。多么懂事，你说王夫人喜不喜欢这个媳妇？劝解她、讲出道理、帮她。宝钗十五岁，贾母给她做生日。她知道老人家喜欢热闹的戏，就点热闹的戏；老人家喜欢吃甜烂的东西，她就叫甜烂的东西，贾母会不高兴吗？是林姑娘的话，我要吃这个，她不管贾母爱什么，她真。

这就是薛宝钗，懂世故，所以每个大观园里的人都喜欢她。她替史湘云筹划弄螃蟹，史湘云也服她。林黛玉一开头跟她尖锋相对，慢慢地，薛宝钗也施出手段来，把林黛玉给降伏，待人接物非常有一套。

后来她们重建桃花社，她们就喜欢作诗作词，常常显露出她们的个性来。看看林黛玉写的："粉堕百花洲，香残燕子楼。一团团、逐队成球。漂泊亦如人命薄，空缱绻，说风流！草木也知愁，韶华竟白头。叹今生、谁舍谁收！嫁与东风春不管，凭尔去，忍淹留！"对于柳絮这种悲悲切切的感受。宝姑娘不一样，她说，柳絮本来是个轻薄东西，我偏要把它讲好。"白玉堂前春解舞，东风卷得均匀。蜂园蝶阵乱纷纷，几曾随逝水？岂必委芳尘？万缕千丝终不改，任他随聚随分。韶华休笑本无根：好风凭借力，送我上青云。"最后一段她说要平步上天上青云，所以她以后会嫁给贾府，是这么来的。这是她对命运、对人生的看法。

到了最后，贾宝玉跟薛宝钗两个人，一个是佛、道，一个是儒家，他们俩结婚了。结婚了以后，宝玉的玉丢掉了。后来一个和尚又拿回来给他，宝玉就第二次游太虚幻境。他第一次游的时候看了好多册子，讲的都是大观园里边女孩子的命运。那时候他还没懂。这次一看，懂了，天机泄露了，原来一切都是前定。

七十四回的时候，傻大姐拿了一个有春宫图的一个袋子，不得了，后来抄大观园，王夫人把好多人赶走了，司棋、晴雯、四儿，还有那些小戏子，通通赶走。宝钗因为里边这么乱，也搬出大观园，大观园一下子就崩溃了，于是宝玉受了很大的刺激，尤其是晴雯之死。

晴雯之死等于黛玉之死的前奏。晴雯死了以后，大观园也抄掉了，宝玉的理想国、伊甸园崩溃了。他本来以前是个teenager，无忧无虑，即使有吵架痛苦，也只是少年不识愁滋味。这个时候不一样，渐渐真的尝到人生的悲哀，尤其是后四十回，从七十七回开始到八十几回，宝玉的心境已经渐渐变得苍凉了。

张爱玲说，一到了八十一回就天昏地暗。其实八十一回很要紧的。宝玉的心情已经慢慢地沉下来，他最爱的一个丫鬟——晴雯死了，大观园也散掉了。有一天，他在翻书，一翻翻到一本诗集，是曹操的《短歌行》，“对酒当歌，人生几何？譬如朝露，去日苦多。”再往下，“青青子衿，悠悠我心。但为君故，沉吟至今。”《三国演义》里写曹操横槊赋诗，一代枭雄当时候还感到人生无常、人生苦短譬如朝露，宝玉那时候还很年轻，可是他的心境已经转成苍凉。所以后四十回欢不起来了，不像前八十回那种太平盛世的笑声奕奕，这时候整个贾府往下衰微，宝玉的心情往下走了。宝玉看了那些册子以后，更知道原来一切都是前定，醒了以后更加对人生了悟，已经准备要出家了。他喜欢看《庄子》，如《秋水》这些，宝钗很不以为然，要他去考功名。

第一百一十八回，“惊谜语妻妾谏痴人”，宝钗劝宝玉的这一段，两个人有一个对“赤子”的 debate。宝钗从儒家观点来看，宝玉则是从佛道、道家的观点来解释。

宝玉说：“据你说‘人品根柢’，又是什么‘古圣贤’，你可知古圣贤说过，‘不失其赤子之心’？那赤子有什么好处，不过是无知，无识，无贪，无忌。我们生来已陷溺在贪、嗔、痴、爱中，犹如污泥一般，怎么能跳出这般尘网？如今才晓得‘聚散浮生’四字，古人说了，不曾提醒一个。既要讲到人品根柢，谁是到那太初一步地位的？”一切在尘世中嗔贪痴爱的污泥里打转，要归真返璞，才是赤子。

可是这宝钗完全是从另一个角度来看。宝钗说：“你既说‘赤子之心’，古圣贤原以忠孝为赤子之心，并不是遁世离群。”孟子讲的赤子之心要用忠孝之道，“无关无系为赤子之心。尧、舜、禹、汤、周、孔，时刻以救民济世为心，所谓赤子之心，原不过是‘不忍’二字。若你方才所说的忍于抛弃天伦，还成什么道理？”这两人完全在不同的层次，一个是入世的、一个出世的，这时候，两个人的人生观已经不在一起了。

然后宝玉点头笑道：“尧、舜不强巢、许，武、周不强夷、齐。”巢是巢父，许是许由；伯夷、叔齐他们不吃周粟，直接饿死。宝钗不等他说完，便道：“你这个话，益发不是了。古来若都是巢、许、夷、齐，为什么如今人又把尧、舜、周、孔称为圣贤呢？”巢、许、夷、齐都是遁世的。宝钗又说：“况且你自比夷、齐，更不成话。夷、齐原是生在殷商末世，有许多难处之事，所以才有托而逃。当此圣世，咱们世受国恩，祖父锦衣玉食；况你自有生以来，自去世的老太太，以及老爷太太，视如珍宝。你方才所说，自己想一想，是与不是？”

宝玉听了，也不答言，只有仰头微笑。两人已弄不在一块了，鸡同鸭讲，宝钗有她的道理，宝玉也有自己的道理。

所以宝钗最后的结局在某方面来说也是个悲剧，守了一场空。

在第二十二回的时候，元宵。她们从元春开始，每个人都在灯上打个谜语。宝钗写了什么呢？“有眼无珠腹内空，荷花出水喜相逢。梧桐叶落分离别，恩爱夫妻不到冬。”谜底是什么？竹夫人，是镂空的竹子枕头，说恩爱夫妻不到冬，夏天的时候很亲热，到了中秋就收起来了。贾政很理性的人，喜怒不形于色，是个 square。他在这时候有他的敏感性，一看到这些后辈有的写炮仗，大女儿元春“砰”一炮就成灰了；还有黛玉写的是熏香，烧来烧去煎煎熬熬自己烧完。他看到宝钗写的这个，猜得出来是竹子，但他不讲话了，他心里面就想，年纪轻轻这些晚辈个个都是不祥之语，恐怕以后都不是福寿之辈。想着心里很不舒服，贾母以为他累了，就让他先离开。后来贾政回到房里，有点辗转反侧，觉得暗暗中对家运、国运，对每个人的命运，都有着一而再再而三三而四一种 warning。

最后来看判诗。宝玉最亲近的两个女性，林黛玉、薛宝钗。

“想眼中能有多少泪珠儿，怎禁得秋流到冬尽，春流到夏。”写的是这两个女性，“可叹停机德”这是讲宝钗是有德性的女性；“堪怜咏絮才”讲的是黛玉；“玉带林中挂，金簪雪里埋”，两个都没有好下场，所以到最后一个殉情，一个守寡，一个出家。

最后，这《红楼梦》是一场梦。

这里有首对联：“天地同流，眼底群生皆赤子；千古一梦，人间几度续黄粱。”是在丝路一座西夏古寺上的联语，奚淞看到抄下来，我觉得很合适来讲《红楼梦》。它讲“天地同流”这是在讲空间，整个宇宙。“眼底群生皆赤子”，这曹雪芹以大悲之心，天眼来觑红尘，红尘中的群生都是赤子。无论是黛玉、宝钗，是这是那，都是一群赤子。“千古一梦”，这是时间。“人间几度续黄粱”，人间已经几度的做一场大梦，这也就是道家“浮生若梦”的哲学，所以我们的《红楼梦》是红楼一梦！

晴雯

接着几位虽然是minor character，次要人物，但是在小说里面也扮演了非常重要的角色。

第一个人物，晴雯。

晴雯是宝玉的丫鬟。整本小说她出场的次数并不是那么多，可是每一次出场会让你留下难忘的记忆。对晴雯的塑造非常特别，她在小说里面的意义，除了是宝玉的丫鬟以外，晴雯也是林黛玉的延伸、她的extension。

书里怎么形容她？王夫人有一天看着晴雯（她后来对晴雯很不满，把那些她认为是狐狸精、狐媚子的，尤其是宝玉旁边的，通通赶走。）在晾衣服。晴雯脾气很坏，站起来骂一个小丫头，轻狂的样子，她看不惯。她怎么形容她？她说：“削肩”“水蛇腰”“眉眼有点像林妹妹”。林黛玉是大家闺秀，是诗魂、诗的化身，有闺秀的修养。晴雯没有受过教育，是丫鬟身份，可是她也有黛玉之貌，在众丫鬟里面最漂亮。她的才在哪里？在针黹方面，针线功夫最好。

还有一点，个性。黛玉率真，心里面想什么讲什么，不高兴脾气就来了，晴雯也是这样的脾气，也是率真不懂得收敛，两人有很多相似的地方。在《红楼梦》整个架构里，别忘了是儒家、宗法社会、父权系统的那一套道德规范，所以后来这两个女孩子都是悲剧下场，就是她们不合乎儒家要求的规范。上次我讲了，贾母之所以没有选林黛玉作为她的孙媳妇而选薛宝钗，就是因为薛宝钗合乎儒家系统、宗法社会的理想。当时的婚姻不是以个人小儿女的感情为主，是要看合不合乎社会的规范。黛玉跟宝钗、晴雯跟袭人，是两两对比的，所以最后黛玉、晴雯在那个社会都失败了。薛宝钗跟袭人在那个社会生存了。理性人物是生存者，感性人物常常是悲剧下场，晴雯也就是这么一个人物。

第五回，“贾宝玉梦游太虚幻境”，他看了好多册子，这些册子都记载了大观园里女孩子的命运，有正册、副册、又副册，不同的人物。正册讲金陵十二钗，四个春姊妹，林黛玉、薛宝钗……这是正册。副册就是像香菱、做妾的那些。又副册，就是讲丫鬟、奴仆。

宝玉那时候还不懂这些人物以后的命运是什么，可是他翻这副册又副册的时候，第一个一翻就是晴雯，可见得晴雯跟他的关系，在某种方面就像他跟黛玉的关系。第一，他心中，黛玉是他心灵之交，是神瑛侍者跟绛珠仙草在三生石畔老早结的一段仙缘。他跟晴雯也是，两个人个性相合，都不拘世俗，都是感性的，对晴雯也有一种知己之感。所以他一翻第一个就是晴雯，可见得暗中曹雪芹的意思就是这些丫鬟里，晴雯跟他的关系最重最深，所以最后晴雯之死，宝玉是最伤心的，真情毕露。

《红楼梦》主题之一，讲人的命运，一个最神秘也最可畏的，我们永远不知道自己的命运。所以在第五回的时候，已经把主要人物的命运用诗谜、判诗，还有曲子通通唱出来，写出来了，等于希腊悲剧的 chorus 一样，一开头就已经唱出主要人物的命运。

那晴雯的判诗是什么呢？

我们看，“霁月难逢，彩云易散。心比天高，身为下贱。风流灵巧招人怨。寿夭多因毁谤生，多情公子空牵念”。你看她“心比天高”，这个女孩子很自负。为什么？美！为什么？巧！手很巧，能够做女红，所以“心比天高”。可惜“身为下贱”，出身只能当丫鬟。“风流灵巧招人怨”，因为她的长得好、任性，这“风流灵巧”当然就“招人怨”了。中国社会有一句话，“枪打出头鸟”，整个社会要的就是收敛、隐退、谦虚，都是这些，那些很标榜自我，出头的男男女女大概在中国社会里面一向容易中枪。晴雯就是。后来遭谗被赶出去，死得很惨。这就是为什么“风流灵巧招人怨”，如果她长得很丑，也不会有人去妒忌她。偏偏长得好，个性又很自负。

晴雯很任性的。有一天，一帮丫鬟在怡红院里服侍贾宝玉，宝玉准备出门，有一把扇子晴雯拿来要给他装扮起来，一不小心“啪”扇子一摔就摔坏了那个扇骨，贾宝玉就骂她几句“蠢才，蠢才！将来怎么样？明日你自己当家立事，难道也是这么顾前不顾后的？”晴雯可不受这个气的，她就说：“二爷近来气大的很，行动就给脸子瞧。前儿连袭人都打了，今儿又来寻我们的不是。要踢要打凭爷去。就是跌了扇子，也是平常的事。先时连那么样的玻璃缸、玛瑙碗不知弄坏了多少，也没见个大气儿。”这么来一下，贾宝玉很少生气的，“你也不用生气，我也猜着你的心事了。我回太太去，你也大

晴雯

了，打发你出去好不好？”晴雯含泪说：“为什么我出去？要嫌我，变着法儿打发我出去，也不能够。”闹得不可开交，后来袭人她们都在劝啊跪下来求他，也就算了。

那天晚上宝玉回来。很热，看着院子里面有枕榻，有人躺在那里，他就一下坐下去，那人一翻身，是晴雯在那乘凉。贾宝玉气也消了，把她拉在身旁坐下，晴雯就说我哪里敢坐你旁边，不要在以后又得罪你什么……嘟嘟嘟地讲了。“那扇子原是扇的，你要撕着玩也可以使得，只是别在生气时拿他出气。”那晴雯说“既这么说，你就拿了扇子来我撕。我最喜欢撕的。”她就把宝玉给她的扇子啪喳两下就撕坏了，所以叫“撕扇子作千金一笑”，撕得她自己咕咕咕笑起来。

另外一个丫鬟麝月，也是像袭人那一套很守规矩的女孩子，走过来瞪了她一眼说，“少作些孽罢！”贾宝玉跑去把麝月手上的扇子抢过来给晴雯，晴雯“嗤、嗤”又撕坏了。麝月当然讲“这是怎么说？拿我的东西开心儿？”宝玉笑道：“打开扇子匣子你拣去，什么好东西！”麝月道：“既这么说，就把匣子搬了出来，让他尽力的撕，岂不好？”宝玉笑道：“你就搬去。”晴雯就讲：“我也乏了，明儿再撕罢。”所以这个女孩子的任性，她跟宝玉是不把事物看在眼里，两个人是种很亲密的关系。“撕扇子作千金一笑”（第三十一回）是她第一次一个主戏。

下一个很重要的场景是什么呢？“勇晴雯病补孔雀裘”（第五十二回）。他的章回里面常常是对人物点题，对故事点题。用“勇”字，讲这女孩子有guts；袭人呢？“贤袭人”，贤惠，“勇晴雯”，勇敢，很有冲劲。另外一个叫俏平儿，每一个人都有一个tag在她们身上。

“勇晴雯病补孔雀裘”是怎么回事呢？别忘了贾家是皇家，贾宝玉的姊姊是皇妃，很多外国上贡的贡品，大概是元妃赐给他们家里，贾母拿了孔雀裘给宝玉。它是一个大氅，色彩斑斓，用金线连接起来，非常华丽，是俄国进贡的。宝玉穿了出去做客，回来发觉怎么不小心烧了个洞？这怎么办？第二天还有大的节日要出去，还得穿这东西。孔雀裘是金线绣缀起来，手工非常特别非常细，丫鬟都不会。

那天晴雯病得很重在睡觉，听得她们着急的怎么办啊不会绣，她爬起来说我来试试吧。原来只有她会用界线的刺绣方式补，她就不辞劳苦病恹恹地跑起来连夜补裘。宝玉很心疼一下要给她捶背，一下子要端茶给她，“小祖宗，你只管睡罢。再熬上半夜，明儿眼睛抠搂了，那却怎么好？”到天亮，说了一声“补虽补了，到底不像。我也再不能了！”“嗳哟”一声，就昏倒了。为了护主，是勇晴雯。

晴雯心中当然对宝玉有很深的感情，所以补裘、撕扇，曹雪芹给她的那种drama，其实都不是什么惊天动地的大事，可是你不会忘记她这种小的detail，因为设计得很好，突出了她的手艺、她的才，在这一回也突出了她很率真、勇敢，拼了命这种直率的个性。

我跟大家说过，《红楼梦》是用戏曲来串戏中戏，看起来好像互相没有关联的，其实是一则一则小戏，千百个小戏，然后再合起来这个大戏。它前后照映的这些小戏，像撕扇、补裘，都突出了人物的个性，也暗指了人物以后的命运。这样子的人在那个社会系统下是很难生存的，这“风流灵巧招人怨”，所以后来她的下场、果然不好。

到了第七十四回“惑奸谗抄检大观园”，这是《红楼梦》里转掠点的一回。七十四回以前，都写贾府之盛，大观园百花盛开，写整个人物的发展，都是写乐的时候多。当然，在取乐的时候，在很繁华的时候，暗暗地就有一种 warning，慢慢地贾家是一步一步往下衰颓了。整个故事重要的主题之一，就是贾府的兴衰。贾府的兴衰也就是大观园的兴衰，大观园的兴衰从什么时候开始？就从抄检大观园开始。

有一天，贾母的丫鬟傻大姐，在大观园里面捡到一个绣囊，她一看，上面有两个赤身交媾的男女，其实就是春宫图。正在看正在玩的时候，刚好宁国府的邢夫人走过来，看到傻丫头不知道拿个什么，就问傻丫头你拿的什么东西。她说，邢夫人，我看到两个妖精打架。邢夫人一看，慌了，这个东西怎么会出现在大观园里头，那么多少爷小姐们、丫鬟们看了这个还得了！对邢夫人讲，好像等于把整个儒家家庭的 social order 打乱掉了，怎么会跑出这个来？绝对不容许。夏志清先生比喻得很好，他说，本来是大观园，现在像伊甸园一样，跑出个毒蛇来。邢夫人警告傻大姐，你快点闭嘴，什么都不能讲。

邢夫人、王夫人就搜查大观园，然后把大观园里长得好一点的女孩子、丫鬟们，像晴雯、司棋，还有那些小伶人、芳官一伙人通通赶出大观园。这么一来，薛宝钗觉得在里面住，出这么多事情不好，怕沾上，也搬出大观园。所以这一个绣春囊，撼动了《红楼梦》的社会秩序，整个大观园一夕之间崩溃。

曹雪芹塑造这么一个傻大姐非常厉害，如果是一个懂事的大丫头，那又不一样了。为什么要傻大姐呢？因为她没有任何先入为主的道德判断，对她来讲，这两个赤身男女就一对妖精打架而已，她没想到那么多的牵涉。所以曹雪芹是以傻大姐对像邢夫人、王夫人这样的卫道者的一个讽刺。

这绣春囊是怎么来的呢？原来是迎春的丫鬟，叫作司棋，跟她的表弟潘又安，从小是青梅竹马，两个人已经互通款曲了。潘又安私下暗暗地托人把这个绣春囊送给司棋，等于是两人定情的表记，是小儿女很 innocent、很无邪的一种东西。后来，司棋跟潘又安在大观园里幽会，被鸳鸯撞到，他们紧张跑了，绣春囊大概就在那个时候掉的。讲起来，绣春囊也不过是司棋跟潘又安两个小儿女的定情之物，对于邢夫人、王夫人就不得了，是大观园遭了道德上的污染，一定要清除，就开始要搜检大观园。

王夫人就到凤姐那去，问说，是不是你跟贾琏？凤姐慌了，回说，我们再怎么也不要这种东西的。王夫人说，那你一定要清查。后来，就以凤姐为主主持了一个纠察队。有一个邢夫人的陪房叫作王善保家的，因为大观园里面的丫鬟，尤其是仗着宝玉、黛玉、宝钗她们很得宠，不卖这些老婆子账，嗤之以鼻，所以已经怀怨在心，趁机在这时候跟王夫人讲，是应该查一查！

大概晴雯得罪了那个王善保家的，趁机下谗言。她说，别的丫鬟算了，尤其是宝玉怡红院里的晴雯，这个丫鬟非常地盛势凌人。王夫人说，我以为宝玉家只有袭人、麝月老老实实的，没想到出了这么一个狐狸精，那还了得！那个什么样子啊？她想起来了，就是那天在晾衣服，削肩、水蛇腰，眉眼像林妹妹那一个。

晴雯那天刚好睡午觉起来，头发松松的没有去整一整，衣服也没有好好地穿着就来了，王夫人一看，火就起来了："好个美人儿！真像个'病西施'了。你天天作这轻狂样儿给谁看？"问她一句，"宝玉今日可好些？"晴雯很聪明，晓得遭了暗算，就说，宝玉的事情我不管的，我只在外面做做女红，什么事情都是袭人、麝月去的，拿这个话去堵了她。王夫人就霍地把她赶走，“我且放着你，自然明儿揭你的皮！”晴雯哪里受过这种委屈，就哭了。那天晚上，搜查大队开始。其实凤姐不想去做这个事情，她知道去翻箱倒箧一定对那些姊妹们很骚扰，但没办法，因为王熙凤到荣国府当家，偏到王夫人那边去，所以邢夫人恨得牙痒痒的，这个媳妇居然偏到那边去，到处给她找碴，所以，逼凤姐带来人查。

第一个就到怡红院查。宝玉已经睡了，袭人在那里，就把那些丫鬟的箱子打开来给她查。好，这一段我觉得是写得最 dramatize、最戏剧性的一段之一。

到了袭人替晴雯开箱子了，“只见晴雯挽着头发闯进来，‘豁啷’一声，将箱子掀开，两手提着底子，往地下一倒，将所有之物尽都倒出来。”你来开我的箱子，碰！我给你看，把东西通通倒出来，下面讲“王善保家的也觉没趣儿，便紫胀了脸，说道：‘姑娘，你别生气。我们并非私自就来的，原是奉太太的命来搜察。你们叫翻呢，我们就翻一翻，不叫翻，我们还许回太太去呢。那用急的这个样子？’”意思说，你不让我翻，我去告太太去。晴雯听了这话怎么压她？“晴雯听了这话，越发火上浇油，便指着他的脸，说道：‘你说你是太太打发来的，我还是老太太打发来的呢！’”她本来是贾母的丫鬟，贾母看她针黹女红非常好，就让她去服侍宝玉。“太太那边的人，我也都见过，就只没看见你这么个有头有脸大管事的奶奶！”晴雯可不是好相与的，“心比天高”，可惜“身为下贱”。

这下子得罪了王夫人，晴雯病还没好，拉个席子就被赶走。她自己一个丫鬟，也没有家，只有一个姑舅哥哥。晴雯死的这一段，宝玉去探她，是全《红楼梦》里面写得最动人的。黛玉之死，宝玉已经魂丢、傻掉了，没有在旁边看着她。晴雯在死前，宝玉去看她的时候，对于女孩子的怜惜、悲悯，是写得最好的一段之一。

我们来看第七十七回。

晴雯有个姑舅哥哥叫作吴贵，娶了个老婆，非常不规矩，妖妖娆娆整天去勾男人。晴雯到了那边，被丢到一个席子上，也不理她。宝玉去看她，撩开来看的时候，发现还是以前的被褥，心里面非常不知道怎么才好，很疼惜她。“因上来含泪伸手轻轻拉他，悄唤两声。”“当下晴雯又因着了风，又受了哥嫂的歹话，病上加病，嗽了一日，才朦胧睡了。忽闻有人唤他，强展双眸”。一看，是谁？“一见是宝玉，又惊又喜，又悲又痛，一把死攥住他的手，才哽咽了半日，方说道：‘我只道不得见你了！’”以为没法见到宝玉，“接着便嗽个不住。”又咳嗽了，“宝玉也只有哽咽之分。晴雯道：‘阿弥陀佛，你来得好，且把那茶倒半碗我喝。渴了半日，叫半个人也叫不着。’”因为没有人理，看到宝玉来什么也来不及讲，先给我茶喝吧。“宝玉听说，忙拭泪问：‘茶在那里？’晴雯道：‘在炉台上。’宝玉看时，虽有个黑煤乌嘴的吊子，也不像个茶壶。只得桌上去拿一个碗，未到手内，先闻得油膻之气。”很脏，不像在大观园里用的。这时候，“宝玉只得拿了来，先拿些水洗了两次”，宝玉很体贴人，先洗了两次。“复用自己的绢子拭了”，拿自己的手帕揩了两揩，还闻了一闻，“还有些气味。没奈何，提起壶来斟了半碗，看时，绛红的也不大像茶。晴雯扶枕道：‘快给我喝一口罢！这就是茶了。那里比得咱们的茶呢！’”“宝玉听说，先自己尝了一尝，并无茶味，咸涩不堪”，以前在怡红院的时候，喝的吃的都是跟主子差不多。

这时候宝玉只好拿给晴雯，“只见晴雯如得了甘露一般，一气都灌下去了”。管不了了，腥的膻的通通乱喝了。“宝玉看着，眼中泪直流下来，连自己的身子都不知为何物了”，下面一句，“一面问道：‘你有什么说的？趁着没人告诉我。’”两人要讲体己话了，“晴雯呜咽道：‘有什么可说的！不过是挨一刻是一刻，挨一日是一日！我已知横竖不过三五日的光景，我就好回去了。’”我要走了、死了。“只是一件，我死也不甘心。我虽生得比别人好些，并没有私情勾引你，怎么一口死咬定了我是个‘狐狸精’！我今儿既担了虚名，况且没了远限，不是我说一句后悔的话：早知如此，我当日——”晴雯讲不下去了，当日我就勾你啦！现在担了虚名，又没有做这个事。她心中还是爱他，宝玉也是爱她的。“说到这里，气往上咽，便说不出来，两手已经冰凉。宝玉又痛，又急，又害怕。便歪在席上，一只手攥着他的手，一只手轻轻地给他捶打着。又不敢大声地叫，真真万箭攒心。”“两三句话时，晴雯才哭出来。宝玉拉着他的手，只觉得瘦如枯柴，腕上犹戴着四个银镯。因哭道：‘除下来，等好了再戴上去罢。’”看到戴着这个，心疼她。“又说：‘这一病好了，又伤好些。’”接着看下面，“晴雯拭泪，把那手用力拳回，搁在口边，狠命一咬，只听得‘咯吱’一声，把两根葱管一般的指甲齐根咬下，拉了宝玉的手，将指甲搁在他手里”。我的身体没有献给你，现在快要死了，至少一部分的肉体让你做纪念。这里写得好，喀地一口，听得“咯吱”一声，那种的狠劲，对人的passion。

庚辰本在此处写，晴雯跑去找个剪刀来剪，真的煞风景！剪刀一剪就剪指甲啦，这里不是，这我身体的一部分，咬下来给你，这种感情不一样的。所以庚辰本有问题的。再看下去，“又回手扎挣着，连揪带脱，在被窝内，将贴身穿着的一件旧红绫小袄儿脱下，递给宝玉。不想虚弱透了的人，那里禁得这么抖搂，早喘成一处了”。晴雯把衣服脱下来给宝玉，“宝玉见他这般，已经会意，连忙解开外衣，将自己的袄儿褪下来盖在他身上”，宝玉也把自己衣服给她，互交表记，“却把这件穿上，不及扣钮子，只用外头衣裳掩了。刚系腰时，只见晴雯睁眼道：‘你扶起我来坐坐。’”“好容易欠起半身，晴雯伸手把宝玉的袄儿往自己身上拉。”“拖着胳膊，伸上袖子，轻轻放倒，然后将他的指甲装在荷包里。晴雯哭道：‘你去罢！这里腌臜，你那里受得？你的身子要紧。今日这一来，我就死了，也不枉担了虚名！’”这一段写得真是缠绵悱恻，真情毕露。曹雪芹对这种真情非常尊敬，没有一点的嘲讽。

在第七十八回，晴雯一死，整本书、宝玉的心情一下子沉下来，变得很悲凉。因为不光是晴雯之死，大观园也已经崩溃了，他儿时伊甸园已经不存在了。以前即使哀伤，也是青少年式的，这时候对人世慢慢悲凉了。晴雯之死，也就遥指黛玉之死，这两个跟他很亲近的人的死，对他刺激很大。

加上这一回，“老学士闲征姽婳词，痴公子杜撰芙蓉诔”。贾政忽然叫宝玉还有贾环、贾兰几个人，要他们作一首诗，来歌颂“姽婳将军”。“姽婳将军”叫作林四娘，是明朝衡王的一个妾，也是一个女武士，手下也有一群女兵。衡王被敌人攻打、围城时，那些将官都不敢出城迎敌，反而逃掉，只剩下林四娘带了女兵出去杀敌，最后死在军中。这个故事很动人，所以贾政要他们写几首诗来歌颂她。贾环、贾兰都写了，宝玉写的时候，用古诗歌行写了一首动人的《姽婳词》，赞美林四娘多么勇敢忠义。好好地跑出这首词来是做什么的？

原来表面是祭祷林四娘，真正是祭祷晴雯的。《红楼梦》没有一首诗、一出戏是随便写的，总有它后面的含义。宝玉写完之后，就到园子里去。有两个在晴雯旁边的小丫鬟，他问：晴雯死了，留下什么话没有？那两个小丫鬟就编故事跟他说：晴雯姊姊走的时候说，她不是死，是变成芙蓉神了。宝玉一听，当场写了非常有名的讣闻《芙蓉女儿诔》，把她神化变成芙蓉神。表面上写的是晴雯，其中有两句是："岂道红绡帐里，公子情深；始信黄土陇中，女儿命薄！"一边写一边念这个祭词的时候，两个小丫头说，哎呀不好了，晴雯鬼魂显灵了！原来刚好黛玉从后面的芙蓉花里面走出来，晴雯很像她嘛。曹雪芹非常巧妙，这么一来就把它过渡到黛玉身上，而且又一次证明黛玉跟晴雯其实是一体两面。大家要记得，宝玉生日的时候，大家在一起玩抽花签，黛玉抽中的就是芙蓉花。

黛玉说，好像比美《曹娥碑》，听了半天只听到两句："岂道红绡帐里，公子情深；始信黄土陇中，女儿命薄！"宝玉不好意思了，就问她说，你来评评吧。黛玉说，"红绡帐里"俗得很，为什么不用"茜纱窗下"？茜纱窗是黛玉潇湘馆里窗户的帘纱，宝玉说，那茜纱窗是你的房间呢，黛玉说，何必分你我。宝玉就说，那改成这样："茜纱窗下，小姐多情；黄土陇中，丫鬟薄命"，你去祭祷她吧。黛玉说，紫鹃又没死，我去祭她？紫鹃是黛玉的丫头，黛玉是有点在讽刺宝玉。宝玉听了便说，还有下面一句："茜纱窗下，我本无缘；黄土陇中，卿何薄命！"这一句，就点到黛玉身上。黛玉一听，脸色都变了，激动得咳嗽。宝玉这一听，不好了，怎么指到她身上去了，无意间已经预先替黛玉写好了祭文。

后来黛玉死了以后，宝玉的玉丢掉了，他跟袭人讲，我现在灵感没有了，晴雯死的时候我还写了一篇祭文，但是怎么黛玉死的时候写不出来了。其实他老早已经写了，前一篇《姽婳词》写的是晴雯，后面《芙蓉女儿诔》其实点的是黛玉。更证明说，晴雯就是黛玉的替身、另外的延伸。

晴雯死了很久之后，宝玉一直没有忘怀晴雯，甚至于结婚很久以后，在一百零九回，他又一次祭起她来了。

宝钗嫁给贾宝玉，其实不是嫁给宝玉这个人，而是嫁给贾府。贾府是儒家系统、宗法社会，这么一个位置，她以后的责任是要扛起整个贾府，也要替宝玉生一个孩子来继承贾家血脉。所以她跟宝玉之间的儿女感情，不如他跟黛玉、晴雯。所以虽然结了婚，但到这个时候，还没有行房，因为宝玉病了，他这玉没有了，整个人都空掉了，只剩躯壳，心中暗暗想的还是林黛玉。

宝玉想，人死了我怎么没有梦见她？就跟宝钗说，他要挪出去睡，大概还在想，跟宝钗同房，林黛玉鬼魂不敢进来，自己在外面睡的时候，也许就来入梦了。宝玉到外面睡，谁来服侍他呢？新来的丫鬟柳五儿服侍他。这柳五儿的眉眼有点像晴雯，宝玉晚上看了，怎么越看越像晴雯，所以这一则“候芳魂五儿承错爱”，宝玉错把她当作晴雯，弄得柳五儿很慌张，爷怎么来调戏我了。

所以黛玉、晴雯，这两位女性才是他真正心灵上的知交。

袭人

袭人，非常贤惠，所以又叫贤袭人。她的身份是要服侍贾宝玉，所以对宝玉来讲，她扮演了所有的女性角色。一方面像他母亲一样常常规劝他、疼惜他；又像是他姊姊，宝玉有时候很不懂事、很天真，等于是带了一个弟弟；又是他的妾，敬他如妻子一样，常常跟他很亲密；还有，又是他的婢女、丫鬟。所以贾宝玉跟世上的女性俗缘最深的就是袭人。

我们前面讲到，在第五回，宝玉在太虚幻境里，警幻仙姑给他尝到了人间男女之间的启蒙，显然的第一个就跟袭人发生肉体关系。在整个小说来说，虽然贾宝玉跟很多女孩子有各种关系，可是跟他真正有肉体关系的就袭人一个。等到宝玉跟薛宝钗行房事的时候，他的肉体，他的玉没有了，空壳了，他的行房等于是行那一套在儒家规矩上的夫妻之伦的责任。

中国人以前除了正房以外，三妻四妾，正房的妻子生了孩子以后，他的责任尽了，要娶一个妾来服侍、照顾他。连贾政非常正经的人，也有两个小妾赵姨娘跟周姨娘来服侍他。袭人也是这个位置，她自己知道派来给宝玉，大概以后也是会做他的妾，虽然没有明说，但暗底下王夫人多给她二两银子。但是袭人虽然尽了最大的努力，最后两人还是无法成为夫妇。

我之前说过，宝玉翻那册子，第一个翻到的是晴雯，第二个再翻，看的是袭人。袭人的判诗："枉自温柔和顺，空云似桂如兰。堪羡优伶有福，谁知公子无缘。"讲的是，袭人最后经营辛苦了半天也无缘，这世上一切的荣华富贵、美色娇妻，最后通通因为贾宝玉出家变成了一场空。

我想，《红楼梦》有点像佛陀前传里的悉达多太子。悉达多太子享尽荣华富贵、美色娇妻，后来出四门以后看到了人生的生老病死苦，所以最后离开家、成佛，来寻找人世解脱痛苦之道。贾宝玉也是，享尽了荣华富贵、美色娇妻，最后看破红尘，穿了一袭红色大斗篷，大雪中，一僧一道把他引走了。引走了以后，在世上的俗缘他也要了，俗缘最难了的是谁呢？就是花袭人。所以这个“枉自温柔和顺，空云似桂如兰”，讲她非常的柔顺、贤惠，她又那么美如兰桂一样。但最后她嫁给一个伶人，而不是宝玉。

下面第六回，“贾宝玉初试云雨情”。第五回他到了太虚幻境，看了她们命运的册子，那个时候不懂，第二次回去他才看懂，一切都是前定。后来警幻仙姑让自己的妹妹，叫作兼美，兼黛玉跟宝钗之美，让他们两个人在梦中成婚，给宝玉人间男女之情的启蒙。后来，突然间有夜叉来追宝玉，一下子醒了，宝玉就叫“可卿救我！”“可卿”是谁呢？可卿就是秦氏，贾蓉妻子的小名，而兼美也就是秦氏的复制。这世上，秦可卿也是兼所有女性之美。很多人说，贾宝玉跟这个侄媳妇是不是也有一段？我想不是。秦可卿的象征意义更在于，她姓“秦”有没有？秦就是爱情的“情”。秦可卿是启蒙他、梦中的那个人，等于她的替身，启蒙贾宝玉对于女性，在性方面、情方面的启发。

因为他在秦可卿的房间里午睡、做梦。那个房间装饰得非常香艳，所有女性的东西都在里头，使得宝玉做了一个春梦。醒了以后，袭人就来替他换衣服，发现宝玉梦遗了。宝玉拉着她做梦里面的事情，袭人也知道贾母是要让她给他当妾的意思，所以两人就有了一段肉身的结合，从此袭人是宝玉在俗世上俗缘最重的一个人。所以，他要出家离开的时候，一定要给她找个归属，一定要斩断这个俗缘。

我们往下看第十九回。“情切切良宵花解语”，是怎么回事呢？袭人一心一意都想要抓住宝玉的感情，也想规劝他好好做人、念书、求官，等于是家庭的那些期望在身上。但是宝玉很花心，也不爱念书，让父亲恨他恨得牙痒痒的。

有一次，袭人就试他。袭人过年的时候回家了，回家以后宝玉到她家里去找她，吓得她家里人一跳。尤其宝玉这种公子来了，袭人也吓一跳。原来袭人的妈妈跟哥哥想把她赎回去，当初等于是卖身给贾府，有终身契的，她的妈妈跟哥哥想，也许贾府为人很宽厚，想把她赎回来。其实花袭人非常地不高兴，她说，我在贾府穿金戴银过得好好的，当初把我卖走，现在赎回来也值不得几个钱了。后来宝玉一来，她妈妈跟哥哥一看他们两个亲密的样子、感情，那妥了，用不着赎了。这样以后当了宝玉的姨娘，全家享福啦。

后来，袭人就回贾府了，袭人就跟宝玉说：我其实按理讲，妈妈哥哥要赎我了，我要回去了。这让宝玉吃了一惊，宝玉是最不能离开她的，哎呀，你绝对不准，我去告老夫人，不准你走。袭人说，很难讲，太太跟老太太很好，也许根本不要我的赎身款，放我走也不一定。宝玉好伤心，你这个无情无义的人，怎么一下就把我撂了、走了！袭人一看这下子趁机抓住他了。就说，要我不走也可以，要答应几个条件。什么条件呢？第一，宝玉有个怪癖，喜欢吃女孩子的口红，这毛病要改掉。第二，要装着念书，这样子的话，贾政对他不是那么仇视。反正她开几个条件，宝玉通通答应她。

然后宝玉就说，以后你不出去了，袭人就讲一句，你这样答应我的事情，八人大轿抬我去我还不去呢！八人的轿子是最高的，宝玉说，有什么事我就八人大轿抬给你坐。袭人冷笑一声。这里写得真好。袭人虽然表面很贤惠，但是雄心不小，她在宝玉的身边想要占有一席之地，不过对身世有点感慨，冷笑了一声，因为就算八人大轿也没资格坐。所以袭人用尽心机要得到宝玉的爱情，但到最后还是一场空。

我们看第三十四回，“情中情因情感妹妹，错里错以错劝哥哥”，如何显得出袭人的个性、地位。

先是前头，有一天王夫人午睡，贾宝玉去她那玩，他去的时候以为王夫人睡着了，就跟夫人的丫鬟金钏儿讲话开玩笑，王夫人有另一个丫鬟彩云，跟宝玉同父异母的弟弟贾环两个人在西苑调戏，金钏儿就教宝玉到那去抓他们。王夫人原来没睡着听见了，打了金钏儿一个耳光，把她赶走。赶走了以后，金钏儿觉得脸上挂不来，就跳井死了。这是一件。

第二，贾宝玉跟伶人蒋玉菡有来往。蒋玉菡本来是忠顺王爷家里面的家班子，一下子跑掉了，自己到外面去建房子了。忠顺王府派了官来到贾府要人，说看见你们含玉公子跟我们琪官来往很密切，忠顺王很喜欢琪官儿，一定要他回去。

贾政听了七孔生烟，自己的儿子还跟戏子来往。他就说，快点跟王爷说，他人在哪里跟人家讲出来！宝玉讲出他的去处叫紫檀堡，在那置了产，可见两个是有来往的。本来还想赖，可蒋玉菡给他一条红色的汗巾，刚好把它绑在腰上，忠顺王府派来的人一看就认出来了，这就是证据。正当贾政气得要命的时候，他的弟弟贾环，很妒忌贾宝玉，顺势告状说宝玉逼金钏儿，金钏儿不从，自杀了。这两个罪状还了得，贾政死命打，打得宝玉七损五伤，后来贾母来求情才停下。

完了以后袭人就到王夫人那边去。王夫人就问到底是怎么回事

袭人

打得这个样子？袭人想了一下，这下子讲禁言了，这很要紧的。她说，“今日大胆在太太面前说句冒撞话，论理——”说了半截，却又咽住。王夫人道：“你只管说。”袭人道：“太太别生气，我才敢说。”王夫人道：“你说就是了。”袭人道：“论理，宝二爷也得老爷教训教训才好呢！要老爷再不管，不知将来还要做出什么事情来。”先讲了王夫人要听的话，王夫人听见了这话，便点头叹息，由不得赶着袭人叫了一声“我的儿！”这下子袭人在王夫人面前就得宠了。“你这话说得很明白，和我的心里想的一样。其实，我何曾不知道宝玉该管？”王夫人说，其实是老太太当宝贝，所以我就纵容坏了他啦，也不是我不管儿子，老太太护着我也没办法，又怕逼狠了他逼出病来。你看，袭人多会讲啊，王夫人这个就掉泪啦。好啦，袭人又陪着流泪，她又说：“二爷是太太养的，太太岂不心疼？就是我们做下人的，伏侍一场，大家落个平安，也算造化了。要这样起来，连平安都不能了。那一日那一时，我不劝二爷？只是再劝不醒。偏偏那些人又肯亲近他，也怨不得他这样。我们今天劝的倒不好了。今日太太提起这话来，我还惦记着一件事，要来回太太，讨太太个主意，只是我怕太太疑心，不但我的话白说了，且连葬身之地都没有了。”她后面讲的这些话很要紧。王夫人一听，哎呀你讲吧，只管讲。袭人道：“我也没什么别的说，我只想讨太太一个示下，怎么变个法儿，以后竟还叫二爷搬出园外来住就好了。”在大观园里太多女孩子，袭人很有不安全感，最好只有我一个人管他。在王夫人面前她说这个，王夫人听了，大吃一惊，拉了袭人的手，问道：“宝玉难道和谁作怪了不成？”那个时候的家长就当那些男孩子、女孩子年轻的时候不会有爱情，不会发生肉体关系。其实，袭人自己老早就已经试了。

袭人连忙回道："太太别多心，并没有这话。这不过我的小见识。如今二爷也大了，里头姑娘们也大了，况且林姑娘宝姑娘又是两姨姑表姐妹，虽说是姐妹们，到底是男女之分，日夜一处，起坐不方便，由不得叫人悬心。既蒙老太太和太太的恩典把我派在二爷屋里，如今跟在园中住，都是我的干系。太太想，多有无心中做出，有心人看见，当作有心事，反说坏了的，倒不如预先防着点。"王夫人句句听进去，耳根子很软的，看这丫鬟还有这么好的见识。"我索性就把他交给你了"，马上宣布是他的妾。但怕有了名分宝玉反而不听袭人的话了，而且老爷也不允许，王夫人暗暗地把每个月领的那份钱里拨出二两给她。那时候，像赵姨娘、贾政的姨太太，是二两一个月，所以袭人等于是姨太太的规矩了。

袭人当然一生最想的就是做宝玉的妾，她自己也知道，不可能当宝玉的正室，八人轿子是没得坐的，但至少妾这个位子要保住，先把地位巩固，要通过王夫人这一关，所以趁机讲了一些王夫人爱听的话。

其实，金钏儿是王夫人自己打耳光打死的，跟宝玉无关，宝玉只是小孩子开玩笑，是王夫人小题大做。王夫人表面上很仁厚，不像邢夫人很刻薄。但有时表面仁慈的人无意间杀死人了，那更可怕。其实在王夫人手下死了好多个，金钏儿、晴雯，在某方面来说都是王夫人害死的。

所以曹雪芹写得好。从王夫人的角度，她觉得很有理，像晴雯这样一个削肩、水蛇腰的狐狸精，不能放在那里，在她来看，她有她的道理。曹雪芹是以天眼看红尘，对所有的芸芸众生全部包容，很少以作者身份来批评，把王夫人写到合情合理，但其实无意间害死了不少人。

有一回宝玉就去跟黛玉，还有史湘云她们鬼混，袭人管也管不住，心里很火大。这时候宝钗来了，问宝兄弟到哪里去啦？她就回你还问宝兄弟，老早就跑到那边去了，意思是跟女孩子在混，怎么讲也不听。宝钗对袭人的心机才有点见识。袭人就一五一十跟宝钗在那边谈起来了，两个人从此结盟。

看看黛玉和宝钗的对比。薛宝钗笼络所有的人，袭人、王夫人、王夫人的陪房，甚至贾母，也应付得很好，媳妇当然选这种，又懂事又善待人又能干，最合适那个位置，但也造成了宝黛之间的悲剧。从很多角度看，这就是曹雪芹厉害的地方，从每个人的角度来看这些事情通通有理。“天地同流，眼底群生皆赤子；千古一梦，人间几度续黄粱。”我以这西夏古寺对联来归结《红楼梦》，曹雪芹所看到的，都是一群赤子，他写的时候，是以大悲之心来写人世，对芸芸众生包容、了解，没有偏见。

到了第八十二回的时候，袭人最不放心的就是以后宝玉到底娶的是谁？这个很要紧的。如果娶的是宝姑娘，她已经结成联盟了，没问题，宝钗容易侍奉。如果是黛玉，小性子很难伺候的。

刚好林黛玉做了个噩梦，梦到贾家要把她嫁出去，贾母也不来救她，宝玉把心掏出来给她，很可怕的一个噩梦，在梦里看到真相，所以急得醒来的时候吐了一口血。

这时候袭人就来问候，当然是有目的地来试探她的口风。那时候王熙凤把尤二姐诓进了大观园，借刀杀人逼得尤二姐自杀。尤二姐是贾琏娶来的姨娘，王凤姐这个醋坛子“卧榻之侧，岂容他人鼾睡”，耍尽手段把尤二姐整死。

后来薛蟠又娶了一个太太叫夏金桂，比王熙凤还要泼辣，而且耍横。王熙凤还要顾着身份，夏金桂身份也不管了，虐待薛蟠的妾——香菱。袭人就跟黛玉谈起了这两件事。袭人说，夏金桂其实比王熙凤还厉害，她不敢讲王熙凤，伸个指头比二。林黛玉也是个很敏感的人，她想，袭人从来不在背地里讲人家话的，怎么突然间议论起来了，而且是很敏感的正室、妾室这样一个题目。黛玉也很厉害，就回袭人一句说，这种妻妾的事情家家一本难念的经，“不是东风压了西风，就是西风压了东风。”袭人一听，不敢再讲下去了，怕戳到黛玉的心。

前面我们讲的诗里，已经指明了袭人的下场。

“堪羡优伶有福，可叹公子无缘”，优伶指的就是蒋玉菡，在某种象征方面等于是贾宝玉的化身、分身。贾宝玉跟蒋玉菡一见面的时候，互赠汗巾表记，这宝玉戴在身上松花绿的汗巾，原来是谁的？花袭人的。所以这一交换等于宝玉在那时已经替花袭人下聘了，这个戏子蒋玉菡，做他分身的人，以后代替他了却世上的俗缘，娶了花袭人。

所以最后第一百二十回，等于是画龙点睛的一回，有两个很重要的情节。第一，就是宝玉出家。宝玉穿了大红猩猩毡的斗篷，在雪地里被一僧一道架着，一边禅唱一边就走了，只剩下白茫茫一片大地真干净。宝玉的佛身被这一僧一道迎走，这块灵石要回到他那青埂峰下，而青埂峰就是情根。《红楼梦》也叫《情僧录》，贾宝玉这个情僧带着人间的情伤，所有被情所伤的这种负担，背了等于是情的十字架一样，然后佛身得道，走了。

但是，俗世的很多尘缘要交代的，对他的父母、对贾家，怎么交代呢？他第七名中举，对家里有了交代；对他的妻子薛宝钗，给她一个儿子，以后贾家还会中兴起来，在妻子那边，也斩断俗缘。他俗缘最亲近的、跟他发生过肉体关系的这个女孩子，怎么办呢？给她找个丈夫，不能随便托的，托谁呢？蒋玉菡。蒋玉菡是个戏子，代替贾宝玉演了最后这一出俗世的团圆剧。所以最后他的俗身、肉体，一劈两半，分在这一对世俗男女身上，他们的结合，等于宝玉世俗的身体得了圆满的结合。

《红楼梦》最后是个圆，也就是我们中国人的人生观，是一阴一阳，一方面是佛家，一方面在俗家，儒家的这种世俗得了圆满的结果。花袭人本来还想死的，后来嫁给蒋玉菡以后，第二天开箱，里面一条红的一条绿的，两条汗巾在里面，她才晓得老早宝玉已经替她下了聘了。

《红楼梦》的结局我们常讲宝玉出家，那只是一半；另外下一半是花袭人嫁蒋玉菡，是小说最后 ending、画龙点睛的一刻。花袭人跟蒋玉菡的姻缘结合不是偶然，是曹雪芹老早在第五回已经讲了的，“堪羡优伶有福，可叹公子无缘”。于此，《红楼梦》得了完满，这才是最后的结局。

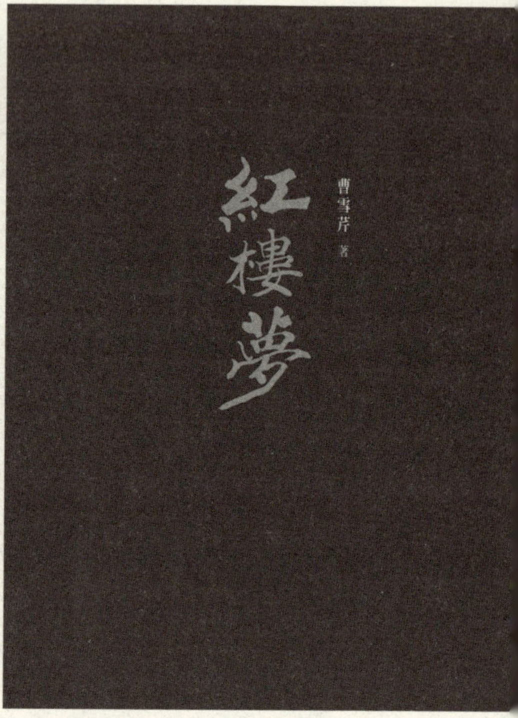

左：《白先勇细说红楼梦》，白先勇 / 著，时报出版。
右：《红楼梦》（程乙本），曹雪芹 / 著，时报出版。

白先勇于台大教授“《红楼梦》导读”课程，圣诞节与助教们合影，右五为柯庆明教授。（照片提供 / 杨富闵）

辑五

对话录

人生就是个故事，其实每个人的一生，
会讲的话，都是一个很好听的故事。

对谈《红楼梦》

白先勇 VS. 刘再复

文化不仅在图书馆里，而且在活人身上。他走
到哪里，就把中国文化传播到哪里。

（一）介绍

刘再复（以下简称“刘”）：我们今天在座的四百位（边上还有三百人在视频上观看）《红楼梦》爱好者，共同面对、讨论《红楼梦》评论史上的一个大现象：有一个人，细细地阅读、讲述、教授《红楼梦》整整三十年（在加州大学圣塔芭芭拉校区讲述了二十九年，之后又在台大讲了一年半），从太平洋的西岸讲到太平洋东岸，创造出阅读《红楼梦》的时间纪录与空间纪录。

这个人就是白先勇。

白先勇是谁？昨天我太太陈菲亚看到我的发言提纲上有这个问题。她说，这还要讲吗？谁不知道白先勇是著名作家和著名昆曲青

春版《牡丹亭》的制作者。我原来也是这么认识，但现在则有三点新的认知。

一、白先勇先生不仅是当代中国的一流作家，写过一流小说：《纽约客》《台北人》与《孽子》，一流散文：《蓦然回首》《明星咖啡馆》《第六只手指》《树犹如此》，还有一流戏剧、电影剧本：《游园惊梦》《金大班的最后一夜》《玉卿嫂》《孤恋花》《最后的贵族》等影响巨大的作品；而且他还是一流的文学鉴赏家，《细读红楼梦》便是明证。此书鉴赏《红楼梦》如何写人，如何写神，如何写天，如何写地，每篇都非常精彩。鉴赏写人时，他说，《红楼梦》写人充分个性化，莺儿说的和平儿说的，金钏说的和玉钏说的，绝对不一样。至于写天，写神，那是《红楼梦》的两面，除了写实，它写神话的部分，也写得很传神很逼真。而写地，如写大观园，先是展示林黛玉眼里的大观园，接着又写贾政、一群清客及宝玉眼里的大观园，最后又写到刘姥姥眼里的大观园。

二、白先勇不仅是像李渔（李笠翁，明清时期剧作家、批评家，著有《凰求凤》《玉搔头》等剧本，及戏曲批评理论《闲情偶寄》等）的大才子，而且是接近曹雪芹的大才子。李渔很有才能，他带着一个戏班子到处漂泊，写了许多优秀的戏剧剧本和散文，他日子过得很不错，文章也写得漂亮。哈佛大学的韩南教授，三十年前到北京时见到我，第一句话就说，我正在研究李渔。我原以为白先勇像李渔，也是大才子，日子也过得不错，带着昆剧剧团走南闯北，现在才明白，他更像曹雪芹。他有续写《红楼梦》的才华，可惜后四十回有人捷足先登，已经在白先勇之前完成了。他只能在解说上展示其才华了。

三、白先勇不仅是白崇禧将军的儿子，而且是中华文化的赤子。

他不管走到哪个天涯海角，都念念不忘中国文化。他写小说，制作昆曲，解读《红楼梦》，无一不是对中国文化的思恋与缅怀。他不能容忍台湾一部分人“去中国化”的观点。不错，台湾如果真的“去中国化”了，那么它还剩下些什么呢？文化不仅在图书馆里，而且在活人身上。他走到哪里，就把中国文化传播到哪里。中国文化的总指向，正如张载所言：“为天地立心，为生民立命，为往圣继绝学，为万世开太平。”白先生给我的第一封信，说我的散文可用“兴灭继绝”四个字概说。二〇〇五年，我在大学“客座”时，他应邀给学生讲述《牡丹亭》，在课堂上，他一见到我，就请我对青春版《牡丹亭》做了评价。我到课堂上对人说，白教授所做的事正是“兴灭继绝”，我要把他评价我的话奉还给他。他真的是有一片中国文化情怀。在评《红楼梦》中，白先勇还特别解说了一点，即《红楼梦》不仅是一部小说，而且是中华文化的结晶。他说，《红楼梦》真“了不得”。中国文化中的儒、道、释它都包括。儒学宜于年轻时代，道学宜于中年时代，佛学宜用于晚年时期。他还说，《红楼梦》中什么都有，士、农、僧、商，衣、食、住、行，琴、棋、书、画，文、史、哲、经，样样都包括。连风筝怎么放，都可在《红楼梦》中学到。

今天我之所以感到荣幸，除了遇到一个百年不遇的“大现象”之外，还遇到一个相对自由的“大环境”。这就是香港科技大学人文学院的自由讲坛。本来，时报出版社刚推出《细读红楼梦》之后，香港诚品书店就邀请我和白先勇进行对话。但我当时身在美国落基山下，大洋阻隔，难以抽身作万里之行，而白先勇也忙于教学，终于作罢。此次能相逢，乃是天时、地利、人和的缘分结果，是“大现象”与“大环境”相结合的结果。我们要感谢史维校长，感谢科大人文学院与高等研究院。我还为自己感到荣幸。在二〇一八年因为拔牙而受感染，两种细菌入侵，得了下颌骨骨髓炎。不仅住院，而且注射了六星期的抗生素，病情严重，可谓死里逃生，今天能与先勇兄在此对话，也得益于上苍放我一马。现在，我想请教白先勇先生，请您谈谈您在美国讲《红楼梦》的情况。

白先勇（以下简称“白”）：谢谢刘再复先生对我的介绍，我与刘先生神交已久。刘再复先生写于二十世纪八十年代的《性格组合论》，可称得上是“暮鼓晨钟”。当时的文学作品多数是脸谱化的，非黑即白，刘先生提出性格组合论，对小说创作极其重要。人不可能是全黑或全白的，一定是黑白混在一起，有的深灰，有的浅灰。所以“性格组合论”的提出很有意义。自 Freud（弗洛伊德）研究人的潜意识的理论提出后，对现代人物的研究都是去脸谱化的。所以说，刘先生的理论在当时非常先进，“敲醒”世人，虽然也同时饱受争议，但毕竟近现代中国文学很大程度上是政治化、脸谱化的。

之后我读了更多刘再复先生的文学理论。他虽然从二十世纪八十年代末之后长期居住在海外，但他对中国文化、中国文学极其关心，也很“忧国忧民”。刘先生写了很多关于中国古典“四大名著”的文章。他承认《水浒传》和《三国演义》是中国艺术水准很高的小说，但他不喜欢这两部作品。他认为《三国演义》的主题都是关于“权谋”“心机”“斗争”，艺术价值虽很高，但是影响不好。《水浒传》的一百零八将，每个都栩栩如生，里面的三个“淫妇”潘金莲、阎婆惜、潘巧云也刻画得极好。但刘先生提出这部作品描摹的是一个“野蛮世界”，杀人如麻，武松对妇孺也不放过，里面的人甚至还要开“人肉包子店”，刘先生认为这部作品对暴力、杀戮没有批判态度。

刘再复先生的个人经历、历史认知让他对这两部作品有这样的评价。

我想，刘再复先生之所以热爱《红楼梦》，一个重要的原因是这部作品写出了最可贵的“人性的慈悲”。曹雪芹以大慈大悲之心来看芸芸众生，以“天眼”俯瞰红尘，这是作者的大心胸。我的一位朋友奚淞在甘肃张掖的一座古庙看到一副楹联，写得很动人，我在讲《红楼梦》的结尾时引用了：“天地同流，眼底群生皆赤子；千古一梦，人间几度续黄粱。”曹雪芹笔下的人物，善与恶是混杂在一起的。像是赵姨娘，在贾府地位非常卑微，自己的儿子贾环也不受重视，她心术不端，总是嫉妒宝玉而且时常想要害他，这是一个很难让人同情的角色。但《红楼梦》写到她的死亡时，她的尸首被弃置在破庙里无人理会，可就在此时此刻，另一个人物出现了——一个大家很少注意到的人物，周姨娘。周姨娘也是贾政的妾，很少露面，也很少讲话。周姨娘去看赵姨娘的尸身，倒抽一口冷气，她想到做妾的下场也不过如此，何况赵姨娘还有儿子，自己可能会比赵姨娘的结局更悲惨。就是这样一个细节，让人突然意识到赵姨娘、周姨娘这些人物的可怜。所以说，《红楼梦》的悲悯心、同情心，是无限的。

刘再复先生将《红楼梦》与其他世界名著相提并论，称赞为“中国文学史上最伟大的小说”，我也这样认为。我在加州大学圣塔芭芭拉校区教了近三十年书，讲明清小说课的时候，一直选用《红楼梦》作为范本。课堂上的学生分作两组，一组是美国学生，没有中文功底，只好用翻译文本，讲一讲故事大纲和人物分析，但是也有效果。例如，有个美国学生对我说：“白老师，我就是贾宝玉。”因为他当时正在追中国的女孩子，交过几个中国女朋友，就把自己看成是贾宝玉。另一组是中国学生，来自大陆和台湾的孩子，教得更深入一点。一九九四年，我提早退休，觉得人生应该换个“跑道”，做一些别的事情。

直到二〇一四年，台湾大学有一项趋势科技给文学院的基金，成立了“白先勇文学讲座”，请了很多海内外的专家、学者来开讲座。到第五年的时候，我被要求也去讲课，但是我踌躇应该讲什么呢？我的一位教授朋友说，现在很多年轻人不再阅读大部头的经典著作，甚至大学生也不再看《红楼梦》了。那怎么可以？于是我想那就讲《红楼梦》吧，至少在我的课堂上，学生们必须仔仔细细跟着我阅读一遍《红楼梦》，还要接受我的考试和“刁难”。当时计划讲一个学期，每周讲两个小时，但是一个学期结束只讲了四十回，于是第二个学期每周加一个钟头课程继续讲，端午节还补课，结果第二个学期也只讲到第八十回。最后又讲了一个学期，一百个钟头之后又加了一个钟头，终于把一百二十回的《红楼梦》讲完了。所以，我的《细说红楼梦》其实是带着学生细读文本。Close Reading（细读），是我们二十世纪六十年代在学校学习的美国“新批评”派的文学理论，在当时的耶鲁大学最为兴盛，从文本的细读中发掘意在言外的思想及小说各种的构成。夏济安先生、夏志清先生都在这个传统里，我也受到这个传统很深的影响。如今红学、曹学等各种研究如此兴盛，但我觉得正本清源、万流归宗，《红楼梦》是一本伟大的小说，对这部伟大的小说做文本细读，是我的解读方法。

但在耄耋之年重新细读和讲授《红楼梦》，我越发觉得这是一部真正的“天书”——有说不尽的玄机，说不尽的密码，需要看一辈子。我看到晚年，可能才看懂了七八分，所以，我想大胆地宣称：《红楼梦》是“天下第一书”！

西方也有很多经典文学作品，像托尔斯泰的《战争与和平》、陀思妥耶夫斯基的《卡拉马佐夫兄弟》等，尤其是到了十九、二十世纪，西方涌现了很多经典文学作品，像Random House（兰登书屋）选出了一百本伟大的作品，排名第一的是詹姆斯·乔伊斯的《尤利西斯》。我在课堂上也念过《尤利西斯》，不停地揣摩文本，正襟危坐，看得非常吃力。相比之下，《红楼梦》非常好看，随便翻开一章，就会追下去。

（二）白先勇、刘再复对话的基础

刘：我和白先勇先生，对于《红楼梦》有几点相同的认识，这是我们对话的基础。

共同的认识有三个：

一、我们都认为《红楼梦》是中国文学无可置疑的高峰。我们都认为《红楼梦》好得不得了，也都爱得不得了，好得无以复加，爱得无以复加。用理性语言表达，先勇兄说，《红楼梦》是中国文学中最伟大的作品。请注意，他用了“最”字，不是“一般伟大”，而是“最伟大”。我则说，《红楼梦》是中国文学的“经典极品”，它标志着人类最高的精神水准。人类有史以来，创造了柏拉图、亚里士多德直至康德、黑格尔等哲学，也创造了荷马史诗、莎士比亚戏剧和塞万提斯、巴尔扎克、雨果、歌德、托尔斯泰与陀思妥耶夫斯基的长篇文学巨著，这些都是人类最高智慧水准与精神水准的坐标。中国只有一部长篇小说，堪称最高水准，这就是《红楼梦》。人类自有文明史以来，创造了三座文化巅峰：一是西方哲学，二是大乘智慧，三是中国人文经典；后者的伟大结晶与呈现者就是曹雪芹的《红楼梦》。总之，我们对《红楼梦》都惊叹！都给予最高礼赞！都感到赞美的词穷句尽！语言不够用。有人认为，《金瓶梅》比《红楼梦》更伟大，这种论点恐怕难以成立。《金瓶梅》确实是中国伟大的写实主义作品，中国男人何等粗糙粗鄙，看西门庆就明白；中国富裕旧家庭妻妾之间关系如何紧张，看《金瓶梅》也能明白。《金瓶梅》的写实，不设限政治法庭与道德法庭，这很了不起。但与《红楼梦》相比，《金瓶梅》缺少一个形而上层面，一个神话世界层面，一个非写实层面，这是很大的缺憾。

二、我和白先勇兄都认为，《红楼梦》有两种存在形态；一是拥有脂批的八十回的抄本形态；二是程伟元与高鹗整理印行的一百二十回印本形态。前者未完成；后者已完成。张爱玲说她人生三大恨事，一是鲥鱼多刺；二是海棠无香；三是《红楼梦》未完（参见《红楼梦魇》）。我和先勇兄则认为，《红楼梦》两种形态，一是“未完”，一是“已完”。前八十回抄本《脂砚斋重评石头记》可以说“未完”，而一百二十回本（程甲、乙本）即《红楼梦》印刷本则“已完”。正如巴黎罗浮宫的两大经典艺术品，一是断臂维纳斯，一是完整的蒙娜丽莎。后者已完成，不必遗憾！我们鉴赏的正是已完的《红楼梦》，我们人生的乐事正是欣赏已完成“红楼之乐”，这不是一般的“乐”，而是其乐无穷。白先勇说：“一生最幸运的事之一，就是能读到程伟元与高鹗整理出来的一百二十回全本《红楼梦》，这部震古烁今的经典巨作。”

三、对于后四十回，我们都认为，后四十回写得好！重要的不是“真”与“伪”，而是“好”或“坏”。或者说，重要的不是作者（出自谁的手笔），而是“文本”“文心”能否站得住。我们俩都重欣赏，重鉴赏，即重审美。我们都认为程乙本即一百二十回本站得住脚，是完整的好作品。顺便说一下，不同于张爱玲的“三恨”，白先勇晚年有三乐：一是喜为父亲立传；二是喜带昆剧团周游列国；三是重讲《红楼梦》。白先勇属于少年得志还是晚成大器，尚可讨论。也就是说，今天如果在场的是张爱玲，那我们会与之吵架。但今天在场是白先勇，我们就有平心对话的可能与基础了。

我们充分肯定后四十回，不是简单的事，因为许多“红学”学者都批评了后四十回，发现后四十回诸如“兰桂齐芳”等败笔。最困难的是，我们必须面对两位红学研究的天才，一个是两百多年来，考证最有成就的周汝昌先生；一个是文学创作天才张爱玲（尽管我称她为“夭折的天才”）。他们两人都不满后四十回，张爱玲在给宋淇、邝文美夫妇的信中，甚至说：“高鹗续书——死有余辜。”周先生也认为，高鹗续写《红楼梦》失败了，不仅“无功”，而且有罪。我和白先勇充分敬重这两位天才，但抱着“吾爱吾师，但更爱真理”的态度表示，我们完全肯定后四十回。

白先勇不是一般地肯定，甚至认为后四十回好到他不得不怀疑后四十回是否可能出自另一个人的手笔，整篇小说，前后呼应，人物命运、作品思想一以贯之，不可能是另一个人的创作。所以称高鹗续书，可怀疑。他认为，后四十回，高鹗顶多只能称作整理者，不能算作者。这后四十回，肯定有大量的曹雪芹遗稿。他还认为，后四十回的两大支柱，即黛玉之死与宝玉出家都写得极好。有这两大支柱在，后四十回就成功了。

我虽不如此描述，但对于一个死亡（黛玉），一个逃亡（宝玉），却讲两个字：一是归于“心”，一是归于“空”，都属于形而上，很高明，很精彩。归于“心”，是一百十七回书写宝玉再次丢掉胸前玉石，他通过紫鹃要把“玉”还给癞头和尚，结果惹得宝钗与袭人惊慌护玉，此时此刻，贾宝玉讲了两句“一句顶一万句”的话。一句是：“我已经有了心了，要那玉何用？”另一句是“你们这些人原来都是重物不重人哪！”袭人等，只知道那块玉是贾宝玉的命根子，不知道他的心才是他的命根子，生命本体，重中之重。宝玉这么说，在哲学中点了题，把《红楼梦》的心学之核点出来了。台湾第一哲学家牟宗三先生大赞这一节描写。它真的是抓到“文心”与“文眼”，所谓“文心雕龙”，这正是。“心”便是《红楼梦》这部伟大小说的“龙”。“龙”没了，空了。宝玉出家，一切归“空”，不仅宝玉出走，而是整个贾府倒塌，衰败，断后，“忽喇喇似大厦倾，昏惨惨似灯将尽”，整个世界“落了片白茫茫大地真干净”。人也空，府也空，人皆散，府皆散，这个结局正是《红楼梦》开端预示的结局，《好了歌》的结局，全“散”，全“了”，全“空”，非常精彩。在中国历史上，一个朝廷，一个家族，关键是“接班人”，一旦“断后”，就走向崩溃。整部《红楼梦》以宝玉出家为结局，就是以大悲剧为结局。贾府从此“断后”，没有后人。一百二十回的小说完整了，故事完整了。

出家为“空”，这是释迦牟尼走出帝王家的结局，精彩的形而上。相比一九八七年《红楼梦》电视剧结束于形而下就高明得很多。一九八七年电视剧，从演出到音乐样样成功，唯独剧本“形而下”是大败笔。宝玉不是出家，而是下狱；史湘云不是下嫁，而是被逼当了妓女；王熙凤不是被休，而是死无葬身之地。唯有她与贾琏的女儿巧姐，得救于贫下中农刘姥姥，整个结尾太实太不给读者留下审美想象空间。

下面请白先生先谈谈您对《红楼梦》后四十回的理解。张爱玲完全否定后四十回，甚至在给宋淇、邝文美夫妻的信中说："高鹗续书——死有余辜。"您怎么看这一点？

白：我谈谈我为何对《红楼梦》的后四十回如此看重。张爱玲不喜欢《红楼梦》的后四十回，她的影响太大了，以至于很多人因为她不愿意读下去。但我想张爱玲可能没看懂后四十回。甚至可以说，没有读懂《红楼梦》。程高本一百二十回，前后连贯，血脉相通，前八十回许多伏笔，后四十回都做了回应、回答，不是大手笔不可能如此完成。《红楼梦》的前八十回讲贾府之盛，文字当然要浓艳、华丽，后四十回讲贾府之衰，文字当然会变得萧疏。第八十回之后写的是贾宝玉心境的变化，自晴雯去世后，贾宝玉的心境转向了苍凉。所以《红楼梦》的第八十一回会写到曹操的《短歌行》，一代枭雄也会感悟到"对酒当歌，人生几何？譬如朝露，去日苦多"的"无常"，而"无常"这两个字正是《红楼梦》的主题。贾宝玉在后四十回里也感受到了贾府的兴衰、人世的无常。第八十一回，贾宝玉想到了去世很久的秦钟，忽然意识到没有知交、没有可讲话的人，所以他装作看书，但心中实在难过。这就是宝玉的心境，一种很要紧的转折。

后四十回还有很多亮点，黛玉之死和宝玉出家是全书的高峰，是两大支柱。黛玉之死的段落，写到宝玉送黛玉那两块手帕，那是宝玉的贴身之物，也是宝、黛二人的定情之物，是"情丝"的牵绊；黛玉烧掉手帕，等于是焚掉他们的爱情。宝玉出家的一回也写得好，是极难得的。胡适用薄弱的证据说明《红楼梦》后四十回是高鹗所“补”，但“补”可能是“修补”，可能是“续补”，不能做定论。我认为，后四十回原稿也是曹雪芹写的，但是有残缺，高鹗和程伟元是在原稿基础上续写或整理。而且我作为小说创作者，深知有些细节是不会有另外的人能想到的。简言之，《红楼梦》的后四十回，绝对不输于前八十回。

刘：白先勇先生，你对后四十回的充分肯定，对我也深有启发。中国文化很重“衰落”，中国文学常有的败笔是不愿意正视“悲剧”，而如写大团圆，即所谓“曲终奏雅”或“曲终奏凯”。但《红楼梦》的后四十回却写宝玉出家，写的是“曲终人散”，也是“曲终家落”，很深刻，很有力量。对后四十回，我也觉得它“大处站得住脚，小处可谅解”。不过，您不是发现前八十回也有许多误笔、败笔吗？

白：一个大作家，写作出经典，其中有些败笔、俗笔，很难避免。这也是“金无足赤，人无完人”的道理。后四十回的“兰桂齐芳”等败笔是多数人认定的，但为什么产生这些败笔，则可研究。总的说来，后四十回是成功的。

刘：那您对我刚才提到的我们的共同点，还有什么补充与修正吗？

白：我想补充一点我们对贾宝玉这个主人公的共同看法。例如，我也认为贾宝玉是最纯粹、最慈悲的心灵，他实际上是个基督，释迦牟尼。浑身全是佛性。他的心灵确实是佛心，童心。他从不伤害到人，任何一个人都尊重。哪怕对赵姨娘，也从不报复，从不说她的坏话，尽管赵姨娘常要加害他。

（三）白先勇与刘再复的阅读特点与阅读贡献

刘：我想用三个词组，十二个字来概说白先勇兄的阅读特点与杰出贡献：这就是“文本细读”“版本校读”“善本品读”。我说的三个“读”，也可以用一个“文本细说”来概说。细读，本是日本学人的研究特点。日本人真是认真，仔细，后来美国人也学成了。从白先勇到余国藩，他们讲解《红楼梦》，都用细读的方式。白先勇的法门与胡适的法门不同。胡适的法门是“大胆假设，小心求证”。白先勇的法门是“不作假设，小心读证”。白先生无论是写小说还是解说《红楼梦》，都不作任何政治预设与道德预设，不同于“索隐派”，也不同于“考证派”的四大家族兴衰史之论。他只管阅读、细读、校读、品读。

（1）文本细读。白先勇的《红楼梦》阅读与研究，最大的特点是“文本细读”。他在美国加州圣塔芭芭拉大学讲述《红楼梦》二十九年，创下了讲述《红楼梦》的时间纪录。他的方法是一回一回地给学生讲课，从基本情节、人物塑造、对话艺术等多个角度进行讲述，这种细读，提供我们一种尊重原著的典范。这固然是课堂方式的逼迫，但也必须有个人韧性地坚持。没有对《红楼梦》的真正热爱，撑不了二十九年、三十年。余国藩先生在芝加哥大学也用这种方法，也是一回一回地讲述。但他也没讲得这么长（时间），这么细。

（2）版本校读。在文本细读的前提下，白先勇又做了版本校读。他把“程乙本”作为最成功的一百二十回，把脂批的“庚辰本”作为最成功的八十回本，二者加以细细比较后，他发现“庚辰本”的一系列错误，人们都在指责后四十回的错误，他却发现前八十回的错误。他说，他把里仁版的“庚辰本”与桂冠版的“程乙本”从头到尾仔细比较了一次，发觉“庚辰本”其实也隐藏不少问题，有几处还相当严重。他完全从小说在艺术、美学观点来比较两个版本，这种细致校读，使他发现：

（A）秦钟描写最后部分实属“画蛇添足”：

白先勇说，人物塑造是《红楼梦》小说艺术最成功的地方，无论主要、次要人物，无一不个性鲜明，举止言谈，莫不恰如其分。例如秦钟，这是一个次要角色，出场甚短，但对宝玉意义非凡。宝玉认为“男人是泥做的骨肉”“臭气逼人”，他尤其厌恶一心讲究文章经济、追求功名利禄的男人，如贾雨村之流，连与他形貌相似而心性不同的甄宝玉，他也斥之为“禄蠹”。

秦钟是《红楼梦》中极少数受宝玉珍惜的男性角色，两人气味相投，惺惺相惜，同进同出，关系亲密。秦钟夭折，宝玉奔往探视，“庚辰本”中秦钟临终竟留给宝玉这一段话：

以前你我见识自为高过世人，我今日才知误了。以后还该立志功名，以荣耀显达为是。

这段临终忏悔，完全不符秦钟这个人物的个性口吻，破坏了人物的统一性。秦钟这番老气横秋、立志功名的话，恰恰是宝玉最憎恶的。如果秦钟真有这番利禄之心，宝玉一定会把他归为“禄蠹”，不可能对秦钟还思念不已。再深一层，秦钟这个人物在《红楼梦》中又具有象征意义，秦钟与“情种”谐音，第五回贾宝玉游太虚幻境，听警幻仙姑《红楼梦》曲子第一支［红楼梦引子］：开辟鸿蒙，谁为情种？“情种”便成为《红楼梦》的关键词，秦钟与姐姐秦可卿其实是启发贾宝玉对男女动情的象征人物，两人是“情”的一体两面。“情”是《红楼梦》的核心。秦钟这个人物象征意义的重要性不言而喻。“庚辰本”中秦钟临终那几句“励志”遗言，把秦钟变成了一个庸俗“禄蠹”，对《红楼梦》有主题性的伤害。“程乙本”没有这一段，秦钟并未醒转留言。“脂本”多为手抄本，抄书的人不一定都有很好的学识见解，“庚辰本”那几句话很可能是抄书者自己加进去的。作者曹雪芹不可能制造这种矛盾。（引自白先勇《细说红楼梦》）

（B）白先勇指出比较严重的是尤三姐一案。下引八十回本对尤三姐的错误描写。他说：

《红楼梦》次要人物榜上，尤三姐独树一帜，最为突出，可以说是曹雪芹在人物刻画上一大异彩。在描述过十二金钗、众丫鬟等人后，小说中段，尤氏姐妹二姐、三姐登场，这两个人物横空而出，从第六十四回至六十九回，六回间二尤的故事多姿多彩，把《红楼梦》的剧情又推往另一个高潮。尤二姐柔顺，尤三姐刚烈，这是作者有意设计出来一对强烈对比的人物。二姐与姐夫贾珍有染，后被贾琏收为二房。三姐“风流标致”，贾珍亦有垂涎之意，但不似二姐随和，因而不敢造次。第六十五回，贾珍欲勾引三姐，贾琏在一旁怂恿，未料却被三姐将两人指斥痛骂一场。这是《红楼梦》写得最精彩、最富戏剧性的片段之一，三姐声容并茂，活跃于纸上。但“庚辰本”这一回却把尤三姐写成了一个水性淫荡之人，早已失足于贾珍，这完全误解了作者有意把三姐塑造成贞烈女子的企图。“庚辰本”如此描写：

当下四人一处吃酒。尤二姐知局，便邀他母亲说："我怪怕的，妈同我到那边走走来。"尤老也会意，便真个同他出来，只剩小丫头们。贾珍便和三姐挨肩擦脸，百般轻薄起来。

小丫头子们看不过，也都躲了出去，凭他两个自在取乐，不知作些什么勾当。

这里尤二姐支开母亲尤老娘，母女二人好像故意设局让贾珍得逞，与三姐狎昵。而刚烈如尤三姐竟然随贾珍"百般轻薄""挨肩擦脸"，连小丫头们都看不过，躲了出去。这一段把三姐糟蹋得够呛，而且文字拙劣；态度轻浮，全然不像出自原作者曹雪芹之笔。"程乙本"这一段这样写：

当下四人一处吃酒。二姐儿此时恐怕贾琏一时走来，彼此不雅，吃了两盅酒便推故往那边去了。贾珍此时也无可奈何，只得看着二姐儿自去。剩下尤老娘和三姐儿相陪。那三姐儿虽向来也和贾珍偶有戏言，但不似他姐姐那样随和儿，所以贾珍虽有垂涎之意，却也不肯造次了，自讨没趣。况且尤老娘在旁边陪着，贾珍也不好意思太露轻薄。

尤二姐离桌是有理由的，怕贾琏闯来看见她陪贾珍饮酒，有些尴尬，因为二姐与贾珍有过一段私情。这一段"程乙本"写得合情合理，三姐与贾珍之间，并无勾当。如果按照"庚辰本"，贾珍百般轻薄，三姐并不在意，而且还有所逢迎，那么下一段贾琏劝酒，企图拉拢三姐与贾珍，三姐就没有理由，也没有立场，暴怒起身，痛斥二人。《红楼梦》这一幕最精彩的场景也就站不住脚了。后来柳湘莲因怀疑尤三姐不贞，索回聘礼鸳鸯剑，三姐羞愤用鸳鸯剑刎颈自杀。如果三姐本来就是水性妇人，与姐夫贾珍早有私情，那么柳湘莲怀疑她乃“淫奔无耻之流”并不冤枉，三姐就更没有自杀以示贞节的理由了。那么尤三姐与柳湘莲的爱情悲剧也就无法自圆其说。尤三姐是烈女，不是淫妇，她的惨死才博得读者的同情。“庚辰本”把尤三姐这个人物写岔了，这绝不是曹雪芹的本意，我怀疑恐怕是抄书的人动了手脚。（引自白先勇《细说红楼梦》）

尤氏两姐妹的描写本是《红楼梦》的精彩之笔。尤二姐柔顺，尤三姐刚烈。这里不仅是成功的性格对照，而且是感人的性格真实，因此，两姐妹所形成的惨痛悲剧，便十分感人。尤三姐后来的自杀，柳湘莲的悔恨，都是令人感叹的情节。整部小说中，一个尤三姐，还有一个鸳鸯，两个女子的铮铮傲骨都感动天地。但《石头记》庚辰本把尤三姐写成“水性杨花”，显然也是败笔。而且是严重的败笔。这也是文本细读、校读后的发现。

（C）白先勇还发现，前八十回本暗贬了晴雯。他说：

第七十七回“俏丫鬟抱屈夭风流”写晴雯之死，是《红楼梦》全书最动人的章节之一。晴雯与宝玉的关系非比一般，她在宝玉的心中地位可与袭人分庭抗礼，在第三十一回“撕扇子作千金一笑”、第五十二回“勇晴雯病补雀金裘”中，两人的感情有细腻的描写。晴雯貌美自负，“水蛇腰，削肩膀儿”，眉眼像“林妹妹”，可是“心比天高，身为下贱，风流灵巧招人怨”，后来遭谗被逐出大观园，含冤而死。临终前宝玉到晴雯姑舅哥哥家探望她，晴雯睡在芦席土炕上：

幸而被褥还是旧日铺盖的，心内不知自己怎么才好，因上来含泪伸手轻轻拉他，悄唤两声。当下晴雯又因着了风，又受了哥嫂的歹话，病上加病，嗽了一日，才朦胧睡了。忽闻有人唤他，强展双眸，一见是宝玉，又惊又喜，又悲又痛，一把死攥住他的手，哽咽了半日，方说道：“我只道不得见你了！”接着便嗽个不住。宝玉也只有哽咽之分。晴雯道：“阿弥陀佛，你来得好，且把那茶倒半碗我喝。渴了半日，叫半个人也叫不着。”宝玉听说，忙拭泪问：“茶在那里？”晴雯道：“在炉台上。”宝玉看时，虽有个黑煤乌嘴的吊子，也不像个茶壶。只得桌上去拿一个碗，未到手内，先闻得油膻之气。宝玉只得拿了来，先拿些水洗了两次，复用自己的绢子拭了，闻了闻，还有些气味。没奈何，提起壶来斟了半碗，看时，绛红的也不大像茶。晴雯扶枕道：“快给我喝一口罢！这就是茶了。那里比得咱们的茶呢！”实玉听说，先自己尝了一尝，并无茶味，咸涩不堪，只得递给晴雯。只见晴雯如得了甘露一般，一气都灌下去了。

这一段宝玉目睹晴雯悲惨处境，心生无限怜惜，写得细致缠绵，语调哀婉，可是“庚辰本”下面突然接上这么一段：

宝玉心下暗道：“往常那样好茶，他尚有不如意之处；今日这样。看来，可知古人说的‘饱饫烹宰，饥餍糟糠’，又道是‘饭饱弄粥’，可见都不错了。”

这段有暗贬晴雯之意，语调十分突兀。此时宝玉心中只有疼怜晴雯，哪里还舍得暗暗批评她，这几句话，破坏了整节的气氛，根本不像宝玉的想法，看来倒像手抄本脂砚斋等人的评语，被抄书的人把这些眉批、夹批抄入正文中去了。“程乙本”没有这一段，只接到下一段：

宝玉看着，眼中泪直流下来，连自己的身子都不知为何物了……（引自白先勇《细说红楼梦》）

（D）白先勇第四个发现，是发现前八十回抄本，对关键性情节——绣春囊事件的描写有错：

绣春囊事件引发了抄检大观园，凤姐率众抄到迎春处，在迎春的丫鬟司棋箱中查出一个“字帖儿”，上面写道：

“上月你来家后，父母已觉察你我之意。但姑娘未出阁，尚不能完你我之心愿。若园内可以相见，你可以托张妈给一信息。若得在园内一见，倒比来家得说话。千万，千万。再所赐香袋二个，今已查收外，特寄香珠一串，略表我心。千万收好。表弟潘又安拜具。”

司棋与潘又安是姑表姐弟，两人青梅竹马，长大后二人互相已心有所属，第七十一回“鸳鸯女无意遇鸳鸯”，司棋与潘又安果然如帖上所说夜间到大观园中幽会被鸳鸯撞见。绣春囊本是潘又安赠给司棋的定情物，“庚辰本”的字帖上写反了，写成是司棋赠潘又安的，而且变成两个。司棋不可能弄个绣有“妖精打架”春宫图的香囊给潘又安，必定是潘又安从外面坊间买来赠司棋的。“程乙本”的帖上如此写道：

再所赐香珠二串，今已查收。外特寄香袋一个，略表我心。

绣春囊是潘又安给司棋的，司棋赠给潘又安则是两串香珠。绣春囊事件是整本小说的重大关键，引发了抄查大观园，大观园由是衰颓崩坏，预示了贾府最后被抄家的命运。像绣春囊如此重要的对象，其来龙去脉，绝对不可以发生错误。（引自白先勇《细说红楼梦》）

“庚辰本”作为研究材料，是非常珍贵重要的版本，因为其时间早，前八十回回数多，而且有“脂评”，但作为普及本，有许多问题，须先解决，以免误导。

白先勇所指出抄本（八十回）的若干严重错误，并非“吹毛求疵”，而且科学地说明，任何文学巨著，都不可能完美无缺，《红楼梦》后四十回有些败笔也是可以理解的，不能用这些“败笔”否认后四十回的成功和一百二十回本已完成小说的整体价值。所以我说：“后四十回大处站得住脚，小处可以原谅。”白先勇在指出前八十回的错误之后也说：

有人认为，把后四十回数落得一无是处，高鹗续书成了千古罪人。

我对后四十回一向不是这样看法。我还是完全以小说创作、小说艺术的观点来评论后四十回。首先我一直认为后四十回不可能是另一位作者的续作，世界经典小说，还没有一本是由两位或两位以上作者合写而成的例子。《红楼梦》人物情节发展千头万绪，后四十回如果换一个作者，怎么可能把这些无数根长长短短的线索一一理清接榫，前后成为一体。例如人物性格语调的统一就是一个大难题。贾母在前八十回和后四十回中绝对是同一个人，她的举止言行前后并无矛盾。第一百零六回："贾太君祷天消祸患"，把贾府大家长的风范发挥到极致，老太君跪地求天的一幕，令人动容。后四十回只有拉高贾母的形象，并没有降低她。

《红楼梦》是曹雪芹带有自传性的小说，是他的《追忆似水年华》，全书充满了对过去繁华的追念，尤其后半部写到贾府的衰落，可以感受到作者哀悯之情，跃然纸上，不能自已。高鹗与曹雪芹的家世大不相同，个人遭遇亦迥异，似乎很难由他写出如此真挚个人的情感来。近年来红学界已经有越来越多的学者相信高鹗不是后四十回的续书者，后四十回本来就是曹雪芹的原稿，只是经过高鹗与程伟元整理过罢了。其实在"程甲本"程伟元序及"程乙本"程伟元与高鹗引言中早已说得清楚明白，后四十回的稿子是程伟元搜集得来，与高鹗"细加厘剔，截长补短"修辑而成，引言又说"至其原文，未敢臆改"。在其他铁证还没有出现以前，我们就姑且相信程伟元、高鹗说的是真话吧。

至于不少人认为后四十回文字功夫、艺术成就远不如前八十回，这点我绝不敢苟同。后四十回的文字风采、艺术价值绝对不输前八十回，有几处可能还有过之。《红楼梦》前大半部是写贾府之盛，文字当然应该华丽，后四十回是写贾府之衰，文字自然比较萧疏，这是应情节的需要，而非功力不逮。其实后四十回写得精彩异常的场景还真不少，试举一两个例子：宝玉出家、黛玉之死，这两场是全书的主要关键，可以说是《红楼梦》的两根柱子，把整本书像一座大厦牢牢撑住。如果两根柱子折断，《红楼梦》就会像座大厦轰然倾颓。

第一百二十回最后宝玉出家，那几个片段的描写是中国文学中的一座峨峨高峰。宝玉光头赤足，身披大红斗篷，在雪地里向父亲贾政辞别，合十四拜，然后随着一僧一道飘然而去，一声禅唱，归彼大荒，落了片白茫茫大地真干净。《红楼梦》这个画龙点睛式的结尾，恰恰将整本小说撑了起来，其意境之高、其意象之美，是中国抒情文字的极致。我们似乎听到禅唱声充满了整个宇宙，天地为之久低昂。宝玉出家，并不好写，而后四十回中的宝玉出家，必然出自大家手笔。

第九十七回“林黛玉焚稿断痴情”，第九十八回“苦绛珠魂归离恨天”，这两回写黛玉之死又是另一座高峰，是作者精心设计、仔细描写的一幕摧人心肝的悲剧。黛玉夭寿、泪尽人亡的命运，作者明示暗示，早有铺排，可是真正写到苦绛珠临终一刻，作者须煞费苦心，将前面铺排累积的能量一股脑儿全部释放出来，达到震撼人心的效果。作者十分聪明地用黛玉焚稿比喻自焚，林黛玉本来就是“诗魂”，焚诗稿等于毁灭自我，尤其黛玉将宝玉所赠的手帕上面题有黛玉的情诗一并掷入火中，手帕是宝玉用过的旧物，是宝玉的一部分，手帕上斑斑点点还有黛玉的泪痕，这是两个人最亲密的结合，两人爱情的信物，如今黛玉如此决绝将手帕扔进火里，霎时间，弱不禁风的林黛玉形象突然暴涨成为一个刚烈如火的殉情女子。手帕的再度出现，是曹雪芹善用草蛇灰线，伏笔千里的高妙手法。

后四十回其实还有其他许多亮点：第八十二回“病潇湘痴魂惊恶梦”、第八十七回“感秋声抚琴悲往事”，妙玉听琴。第一百零八回“死缠绵潇湘闻鬼哭”，宝玉泪洒潇湘馆，第一百一十三回，“释旧憾情婢感痴郎”，宝玉向紫鹃告白。

张爱玲极不喜欢后四十回，她曾说一生中最感遗憾的事就是曹雪芹写《红楼梦》只写到八十回没有写完。而我感到我这一生中最幸运的事情之一，就是能够读到程伟元和高鹗整理出来的一百二十回全本《红楼梦》，这部震古烁今的文学经典巨作。

白：谢谢刘再复先生细致的阅读和完整的总结。

《红楼梦》不仅是一本了不起的文学经典，也是一部文化的百科全书。《红楼梦》到底伟大在哪里？首先，它的架构非常伟大，塑造了二元世界。一个是现实世界，写到了极致，把乾隆时代的贵族之家的点点滴滴，刻画得淋漓尽致。我把曹雪芹的《红楼梦》比作张择端的《清明上河图》，以类似工笔画的笔致拓印了贾府的现实世界。另一个是神话世界，脱离了现实这一层面，如刘先生所言，比《金瓶梅》的形而下世界多出了一个形而上的世界。它的第一回就由女娲补天来起头。《红楼梦》其实是个“女儿国”，把女性的地位提到最高。其实按照人类学的研究，我们的原始社会是母系社会，之后被父系社会压倒，母系社会实则渗透到了民间。《红楼梦》里最高一级的是贾母，接下来是一层一层有 hierachy（等级）的女孩子们。所以《红楼梦》由女娲炼石开始，也就是由女神开始，有很大的象征意义。女娲用了三万六千五百块石头补天，剩下的一块置于青埂峰下，变成灵石，也就是贾宝玉。这块石头因为没有被女娲用来补天，自怨自艾，但原来它被女娲赋予了更大的任务，就是用来补“情天”。所以这部小说一开始又叫作《情僧录》，是常被大家忽略的名字。《红楼梦》之前的别名有《石头记》《金陵十二钗》《风月宝鉴》，还有很重要的一个名字，就是《情僧录》。《红楼梦》开始时讲“空空道人”，因空见色，最后变成“情僧”，但是请大家不要被曹雪芹瞒过，“情僧”，当然指的就是贾宝玉。所以宝玉爱所有的女孩子，希望她们的眼泪流成一条河，把他的尸首漂起来。曹雪芹提出了“情僧”的观念，贾宝玉的宗教信仰，可以说就是一个“情”字。刘再复先生刚才引用了第五回的曲子“开辟鸿蒙，谁为情种”，贾宝玉就是《红楼梦》里的第一个“情种”。贾宝玉最后的出家，其实不只是因为林黛玉之死。而且宝玉出家时，不是穿的黑色袈裟，而是在雪地里披了大红色的斗篷。在“白茫茫大地真干净”的空间里，独独宝玉有一抹鲜艳的红色，“红”实际代表了人世间的“情”，宝玉是带着人世间的“情伤”而走，他担负了人间所有为情所伤的重荷。王国维在《人间词话》里称李后主的词是“以血书者”，李后主亡国后的词是以己之悲道出诗人之痛，因此境界廓大，俨然如释迦和基督，担负了人类的罪恶。我想王国维的这个形容，用在贾宝玉身上更加合适。曹雪芹在创作贾宝玉这个形象的时候，有意地把他写成了像释迦一样的人物。悉达多太子曾享尽富贵荣华、娇妻美色，后来他出四门，见到生老病死、体会种种人生之苦，出家成佛，为世人寻找痛苦的解脱，在这一点上，贾宝玉到最后也是像释迦一样。而他的大红斗篷，正像基督担负了“情伤”的十字架。

其次，《红楼梦》必须产生在乾隆盛世，这是一个国势和中华文明都由最高处雪崩式坍塌的转捩点，而《红楼梦》的伟大在于把这个盛极的气势写出来了。但艺术家的感性也至关重要，曹雪芹对时代又有一种超前的感触、感觉。他写的是贾府兴衰，但他可能已经感受到文明的兴衰，他唱出一曲对从唐诗到宋词到元曲的这个大传统的挽歌。所以曹雪芹不仅写实写到极点，同时《红楼梦》的象征性也极大。

正如刘先生提到的，《红楼梦》写到了儒、释、道三家的哲学。不仅如此，《红楼梦》是用最动人的故事、最鲜活的人物把这三种哲学具体地写出来了。举例来说，贾政和贾宝玉父子水火不容，贾宝玉一周岁“抓周”的时候抓的是胭脂水粉，令贾政非常气恼，认为他长大了一定是个好色之徒，其实他们代表的是两种哲学。贾政代表了儒家系统里“经世济民”“修身、齐家、治国、平天下”的入世哲学，而宝玉代表了佛家和道家哲学中“镜花水月”“浮生若梦”的出世哲学。“大观园”刚刚建好的时候，贾政带了一批清客游览，走到“稻香村”的时候，认为能在这个有鸡鸭、稻田的地方读书便很好，而宝玉的道家思想就在此时流露出来，他觉得这是人造的、不自然的，令贾政极为生气，道家重归返自然，儒家重社会秩序。所以说，《红楼梦》将中国人的宗教、不同的处世方式，以文学的、小说的形式表现了出来。

（四）刘再复和白先勇的阅读区别

刘：最后我讲一下与白先勇的区别。我和白先生有共同点，也有相异点。从大的方面说，我们的异，在于：文本与文心，文学与哲学，微观与宏观。

以阅读方式而言，我和白先勇的区别在于，白先勇所讲述的一切，均以阅读文本为基本点。而我则是“文心感悟”。如果说，先勇兄是“文本雕龙”，我则是“文心雕龙”。无论重“文本”或重“文心”，当然都以“人”为依据。但“文本细读”侧重于文学欣赏，而“文心感悟”侧重于哲学把握。前者更微观，后者更宏观。我一再说，文学少不了三大要素，即心灵，想象力和审美形式。先勇兄更重于审美形式，我更重于心灵。因为我侧重于“文心”，所以我多年阅读、写作《红楼梦》心得，便是侧重于文心的发现。首先我发现《红楼梦》全书的核心，如同太阳系中的太阳，是主人公贾宝玉的心灵。

我阅读《红楼梦》曾有一次类似王阳明的“龙场彻悟”，这便是发现宝玉的心灵价值无量！这颗心灵美好无量！正与曹操相反（曹操为“宁教我负天下人，休教天下人负我”）。宝玉想的是我应当如何如何对待他人，而不是他人如何如何对待我。父亲冤枉他，把他打得半死，他没有一句怨言，照样尊重敬爱父亲，尽子弟之义。父亲冤枉他，那是父亲的问题，而我如何对待父亲，那是我的责任，我的人格（做人准则）。

这颗“心”是《红楼梦》的主旨，《红楼梦》的“核心”，所谓明心见性，读《红楼梦》最主要的是明这颗心。这颗心是童心，是佛心，是赤子之心，是菩萨之心，是释迦牟尼之心，是基督之心。

这颗心是人类文学史上最纯粹、最美丽、最了不起的心灵，也是最伟大的心灵。

二〇〇〇年我在香港城市大学备课时，感悟到《红楼梦》的文心，即宝玉之心，兴奋得彻底不眠，如阮籍所云："夜中不能寐，起坐弹鸣琴。薄帷鉴明月，清风吹我襟。孤鸿号外野，翔鸟鸣北林。徘徊将何见，忧思独伤心。"这种文心感悟不仅使我更理解《红楼梦》的伟大，而且影响了我的人生，我的基本抉择，即影响我如何"做人"。贾宝玉的心灵，我概说了八个"无"：无敌，无争（不争名声），无私，无我（处处想别人），无猜（没有假人），无恨，无惧，无别。

无敌：他没有敌人，没有仇人，从不攻击他人，贬低他人，伤害他人。他尊重每一个人，连贾环、薛蟠也尊重。薛姨妈认定自己的儿子薛蟠是"废人"，薛蟠也确实屡屡犯罪，但宝玉仍然认他为友，口口声声称他为"薛大哥"。

无争：中国文化的不争之德，宝玉呈现得最为彻底。他不争权力，不争财富，不争功名，不争贾府的"接班人"，只当"富贵闲人"。"闲"为"无事于心，无心于事"。争名逐利是世俗人普遍的弱点，但他没有。办诗社，他很积极，但不计较名次，他嫂嫂当诗裁判，判定他（怡红公子）为最后一名（压尾）他不仅没意见，还拍手称赞嫂子评得好。名字放在众女子之后，他也心甘情愿。他写诗没有任何功利目的，真为写诗而写诗。写了诗就高兴，就快乐。在学校里，薛蟠等争风吃醋，他从不沾此恶习。他本可以当"接班人"而荣华富贵，但他不争夺这种荣耀，宁可孤独，寂寞。

无猜：在他心目中，不仅没有敌人，没有坏人，也没有假人，无论什么人哄他，编故事骗他，他都相信，世界上还有人会说谎话，他没想到。刘姥姥胡诌一个乡村漂亮姑娘被冻死的故事，他信以为真，第二天就去庙里寻找。袭人为了教训他，哄他说哥哥嫂嫂要她回家，他也立即相信，并答应袭人提出不走条件。

无恨：宝玉没有世俗人的生命技能，例如仇恨、嫉妒、报复、算计等。赵姨妈母子（贾环）要加害他，贾环甚至把油火推向他的眼睛，想烧毁他的双眼。结果没毁掉眼睛，但烧伤了脸，王夫人为此非常生气，要向贾母告状，但贾宝玉立即阻止母亲，说这是自己烧伤的。一个企图烧毁自己眼睛的人都可以原谅，那还有什么人不可原谅，不可宽恕呢？

宝玉之所以没有世俗人的这些生命技能，乃是因为他“无私，无我”。

他心中没有自己，只有他人。他处处着想的是他人，而不是自己。他被父亲毒打之后，玉钏端着汤给他喝，不小心把汤泼了，此时，宝玉关心的是玉钏的手是否被汤烫伤，而自己被烫了反而不在意。下雨了，他在雨中被淋，却关心那些雨中人，所以被老嬷嬷嘲笑说他是呆子傻子。他的呆傻，就是不懂得为自己着想，不懂得为自己捞取利益。

宝玉因为他无敌、无争、无猜、无私、无我，所以“心实”，这又形成他的“无惧”性格。他什么都不怕，什么都很坦然。黛玉死后，传说潇湘馆闹鬼，王熙凤吓得魂飞魄散，但宝玉一点也不怕，而且想去看看潇湘馆。人们都说他“胆大”，唯有史湘云说他是“心实”。心无任何挂碍，不怕鬼怪敲门。这是“无惧”。

无别：最后我还要讲一下贾宝玉心灵乃是佛心，佛心最重要的特征，是无分别心。他是贵族子弟，但平等待人，无贵贱之别，无上下之别，无尊卑之别。人们把晴雯等视为“下人”，但在宝玉心中，没有“下人”这种概念，也没有“丫鬟”“奴婢”“奴隶”等概念，晴雯就是晴雯，鸳鸯就是鸳鸯，他看薛宝钗、史湘云等贵族小姐，和看丫鬟、奴婢并无差别。所以祭奠晴雯的《芙蓉女儿诔》，才把晴雯这个丫鬟当作天使来歌颂，称赞她：“其为质则金玉不足喻其贵，其为性则冰雪不足喻其洁，其为神则星日不足喻其精，其为貌则花月不足喻其色。”境界之高，无与伦比。贾宝玉不知现象学，却天然地、自发地使用现象学，悬搁世俗世界的多种说法，直接拥抱对象，认识晴雯，真了不起。

宝玉之心，是人类文学所塑造的心灵中最纯粹、最完美的心灵，这颗心灵光芒万丈，如同太阳，这颗心灵价值无量，如同沧海。我的龙场彻悟，仅是感悟到这颗心灵的无量、无价内涵。我曾把这颗心比作创世纪第一个早晨的露珠。晶莹剔透，未被世俗尘埃污染。

感悟贾宝玉的心灵内涵，这是我的文心悟证第一点。

第二点我与白先勇先生的区别是他重视对二十三回的解说，并发现了《西厢记》《牡丹亭》《红楼梦》乃是中国浪漫文学三大高峰，一峰比一峰高，三者构成中国一大脉中国文学史。此回他不仅发现了文本，而且发现文学史不可遗漏汤显祖。受白先勇影响，我带到月球上的书单将改为：①《诗经》，②屈原，③陶渊明，④李白，⑤杜甫，⑥苏东坡，⑦汤显祖，⑧《西游记》，⑨《金瓶梅》，⑩《红楼梦》。

与白先勇不同，我重在二十二回。那是哲学回。我在此回中发现了庄子，发现“无立足境，是方干净”的重大哲学意义。这八个字，把庄子与列子都分别写出来了，也把“有待”境界与“无待”

境界的重大区别分清楚了。这也包含了林黛玉与贾宝玉的区别。宝玉以“是立足境”为制高点，其实，这还是有依赖、有依附的境界，即列子的境界。庄子在《逍遥游》中针对列子而提出“无待”境界，这就是林黛玉捕捉到的“无立足境，是方干净”的至高境界。宝玉修的是爱的法门，所以泛爱，博爱，兼爱。而黛玉修的是智慧的法门，在智慧层面上，黛玉是引导宝玉前行的女神，她不仅诗写得比宝玉好，禅悟也比宝玉高出一筹。

第三点区别，是白先生文本细读后发现了八十回本的重大错误，而我在“文心感悟”中则发现五大哲学要点：

一为“大观视角”。《红楼梦》中有个大观园，却无人从《红楼梦》中抽象出一个“大观视角”、哲学视角。大观视角，便不是用肉眼、俗眼看世界，而是用天眼、佛眼、法眼、慧眼看世界。于是，既可看出大悲剧，也可看出荒诞剧，《好了歌》就是大观视角下的荒诞歌，贾府崩溃、诸芳流散也是天眼下的衰败故事。

二为“心灵本体”。本体即根本、源头、最后的实在。《红楼梦》以心灵为本体，所以才写出贾宝玉的纯粹心灵，也才写出五百人物的区别。我在《〈红楼梦〉的存在论阅读》中把红楼人物分成两大类，一类是“拥有自己”或“意识到自己”者；另一类是“没有自己”或“从未意识到自己”者。人与人的差别，全是心灵境界的差别。

（1）意识到自己又敢于成为自己但最后还是不能实现自己。如贾宝玉、林黛玉、妙玉。

（2）意识到自己却不敢成为自己，以致扑灭了自己，如薛宝钗。

（3）想成为自己却被社会所扑灭（不是自我扑灭，而是被他者所扑灭），如晴雯、鸳鸯、香菱等。鸳鸯、尤三姐虽是自杀，其实也是被社会所扑灭。

（4）完全未意识到自己，如袭人等。

（5）本想成为自己，却在面对社会时立即扑灭自己（社会与自我对自己的双重扑灭）。如贾雨村。

（6）被道统本质化而丧失自己，也从未拥有自己，如贾政。

（7）被社会所物化而变质为人类与自我的“异己”，如薛蟠、贾赦、贾琏、贾蓉等。

（8）本有自己，却被他者同化而丧失了自己，如王夫人等。

（9）本可成为自己但因过分膨胀最后消灭了自己，如王熙凤。

（10）被社会剥夺了自己仍争取成为自己但最后也消灭了自己，如秦可卿。

三为“灵魂悖论”。所谓悖论，便是矛盾，二律背反，即两个相反的命题都符合充分理由律。《红楼梦》中的贾政、薛宝钗等重伦理、重教化、重秩序；宝玉、黛玉等重个体、重自然、重自由。薛宝钗与林黛玉的对立，不是新旧对立，也不是封建主义与民主主义的对立，而是儒与庄禅的对立，是曹雪芹的灵魂悖论。

四为“中道智慧”。贯穿于《红楼梦》的是中道智慧。《红楼梦》的开端借贾雨村之口讲述作者不把人划分为“大仁”与“大恶”，即在思维方法上不落入“非黑即白”的旧套，《红楼梦》全书写的正是中间地带的人物，从主人公贾宝玉到他父母，都生活在第三空间，即不是全黑也不是全白。用鲁迅的话说，《红楼梦》不把好人写得绝对好，也不把坏人写得绝对坏。写的是“第三种活人”，打破传统格局。

五是“澄明境界”。“澄明境界”是海德格尔哲学中的重要概念。它讲的是“豁然开朗”、突然明了、“山重水复疑无路，柳暗花明又一村”的质变瞬间。佛教宣讲从“不明”到“有明”到“澄明”，也是讲突然飞升解脱的境界。宝玉出家，进入澄明，正是这种境界。其实黛玉之死，她把手帕制作的诗稿扔进火里，也是由此进入澄明，再无挂碍。晴雯死亡之时也是进入了澄明之时。《红楼梦》中有许多这种哲学片刻。秦可卿、鸳鸯死亡而进入太虚幻境的瞬间，都是澄明境界的瞬间。一个人如果活得浑浑噩噩、无所事事，不知思想可以飞跃，人生可以飞升，那他（她）就永远无法了解澄明之境。因此，严格地说，唯有精神解脱，才能了解什么是澄明境界。

现场提问交流

一、《红楼梦》可以用一个“情”字概括。请问读者应该以哪个角度去欣赏书中不同的“情”？

刘：“情”字难以概括《红楼梦》的一切。可以说，“情”可以概说《红楼梦》的大部，但不能概说《红楼梦》的全部。

说“情”可以概说《红楼梦》的大部分，是因为《红楼梦》确实是一部“情”的百科全书，它也确实是中国抒情文学的巅峰。《红楼梦》包含情的各类，它不仅有恋情（爱情），而且有“亲情”，有“友情”，有“世情”。曾有人说，《红楼梦》是一部爱情小说，不对，它还有亲情、友情、世情的精彩呈现。主人公贾宝玉与林黛玉、薛宝钗、晴雯等的恋爱写得好，且不说贾宝玉与贾母、父亲、母亲的“亲情”也写得很动人；与秦钟、柳湘莲、薛蟠、冯紫英等的友情也写得精彩，还有与北静王、贾雨村、甄士隐等的世情也写得很准确，很合适。

《红楼梦》还写了悲情、喜情、哀情，以及情欲、情伤、情毒、情窍、情幻等多种奇异之情和同性恋（如贾宝玉与蒋玉菡）、天国之恋（贾宝玉与林黛玉）、寺庙之恋（秦钟与智能儿）、壮美之恋（如尤三姐）、凄美之恋等其他小说少见的情感故事。

但“情”并非《红楼梦》的一切。《红楼梦》还有情之外重要的一切，这就是《红楼梦》对世界、历史、人生、人性的认知，《好了歌》就是对世人的一种认知。《红楼梦》中什么都有，士、农、僧、商；衣、食、住、行；琴、棋、书、画；文、史、哲、经。这一切与其说是“情”，还不如说是“识”，是“知识”，是见识，是认知。书写薛宝钗是个“通人”，什么都懂，尤其是画画，她拥有丰富的绘画知识，这是知，不是情。如果硬要我一个字来概述《红楼梦》，与其用“情”字，还不如用“心”字。“心”中有情，但也有学、胆、识。后者不可用“情”概说。例如，我说贾宝玉之心灵，无敌，无争，无私，无我，无猜，无恨，无惧，无别。这是有品格、精神、思想，不完全是“情”。脂砚斋透露，《红楼梦》本有一份“情榜”，主角林黛玉为“情情”，贾宝玉为“情不情”。情不情，即对不情物与不情人也爱，宝黛之区别，表面上都是情的区别，更深处又是处世待人的区别。我和白先勇先生的区别之一，是我阅读《红楼梦》更多地使用“心”视角，而白先生更多地使用“艺”视角、“情”视角。二者相加，对《红楼梦》的认识就比较完整。

二、“假作真时真亦假，无为有处有还无。”我们应该怎样理解《红楼梦》里“真”与“假”的穿插？

刘：从纯哲学而言，有与无，真与假，实际上是有有无无，真真假假。世上许多事物从这一层面看，是有、是真，从另一层面看，则是无、是假。庄子说："此亦一是非，彼亦一是非。"这不是无是非观，而是不同层次具有不同的是非观。我们所见到的"无"实际上是"潜在的有"。慧能说"本来无一物，何处染尘埃？"其本来的"无"，也是"潜在之有"。而从纯文学上讲，文学作品所书写的"有"，即"实际"，此所谓"非虚构"作品。而书写"无"，则所谓"真际"，表面上"假"，但击中了生活生命的灵魂，又是很真。现实主义文学立足于真，浪漫主义立足于假，但二者皆符合文学的真实原则。机械"反映论"的错误在于它只讲反映生活"实际"，未讲反映生活"真际"。

《红楼梦》更为特别，因为它是曹家沧桑故事的小说演义，二者关系极为密切。周汝昌先生的《红楼梦新证》以空前的认真态度考察了曹家的兴衰史，更证实《红楼梦》是贾宝玉的自序史，曹雪芹的人格史与魂魄史。《红楼梦》小说的两个名字，贾雨村与甄士隐，乃是说，整部小说是"假语存"，即属于虚构；作为《红楼梦》生活原型的曹家，则有许多"真事隐"（"甄士隐"）。然而，"假作真时真亦假"，小说中的"贾"氏们真真假假，有现实原型，也有艺术虚构，变幻无穷。贾宝玉与甄宝玉，两个人物长得很像，但形相似，心灵方向则相反，这两个宝玉，原型可能是两代人，也可能是一代人。但从灵魂上说，贾宝玉更真实，甄宝玉反而很虚假。

《红楼梦》中有两个世界，一个大观园，那是真世界，实有世界；一个是太虚幻境，那是假世界，虚无世界。但二而为一，二者相通，相互映照，这也是"假作真时真亦假，无为有处有还无"。最后二者都归于"空"。

《红楼梦》中有一个重大概念，叫作"梦中人"。贾宝玉是作者的“梦中人”，林黛玉、晴雯、秦可卿等等，则是宝玉的“梦中人”。梦中人即非现实世界中人。现实世界中，要真有贾宝玉、林黛玉这种人就好了，可惜没有，他们只是想象中人，理想中人，按生活原型加工出来的人，这也是“无为有处有还无”。《红楼梦》有现实世界，有超现实世界；有写实部分，有梦幻部分；有大写实，也有大浪漫，虚实并笔，有无同存，相互转换，比《金瓶梅》纯粹写实的作品，高出一筹。

一个人的“文艺复兴”

白先勇 VS. 许知远

> 文学不是吵架吵出来的，文学是每个人在自己书房里很孤独的一条路，自己一个字一个字磨出来的。

许知远（以下简称“许”）：这次行程有什么感觉？整个一周时间？

白先勇（以下简称“白”）：我想是一个追求。这些年来一个是昆曲，一个是《红楼梦》，这次一个新的戏上演了，一本关于《红楼梦》的注解也刚出来，蛮高兴的，希望现在年轻人对我们传统文化中的精髓，那些很美、很重要的，影响我们整个审美观、整个思想的经典，我希望让它还魂。二十一世纪可能真的有新的看法，如果还是传统那一套，尤其学生们不能接受。现在我就在想怎么让现在大学生、中学生来看《牡丹亭》和《红楼梦》。

许：我看了这本书，翻了前五页就发微信给瑞琳（理想国品牌创办人），我说这本书让我对《红楼梦》产生了兴趣，我觉得我要重新读读《红楼梦》，因为它放在一个更大的中西比较之中来看待，特别有意思。

白：我认为《红楼梦》还牵涉到我们整个文字、文化的高度，所以我说它是天下第一书。我现在八十岁了才敢讲这个话，我自己学西洋文学，一些西洋小说经典的东西也看了，当然西方有很了不得的成就，但奇特的是这本书，不光思想上很深刻，它还好看，这个很要紧。西方有些经典可是看得费劲得不得了，看下来累死了。

许：您最早在美国教《红楼梦》应该是在一九七四年还是七几年？

白：我一九六五年就在加州大学（圣塔芭芭拉分校）教书。

许：最早是什么时候开这门课的呢？

白：大概是一九六几年。

许：但那时候还没有《红楼梦》的英译本。David Hawkes（《红楼梦》英译者）是后来才出的是吧？

白：最先我用的是从德文翻成英文的，弗朗茨·库恩（《红楼梦》德译者），他的德文本翻成英文本，那还不是全本，我第一次教那个东西，是教外国学生。

许：怎么教呢？我很好奇。

白：教外国学生没法深入，有很多文化上的阻隔，他们连姑表、姨表都搞不清楚，你要跟他讲林黛玉是姑表，是吧（笑），她妈妈姓贾，所以比较亲，这个薛宝钗是姨表，他们叫 cousin（表亲），怎么办呢？这东西解释都解释不了。他们一个 cousin 指所有人，我们可不是的。外孙、孙子，我们分得很细，所以只能跟他们讲故事、讲背景、讲文化上的重要性，大略地讲，不能深入。

许：当时您是个不到三十岁的年轻人，自己一个人在美国教书，那个时刻对《红楼梦》的感受是什么样？跟现在肯定是不一样。

白：完全不一样的。昨天还有人访问说《红楼梦》对你的影响是什么？当然有很多影响，其中一点是宗教上的，是《红楼梦》带我进入佛家思想。其实我蛮早就有种体验、体悟，所以那时看到宝玉出家会很动心、感动。所以我也蛮怪的，很年轻的时候，那时一边写《台北人》……

许：一边教《红楼梦》。

白：《台北人》全是老年、中年人那种心境，所以那时候我的构成，自己看着蛮奇怪的。我的个性并不是那种很古老的思想。

许：对，您是很摩登的现代文学。

白：真的很现代，但是他们说我有个老灵魂，的确是，《台北人》您看过的话，不是有篇《冬夜》吗？

许：我很爱那篇。

白：我那时候也不过二十来岁，写我现在老教授的老灵魂，写我现在的心境，奇怪的是现在想也想不通怎么会那样写。人家常常问我说，你年纪轻轻就写得那么沧桑，哪来的？我也不知道哪来的。

许：这好像不可解释。

白：我想……天生就有这种感觉，所以创作是很神秘的一个过程，连作者都未必了解自己怎么回事，怎么写出这些来。

许：我还是好奇，您不到三十岁在加州这么阳光明媚的地方教《红楼梦》，反差感很强，教一群对中国文化没什么太多理解的美国年轻人教了很多年，您怎么去慢慢深入这个过程？

白：蛮好玩的。那些美国孩子有些不太懂，觉得贾宝玉怎么见一个爱一个，说他疯疯傻傻的，foolish。

许：他们会觉得贾宝玉是卡萨诺瓦吗？

白：也不是，他也不是卡萨诺瓦那种好色，他们不太懂这个。后来我就教戴维·霍克斯那个全本的。有些特别有灵性的美国孩子也懂的，有一位很好玩，我不光教他《红楼梦》，也教他中文，还替他取个中文名字“司马伦”，他叫罗伯特·米斯瑞。那个孩子怪，前世大概是中国人，听的时候他跟我讲，白老师，我就是贾宝玉。他完全认同贾宝玉，后来也真是，他跟好多中国女孩子谈恋爱。

许：这个还是很有效果的，知识真是力量。

白：有效果。他娶了三个中国女孩子做太太，娶了一个又离了婚，又来一个又一个，都是中国女孩。

许：就是把林黛玉薛宝钗都娶了一遍。

白：全部娶一遍，连史湘云一起。好玩的，他自己是贾宝玉，我教书没想到还有这种。

许：文学真有力量。

白：有一个女孩子很深刻，真的又不太一样，美国的犹太人。

许：她应该更可以理解中国文化的语境吧？

白：犹太人的思想感情又不太一样，一生都很敬中国那套，那位犹太人对于《红楼梦》很懂。她不仅懂中文、日文、法文、俄文，好多文都懂。她是犹太世家，爸爸是纽约很有名的学者，她从小就耳濡目染，不光读《红楼梦》，还读《史记》《论语》，厉害的。所以西方人也有一些蛮有背景的，后来她自己当教授，再后来还有意思，更跳一步，后来《台北人》再出的英文版本就是我们两个一起翻译的。不过英文本到底还是隔一层，真正要翻译出来，难。不过戴维·霍克斯已经几乎做到他所能，越难的地方他翻得越好。他翻译《好了歌》《葬花词》，翻得好得很，好漂亮的英文，还押韵。但他常常在俗话中翻了跟斗，那个难，对外国人来说。它是乾隆时代讲的话，有时候我们现在还不懂，现在俗语不是那么讲了；还有文化上我有点不太赞成，那个红，颜色的红色对《红楼梦》多重要，从名字开始，从怡红公子下去，你想多重要？我们讲的那个意义，红尘、热情、温暖，红色代表喜色，他说在英文里没这回事，没这种联想。

许：那就少掉一大块东西。

白：他把红变成绿，怡红院变成怡红快绿，怡红公子变成不晓得什么绿公子了，所以这种文字上、文化上的差异，难搞了。

许：您提到在二十世纪七十年代的时候，其实英文世界去研究中国古典文学的人还是非常少，可能就伯克利有陈世骧先生？

白：在美国少的，哈佛有几个，伯克利是陈世骧，斯坦福有刘若愚，哥伦比亚夏志清先生也研究古典，但是不多。西方人也有些汉学家在研究古典，也是终身在钻营这个东西，也有一些非常专业的。

许：因为您谈话里经常会提到二十世纪中国知识分子的文化焦虑，对西方的焦虑，那时候在加州圣塔巴巴拉，这种焦虑感强吗？

白：很强。我自己是这样子讲法：我们十九世纪衰落下去了。二十世纪有“五四运动”，我们自己称为一个小型的文艺复兴，可是回头一看，到了世纪末，对于文化的建设、文化的起源成就也不高。我们在世界上对于文化这块还是没有发言权，还是西方说了算，他们说什么音乐好就什么音乐好、什么戏剧好就什么戏剧好，说什么舞蹈好我们都会跟，只有他们讲的，我们发言权还没有拿回来，还没有说“我们讲的”“我们文化上什么……”可见还没有恢复到我们大汉天朝的那种地位。

许：您当时作为一个三十岁年轻人怎么去面对这个事情呢？

白：现在讲自己好像心怀大志也不好意思，那时候不知天高地厚，很年轻就办《现代文学》，穷得要死的一本杂志，真的穷！校稿、编辑、送书什么都自己来，我骑个脚踏车去校稿、送书，大热天一身汗，那时不知道哪来的那股傻劲，还没钱，给不起稿费，编辑费什么都没有，一本穷得不能再穷的杂志。我们的老校长是傅斯年，他是“五四”健将，那时也办《新潮》，我说校长在搞这套，我们也来，好像是对当时的那些文学的一种不满，觉得说我们是战后的第一代，我一九三七年生的，刚好中日抗战停了，国共内战完了以后，等我到大学时是第一代，过去的世界通通崩溃掉了。台湾也是，台湾籍本省人以前在日据时代，大家都有一种要寻找文化认同、寻找安身立命，精神上的一个地方。那时候社会比较保守，政治也高压，不过现在回头再看，还好，还有一个空隙让沙漠里的仙人掌还能够活、还能够再起来，让我们写。

许：当时有不同的仙人掌，您的杂志是一个仙人掌，李敖主编的《文星》也是一个仙人掌，然后陈映真的《人间》杂志也是一个仙人掌，你们三位是很不同的，当时您怎么看？

白：他们比较后面。

许：是，大概晚几年？

白：我们比夏济安先生的《文学杂志》晚几年，有点一脉相承。像陈映真本来是我们的作家，他有几篇最好的小说在《现代文学》上发表，我跟他也很互相尊敬。现在看起来我很高兴办了一个纯文学的杂志，追求新文学艺术。对于二十世纪三十年代、“五四”以后文坛上的互相攻击我觉得很不好，文学不是吵架吵出来的，文学是每个人在自己书房里很孤独的一条路，自己一个字一个字磨出来的，个人写个人的，你不可能去干涉人家要怎么写，自己写自己的，不要去管人家怎么写，很多人写的都不同。所以那时候办杂志，我们合而不同，很了不得，这一群诗人、小说家，最难搞的一群人，没吵过架。

许：真的？这很奇怪的，都是一群小伙子姑娘们然后在一起……

白：各有各的，他们都很厉害。没吵过架，怪不怪？没有说好像谁跟谁有派系了，真的没有。而且我们包容到不管是外省第二代、本省第二代，还有些大兵、海外归来侨生，通通融在一起。因为有个大前提：都是为了“文学”两个字。因为文学是大写的。文学放在那么高，所以个人的不同就微不足道。后来他们自己吵架了，发生乡土文学论战，我就坚决不参加。在乡土文学中地位很高的作家，其实开始都在《现代文学》上面写，不分这些的。我们只有一个标准：好文学跟坏文学。不管什么背景、思想，写得好的就是好文学，写得不好的就是不好的文学。

许：您办杂志的时候是二十世纪六十年代初，等到七十年代末再回台湾的时候乡土文学论战都开始起来了，而且文坛比以前变得不一样，非常活跃，您那时怎么看这种变化？年轻一代的崛起？

白：变化是必然的，因为社会在变，乡土文学开始是文学，后来变成意识形态，后来又分省籍了，那不是我们的宗旨，那是是非之地，后来也攻击《现代文学》……

许：必须要打倒老一代嘛。

白：我们这些作家从来没有回嘴，我们把住了一个，就是对文学的标准，我们几个编辑完全以艺术成就为最高，我们出第一期是介绍卡夫卡，非常modern，他的小说是德文写的。那时候有审查制，警备总部巡查来看，问我们编辑说卡夫卡是什么人？他跟马克思什么关系？我说太可怕，没关系，他俩年代也不同。

许：您第一次读卡夫卡什么感觉？

白：非常怪异，这么一个世界，可是一想的确是，他那个荒谬的世界跟我们现代的很多很相符。他有一本《审判》，不晓得为什么莫名其妙就被抓走了，也不晓得什么罪名，东审西审谁也搞不出他什么来，多现实，我想跟二十世纪的很多都很有关系，所以我觉得卡夫卡很了不起的，他用寓言式的来写这些东西。

许：当时台大外文系是一个非常奇怪的群体，就突然冒出来这么多人在一起，这东西很难解释。

白：我觉得第一，夏济安办《文学杂志》有影响的，我们开始投稿还跑那去投，夏先生给我们有鼓励的，可是那群也奇怪，王文兴、陈若曦、欧阳子……

许：都是群星灿烂的。

白：前前后后，像陈映真、施叔青，他们是读淡江的，也都同时代，可能是战后的这群人要求新望变。

许：而且文学是唯一的表达渠道。

白：对，那个时候是我们安身立命的一个东西。

许：您去美国之后，因为换了地方、换了语言环境，会有一段明显地失语。从一个失语状态重新回到对语言有感觉，这个过程是怎么发生的？

白：刚巧也是几个因素。第一个是我母亲过世，对我的人生冲击很大，我跟母亲关系很亲，那种第一次碰到死亡、无常这种感受，可以说让我大吃一惊。本来我生活也是蛮平稳的，突然这么一来；第二个，突然到美国去，完全不同的一个世界，各种价值观、各种东西，让我心理上、感情上一团混乱，内心中天翻地覆，而且在他乡对家国历史感受特别深，看得比较清楚。所以我那时候在爱荷华虽然念的是西方文学、写作，但我常常跑图书馆借中文的历史书、现代史那些东西来看。

许：尤其在台湾看不到的。

白：跑去看那些在台湾看不到的，我要去找国民党到底怎么败的，国民党怎么会在不到四年在大陆被共产党打败？原因在哪里？于是到今天我写了很多东西都在追寻这个问题。

许：也是替父亲完成一个疑问。

白：对，跟我父亲历史的关系也使得我对历史非常地关切、感兴趣，所以看了不少书，中文、英文也看，看外国人怎么写这段。

许：这些因素慢慢交织在一起变成一个……

白：对，搅在一起。后来我有一本书叫作《父亲与民国》，不知您看了没有？

许：我看了。

白：我其实在想，在写《台北人》的时候，是以文学写历史的沧桑，等于是拿文学替这段民国史做一个注解。现在反过来，几十年后写《父亲与民国》，等于是《台北人》的注解，彼此的注解。

许：您写《父亲与民国》的时候，会想起自己年轻时写《台北人》的那种感觉吗？是什么样的感觉？

白：有的。《台北人》是以文学写历史的产物，《父亲与民国》

是以历史写历史的沧桑，这两者其实是相通的。现在回头看，《台北人》的背后其实是《父亲与民国》的历史架构在那里，当初不知道自己怎么会写出那些人来，现在回头看，因为有这段历史，才有那个产生。

许：您那么年轻写了《台北人》，它真是一个 masterpiece，后来您会有比如说我很难再写出这样一个东西，或者说有一个更大突破的焦虑吗？

白：有啊，整天想。因为自己已经写出这个来，不能再重复，那个梯子自己爬得那么高，又不能下来，只能往上爬，难的。所以后来就写了《纽约客》系列，另外一个世界，跟《台北人》蛮不同的。

许：但也是某种延续。

白：也是延续，我总觉得中华民族文化崩溃以后，总有心灵上、灵魂上的漂泊感，没有像西方人心里头那么安稳。甚至于法国人，它亡国多少次，被日本、德国打得鼻塌嘴歪，但你到法国去，他说我有罗浮宫；大英帝国没落得一塌糊涂，你到牛津大学去，英国人那种派头，为什么？它有莎士比亚撑着它。按理讲我们也有李白、杜甫，怎么搞得整个大传统一下子好像跟现代接不起来了？

许：您觉得什么原因呢？

白：原因很多。所以我在《红楼梦》里讲，乾隆盛世也就是中华文明衰落的起点，曹雪芹这个人一定不是凡人，他那种直觉的敏感，他写的不仅是贾府的兴衰，宝玉的一生、出家。我觉得艺术家有一种敏感，对整个文化、历史、传统，有第六感的直觉。《红楼梦》讲秦可卿死了变成鬼，贾家兴盛了百年，有一天要树倒猢狲散，我想他看到乾隆表面的那种繁荣，心里已经意识到这个荣景有一天会往下降……因为他受到佛家影响很深，对人世间的枯荣无常，感受一定深得不得了。所以我觉得《红楼梦》是一首史诗式的挽歌，在哀婉不仅是十二金钗，而且是整个文化系统，所以我说《红楼梦》是十八世纪乾隆盛世以下，中华文明衰落的一首天鹅之歌，这样看这本书才大。《红楼梦》以后就没有一本书，连达到它一半的高度都没有，我们整个民族的creativity突然就衰竭了，不光是文学，各种领域，我们的绘画、陶瓷，乾隆以后通通往下走。《红楼梦》那种高峰到现在还没有一种艺术创作、文学创作、文化创作高于这个。所以我觉得它唱出了最后的挽歌，因此才那么动人。李商隐真的一首诗就写尽了晚唐，“夕阳无限好，只是近黄昏。”大概我自己也深有所感。

许：所有伟大的东西，它有某种共同存在的缺陷吗？《红楼梦》是什么呢？

白：《红楼梦》写得太好了！

许：白老师，不能这样。（笑）

白：人家写不过它了！

许：所以您在《红楼梦》里读不出任何的缺陷来？

白：当然不是，小的地方，因为它有抄本上的争议，这个不算，一定要讲它坏话，我都勉为其难讲不出来，对我来看这本书太了不起了，所以我叫它“天下第一书”，他怎么会写得出这本东西来？

许：您说它是“天下第一书”，您觉得它比莎士比亚或塞万提斯这些不同地方的经典，高在哪里呢？

白：我想以小说来说，第一，内容要丰富，思想要深刻，文字要优美，还有结构……西方这种经典的东西很多。以我的标准说，一本小说最高、最难的标准——它能够达到雅俗共赏。像《红楼梦》，有非常深刻的思想，儒家、佛家、道家，很复杂的结构，仔细分析起来，不得了的复杂，那些神话、寓言、象征，说都说不完。它还有一点跟别的不一样，它好看！你翻到哪一回看下去，真的都是雅俗共赏，贾宝玉初试云雨情好看，贾琏那回也写得好，多姑娘这种很俗的东西也会写。写宝玉出家，拔得那么高，降得那么低，来去自如。这在西方小说还不大做得到，我最敬佩的几本东西，像《战争与和平》《卡拉马佐夫兄弟》、普鲁斯特《追忆似水年华》这些大东西，他们有的讲得深刻，《战争与和平》讲安德烈要死了，一大堆哲学的东西，多少页！

许：开始说教。

白：就讲了半天上帝，《卡拉马佐夫兄弟》这本书真的了不得，写得惊天动地的一本书，可是你能随随便便看它吗？

许：绝对不能那么翻开一页看。

白：不行的，要正襟危坐，吃力死了，看完你一身汗，那个很了不得，很深刻，也很难。不像《红楼梦》，好看！这一回好看！刘姥姥好看！它有这么琐琐碎碎，这么平常的生活，百万字写这个东西，厉害吧！你说这种东西要好看，难。西方狄更斯的东西也很好看，人物很凶，但他少了一点，境界没有高起来，到底在取悦一般的读者，有点说书式的那种……

许：没有那个超越性是吗？

白：没有超脱。像简·奥斯汀也很会写，写那些少奶奶摇摇扇子，但也缺乏这部分。像托尔斯泰就高，陀思妥耶夫斯基高得不得了，上帝、神，可是又下不来，还有什么丫鬟、小子，写不过曹雪芹。

许：所有伟大的文学作品都跟它背后的民族、文化特别相关，也是某种原型。我看塞万提斯，他要冒险、远游；德国小说内心那么多挣扎，天人交战。中国这个东西是什么？您怎么描述它？

白：其实它很深刻。那个佛、道思想很要紧，儒家思想也是，这三家思想其实混在一起，互相很紧张，常常在斗，这也是中国人的基本哲学，青春年轻的时候是儒家，争取功名，儒家的变相；到了中年，大概有些被斗掉了，或者是贪污被抓、股票折本、位子也掉了，什么老总也没有了，这时候道家来了，退隐了，喝普洱茶、弹古琴去了。到了晚年，人生突然好了，佛家来了。是儒、道、佛，中国人大部分走的一个过程，都在里头。

许：这么多人、这么多斗争都发生在一个封闭的大观园里头。

白：最后就了悟，这东西他写得真好，其实每一个小场景都暗含这些，如果没有背后这个思想的话，这本书撑不起来。

许：但您受影响的“五四”传统，“五四”一代最喜欢批判封闭在一起的这些东西，您现在怎么看呢？

白：批判坏了，所以他们写不好，他们一来就是封建家庭，整天去骂那些东西怎么能真的了解呢？

许：所以您在台大的时候对“五四”传统就是这种感觉，还是后来慢慢发生了变化？

白：我一向这样的。中国大家庭问题多得不得了，那里面也是，这都是人性啊。中国人一向不都这样子吗？到现在也不都这样子吗？什么时候改过？没改过，改不了！

许：所以“五四”那一代知识分子也好，思想家也好，作家也好，他们就想中国人应该变成现代人，他们最想做的，变成更个体的、摆脱家庭的这种努力基本是不可能的，您觉得是吗？

白：抛掉这个家庭，另一个家庭来了，另一个父权来了，把这个爸爸打倒了，另一个爸爸来了，更厉害！

许：二十世纪就是这样子的。

白：更厉害，这就是中国人。我说曹雪芹的伟大，他包容一切，曹雪芹不是写坏人、写好人，他是写“人”。我们现在想这个是坏人、那个是好人，他不，他只写“人”，人都有好坏在里头，所以他才那么包容，他是以大悲之心来看。我的书引了奚淞在张掖丝路一座古寺里抄来的对联拿来做《红楼梦》的总结。它说“天地同流”，指空间，这么大的宇宙，“眼底群生皆赤子”，就是曹雪芹眼底看到的，你们都是人，都是赤子。下联说“千古一梦，人间几度续黄粱”，就是最后《红楼梦》的样子。所以曹雪芹有大悲之心，他看每个人都用一种怜悯之心，没有什么偏见。贾琏除了好色以外就还好，不算坏，而且还蛮好的，最后还把平儿扶正，我觉得他还算有良心，就是太好色，这也没关系，好的男人都好色的，这不是大缺点。所以曹雪芹能够容忍这些，但是在容忍之中他又分了很多，像贾宝玉对于女孩子跟贾琏对于女人，层次不一样。对情、对女性的看法，就是他高的地方，他有精神生活那一面，要都是多姑娘那不行，变《金瓶梅》了。

许：您一直都在讲《红楼梦》和《金瓶梅》之间有很大的关联，等于是从晚明开始那套话本小说，这个演变过程您给我们讲讲好吗？

白：这个过程中间有一百多年快两百年，像《金瓶梅》的手法，尤其对女性，我想是影响了曹雪芹。但曹雪芹有三个哲学在后面，很深厚，顶在那个地方，是一种暗流，《红楼梦》的发展大概都跟这个扣环扣上，有哲学上的高度。《金瓶梅》没有，因为它就是写实，最后投胎、佛家，胡扯敷衍一下，前面写得太厉害了，把人的肉体的现实写到顶，变成只有在“肉身”的这个身。人不是的，人有高一层精神上的、生活的，可能《金瓶梅》的作者受佛家的影响不深，曹雪芹在佛道上、宗教上比较深，而且对女性看法，恐怕汤显祖对他影响还大一点，杜丽娘恐怕还是林黛玉的原型。

许：这么讲真是。

白：对情的追求，死去活来这种。不过杜丽娘死了还活着回来，我们林姑娘死了回不来了。汤显祖的《牡丹亭》，还有另外两个佛、道的，一个《邯郸记》、一个《南柯记》，这三本东西对他思想上的影响更大。

许：还想问您，比如说回到晚明清初，《金瓶梅》、汤显祖那个时代，一个巨大政治历史转变的时候，晚明的繁华其实跟政治上的压抑有很大关系，好像变成某种逃避的方式，您怎么看这种逃避？

白：晚明就是《金瓶梅》的产生时代，跟当时的哲学也有关系，王阳明、李贽，心学的泛滥，对于人的情跟肉身的大解放。

许：其实有点像文艺复兴那种感觉吧？

白：对，有点那感觉，对人体的认识，承认了人的欲望、人体的现实，什么《肉蒲团》《金瓶梅》，还有一大堆都是那时候出来的，另外一边有《牡丹亭》。《红楼梦》这么讲吧，它是《牡丹亭》跟《金瓶梅》的结合，合起来产生它的源头。它里面引了《西厢记》《牡丹亭》好多次，也引《邯郸记》《南柯记》，可见对这些熟得很。曹家有戏班子的，他祖父还写传奇本呢，所以我想曹雪芹除了诗词歌赋另外一个了不起的地方，就是他真的继承了中国文学大传统。

这本书必须是在乾隆时候产生，在乾隆时代前面，唐诗、宋词、元曲，诗词歌赋下来，然后，明清小说，这时候《牡丹亭》《金瓶梅》也出来了，才轮到《红楼梦》，早一点时候没有《金瓶梅》，没有《牡丹亭》也不行的，出不了这本书。晚了也不行。他们算了一下乾隆盛世的GDP是全世界最高的，人口最多，乾隆帝国的那个气派，外面看来这么大的东西。这本小说绝不可能在道光年间写成。

许：衰世就不行了。

白：不对了，氛围不对了。一本书它是受时代影响的。

许：您在一九九〇年有一次接受访问说，如果再想写小说的话，就写一部《红楼梦》加上《三国演义》。

白：哈哈哈，这是我大言不惭。

许：您讲讲当时怎么想的？

白：我想一九四九前后这个大历史，不就是《三国演义》吗？我看了一些大家族，包括我们自己的那种起起伏伏衰落，不就是《红楼梦》吗？如果这两者合起来，就应该是本大小说，常常有这个梦。

许：尝试去写了吗？

白：尝试，也搞得写不下去了。我希望是还可以写出来，小规模一点吧。

许：《三国演义》对您的吸引力大吗？

白：也大。那种“青山依旧在，几度夕阳红”历史的兴衰、沧桑，到了最后很难过的，魏、蜀、吴，这些英雄都纷纷走了，掩卷长叹这种历史沧桑。

许：我一直觉得您非常有趣，一方面非常个人化、非常敏感地面对世界的方式，真的是从边缘来看东西、看问题；另一方面又是对巨大的历史风云特别感兴趣，这两种之间的关系对您来说是？

白：我都感兴趣，我处于那个时代。

许：想问您的就是，您觉得这个“风云”和“风月”之间的关系到底怎么回事？

白：我觉得一本好文学，两个都有最好，又有风云又有风月，两个都离不开，都是人生的现象。

许：中国为什么这两者好像特别密切？

白：特别密切，而且历史悠久，真是“青山依旧在，几度夕阳红”。中国的历史那么复杂，我想值得去写，但是中国人的人与人之间、家庭烦得很，父父子子扯不清，因为中国人很重“情”字，一切麻烦也是由此而来。我在美国住，他们倒干脆利落，早就准备不牵扯，走了就走了；那些子女也是，不高兴，拜拜，走了，他们的家庭关系相对简单，但也有他们的问题，只是没有我们那么牵扯。

许：您觉得这种牵扯是永远不可能破除的？

白：难啊，从家庭就是，我们家国家国，从家庭就变成国家，也是这种复杂的关系。

许：您期待变吗？期待变成比如个人真能够独立出来？

白：我想二十世纪的中国人一直在朝这个方向，向西方人学习“个人”。当然，西方人了不起，经过了文艺复兴，经过了这样革命、那样革命，好不容易挣扎出自己的独立思想。独立是好得多，但是也有问题，他们那么多人自杀，像瑞典、瑞士这种地方终身不愁的，都是国家养你，它的自杀率却最高，真奇怪，人很难弄的，太自由、太孤独也不行，美国好多疯子，没人讲话、没人理，太个人了。而且你跟别人诉苦没人听的，觉得你自己的困难受苦你自己去理。

许：那时候在美国教书二十世纪七十年代的时候没想搬回台北吗？

白：那时候没想回来，我想就是美国自由。我创作，要绝对的自由，要不受任何干扰，这是其一；第二，我那时有一份很稳定的工作还算轻松——教书，我们系很小，我那些同事，尤其是我的上司，对我宠爱有加。

许：您到哪都是贾宝玉。

白：他对我宠爱有加，好得不得了，尊重我的写作，很爱护我，我跟他坦承我有坏习惯，写东西、看书，有时候一搞就是天亮，到现在我早上都不能活动，爬不起来，几十年坏习惯。我那个上司最好，跟他秘书说早上不要打电话给白教授，所以我的课都排在下午，教书那些年也算是给我个比较安定的环境，圣塔芭芭拉，一座小城，没什么干扰，很清静的。

许：到二十世纪八十年代初您回台北开始做舞台剧，包括做电影，因为以前小说写作是个孤立的艺术，突然要变成一个群体的行为，从纸上到舞台上，这个变化是什么样的？

白：这是偶然的。怎么偶然法呢？我第一个舞台剧叫《游园惊梦》，一九七九年香港政府有个文学周，《明报》月刊的主编胡菊人请我去做了个演讲，我讲了关于"五四"的社会意识与小说艺术，对"五四"、二十世纪三十年代一些大作家有褒有贬，然后香港大学的戏剧系就把我的《游园惊梦》改成了舞台剧，广东话，改得蛮好，完全跟小说一样，那个钱夫人演得蛮好，独白啊，广东话我听着也蛮动人的，这给我一个灵感，我自己写了以后用普通话来演。我们的女主角后来也变成很好的朋友，卢燕不是常常演老佛爷之类的？

她其实是很好的一流演员，正是盛年的时候，我觉得钱夫人就是她那个样子，量身打造。后来我就写了一个剧本，开头请他们演，越搞越大。第一次就是一堂很有名的明星来演出，卢燕、归亚蕾、刘德凯……还有些硬里子的老演员。那是我第一次做制作人，我没晓得哪里还有这个能耐，我得自己一个人先写东西，那时连记者访问都不要，反正写自己作品就可以了。我本来就爱昆曲，借着这个我还能上去唱几段昆曲，卢燕会唱昆曲的，而且里面还有京剧，胡锦的母亲就是个名伶，胡锦会唱，唱得很好，青衣也有了、花旦也有了，我们那时候雄心越来越大，就把昆曲的乐队、京剧的文武场搬到舞台上面去，两边这么一敲、那么一敲起来了，真的到那时唱大堂会的样子。最特殊、最不可思议的，我说我没钱的，你们来通通是义务的，那些大明星因为听说有戏演也不计酬劳，现在怎么可能？那时他们都是一些有名有姓、有头有脸的明星，都没拿酬劳。我搞义务东西搞惯了，编杂志也是，稿费、编辑费都没有，拿艺术做号召，你们演戏来过瘾，给你个好戏演。我们制作费很高，酬劳给不起，一个明星大概都弄光了，编剧、导演都没有拿酬劳，但是制作、服装、舞台，花好多钱，非常讲究，还有一段电影。我们还有个录像，录得不好，那时候条件不行，香港替我出一本书叫作《游园惊梦二十年》，有附演出光盘，您找来看看。

许：所以您就要调动这么多人，跟不同的人打交道，一下就激发出来这些东西是吧？

白：她们演的这个夫人那个夫人，夫人们难弄的，各个没有酬劳，各个就要抢戏，要多演这一段、那一段。胡锦戏多，给她唱京戏，唱《贵妃醉酒》，四平调，两段戏后面太长了，于是我就剪掉，一剪跑到我这来，两滴眼泪，那怎么办呢？又给她加回去，这一加，麻烦了，归亚蕾也要加，东加西加的，我们的戏长得不得了，过瘾的，好玩的。

许：然后就发现您对付她们有很强的天赋是吧？

白：有，我怎么搞得我不知道。

许：您父亲那一面就暴露出来了是吧？

白：对付这些东西好烦的，开头还不准我演。他们不知道哪听来的，因为女主角是钱夫人，将军追戏子，说我影射高层，我哪影射高层？我写的时候脑袋里根本没这些。我的做事风格有点像我父亲，不罢不休，一直要到底，一定要做成，不晓得哪来这么蛮劲，广西人大概有点蛮。我盯着盯着，后来他们也开窍了，背后也有很多人帮忙，我有几组军师。

许：舞台上那种满足感跟写作上的满足感有什么区别？那么多人在一起。

白：那么多人在一起，热闹，还有一点，小说里边那种感情，卢燕演得真好，她把钱夫人的沧桑都演出来了，最后几段独白演得好极了。一演，哎呀，很像我小说里那种感觉具体到舞台上那种味道。所以这一来演得轰动。我想几个原因，第一，好奇，本来《联合报》跟《中国时报》对立的，你做了什么我就不做，是这样子的，后来很特别，两个报纸集团都支持，所以天天整版整版地秀，把观众的热情提得好高好高。而且他们演得实在是很成功，反正就是轰动得不得了，到今天还有人在讲这个。

许：后来您又做电影，那么舞台和电影之间又有什么样的区别？

白：又大了，这个《游园惊梦》的故事还没完呢。演完了以后一九八八年又跑到大陆广州，几个单位合起来，女主角是上昆华文漪，她现身说法，还有一两个上昆演员；导演是上海青话的胡伟民，他蛮有才的，可惜走了。文学顾问是余秋雨。后来在广州演了十八场，俞振飞也去看了，人生只能有这么一回吧……哎呀，坐在我旁边，小时候都看他的戏。后来变成舞台剧，我做梦也想不到有一天会有这种事。上海也演了十几场，两岸都演过，完全不同味道，因为华文漪会那套。

许：两边的反应呢？比如说台湾观众和大陆观众？

白：这边也强烈得不得了，因为好久没有看到穿旗袍了，那些夫人们唱戏，旗袍都很漂亮很美的。

许：那演员的诠释与表现呢？

白：表现当然是台湾那一台戏的演员经验、人物、揣摩方面比较接近；而大陆那边，华文漪她自己是昆曲名伶，所以她对昆曲那么两下子，让人觉得这个可信，就是昆曲演员。导演的手法也跟台湾不一样，所以有不同的感受，有的演员演得蛮好的，观众反应都热烈，大概是因为好久没有看到这种戏了。而且这个更动他们的心，因为他们知道这是中国文化，那个时候民国范儿。

许：我估计上海人会更有感触。

白：上海人更喜欢，更懂。蛮好玩的，忘了哪个大学后来出了一本关于在大陆演出的书，收集了所有资料，台湾也有台湾的《游园惊梦》，是两本东西。

许：您说说舞台到电影是什么感觉？

白：舞台好像有一点曲终人散的味道，演完了以后空空一个舞台；电影好玩的，一九八二年我搞《游园惊梦》，一九八四年他们找我拍电影，第一个就是《金大班的最后一夜》，他们看上金大班，选择对的。金大班那个故事蛮有意思的。我没搞过这些东西，我喜欢电影，也爱看电影，看了好多电影，好莱坞，欧洲，日本电影都看的。所以电影我也试试看了，金大班那部我参加编剧，有编剧小组，那时候我不懂电影的行规，我以为这是我的电影，我什么都得管。后来好玩得很，跟他们签约，我晓得金大班这个戏通通靠女主角，从头到尾从二十几岁演到四十几岁，完全靠她，如果女主角选错就完了，选角最要紧。反正我跟第一个电影公司签约有一条就说“女主角人选没有原著作者同意不可以开镜”，那时候我很强势，你要来拍我的电影，就要我同意女主角。这一条下去，他们选角了，那时候只有港台，选来选去我觉得都不对，金大班蛮麻烦的，第一，海派上海人、经过百乐门那种，在台湾，身上要有点风尘味，还要有派头的风尘味，不是俗气下流的那种。金大班是上海百老汇的红舞女，上海 party 的派头。其实那个电影很经历沧桑，要各种味道都有，难。东选西选我都不同意，最后电影公司受不了了，他们干脆就不理我，自己选一个，因为我那时快回美国教书了，我说不行，就跟第一个电影公司解约了。后来第二个公司，在香港、台湾都蛮有名的，我这条规定也是在里头，我又来选，天天排名，大班她不是普通舞女，舞女好选，年轻的、漂亮有派头的，要有那种大班味道，不容易选，选来选去他们也头疼得不得了。有一天我看一部香港电影叫作《夜来香》，徐克导的，两个女主角一个是林青霞，大美人；另外一个姚炜。我一看她们两个人出场，女主角是林青霞，这个姚炜出来，她镇得住台，演员很奇怪的，我的话剧还有我的电影（主角）都是我选的，昆曲也是我选的，我也大概有点直觉，因为是我创造的人物嘛。我看到姚炜有那种派头。后来一打听，她就是上海人，而且她的身世很像，她在台湾的歌厅也唱过。后来姚炜演，哎哟，真是活脱脱的金大班，妙啊，演得真像真有味道，当然今天才讲选对了。还有那首《最后一夜》，蔡琴唱的，也是我弄的，很耐听，讲起来故事多得不得了。

许：您讲讲片子里的主题曲《最后一夜》，这个太好听了。

白：我看片子最后一幕，她不是跟一个年轻的男孩子在跳舞吗？跳舞就想起了从前跟她的年轻爱人那一段，应该是最动人的时候，那支舞要紧，他们最后一二三、一二三，我想主题曲也要紧了，谁作曲？我有个好朋友叫樊曼侬，是个音乐家，她告诉我台湾有个年轻人很棒，陈志远，后来很有名，那时候还不出名，编曲而已，但是樊曼侬告诉我他行。我就半夜三更十一二点跟樊曼侬跑去找他，跟他讲你这作曲，第一，就是华尔兹，三步，转转转那个；第二，要有怀旧的感觉；第三，要有失恋的味道，他懂，所以有些年轻人很敏感，三天就出来了，我一听到那个 melody 就说对了！这个曲已有了，我就找慎芝来写词，慎芝也写过台湾的好多歌，她以前在上海舞厅，先生在舞厅乐队做过，她懂得不得了。

许：踩不完的恼人舞步。

白：这词很对。好，唱的人要紧了，光是音乐、词，唱不出来也不行。我第一就选中了蔡琴，因为她声音低，这个一定是低音。本来开始电影老板黄卓汉不信我的话，那时候讲姚炜他已经不信了，为什么呢？姚炜那时在香港演了一出电影，演一个女考古学家，完全不对，票房一塌糊涂。我一提到姚炜演金大班，黄卓汉老板脸都绿了，直说票房毒药，我说不是，我说谁演谁红，这个戏只要形对就行了。那么蔡琴呢？他本来要邓丽君唱，我说邓丽君是个甜姐儿，唱得好，但是声音不对，没沧桑感，我坚持要蔡琴，正好她那时候刚跟第一个未婚夫崩掉，所以在录音的时候，一唱唱得泣不成声，后来一唱出来，你听到的就是那时录的，录了以后她再也唱不出那味道了，绝唱！后来她也在电影里尬一角，当歌女，这歌还得到了金马奖呢。

许：咱们先缓缓，听听《最后一夜》再讲，给您听听，应该有蔡琴的版本。

白：要原来那个《最后一夜》，她后来结婚了，结了婚以后再演唱，我去听，那个味儿没了。

许：是吗？那可能真的没有那个《最后一夜》，我现在只有这个《最后一夜》。（播放歌曲）

白：您喜欢这首歌？

许：爱死了。

白：那个有点沧桑的，有点那个味道。

许：我以前有个台湾女朋友，我们分手的时候，她在电话里给我唱了《最后一夜》。

白：哎哟，这个太应景了。

许：特别应景，爱死这首。

白：后来得金马奖，那年我回台湾的时候，到处都放《最后一夜》，卡拉OK、计程车，都在唱，尤其是新年除夕的时候到处都是。那个歌很耐听是吧？不晓得您有没有蔡琴的那个CD？

许：找不到，我很难找到。

白：现在很难了。那一张上面录的歌都很好。

许：您说为什么“沧桑”这么有魅力呢？怎么分析这个东西？

白：沧桑，要经历过、懂得沧桑的人听才有魅力。你说小伙子小女孩，他没沧桑听了没感觉的，总要自己有了沧桑，听着才够味。台湾的歌你一定很熟？

许：对，我蛮喜欢台湾歌的。

白：有的挺好的。

许：您还喜欢哪一首？

白：我喜欢那些老歌，现在这些歌我一个都记不住，melody 都好像不对。

许：审美发生好大的变化。

白：不过我前年做了一个舞台剧《孽子》，主题曲《莲花落》，台湾的陈小霞作曲，请杨宗纬唱，他的声音有沧桑感，把整个剧的味道提起来了，很好听。

许：您说曹雪芹那时候听什么歌？听的是昆曲还是什么呢？

白：《红楼梦》里面好多昆曲。

许：他小时候应该就是听昆曲。

白：曹雪芹有个亲戚叫李煦，是曹家的表亲，在苏州也做织造，这个织造家里面经常唱戏，都有家班子，他儿子李鼎还自己去票戏，曹雪芹曹家常去姑苏听戏，你别忘了林妹妹是苏州人。

许：刚才您说到《孽子》这部小说，当然是您个人情感和经历很多、很重要的一件事，一个表达，可能是当时最大的挣扎，这本书写出来后，您当时身上关于这个问题的挣扎是一个巨大的释放吗？

白：同志议题在那个年代还是禁忌，而台湾对同志议题，第一，没有法律；第二，社会上还算宽容，比起大陆或是有些亚洲国家还算宽容，但也算是禁忌，不大讲的。但是我写这个是因为有这么一个看法：文学写什么呢？不外乎人性、人情，凡是属于人性的，都可以写、应该写，那么同志、同性恋这种议题从古到今都存在，而且虽然永远是少数，但你说少数5%，或哪怕是2%、1%，也有一大群人，他们的处境、感情也是人性的一部分，从古到今都是，所以也值得写。写人性的事情，美国剧作家田纳西·威廉斯的《欲望号街车》那些我都蛮喜欢的。他有一句话说：Nothing human disgusts me。他说凡是属于人性的我都不会厌恶，所以那时候我就是，要么就不写，我想文学，尤其小说是个很严肃的创作，绝对第一要百分之百的诚实，对自己诚实、对读者也诚实，真正心里面觉得应该怎么样就写出来，这就是作家神圣的使命了！

许：这种事情困扰您自身吗？当时对一个在台北长大的少年。

白：一定的。在青少年长大的时候突然发现自己跟别人不一样，有种孤立的感情，但我想我对自己的感情蛮有自信的，我不会去贬低它。

许：在当时的环境下很难的，这个自信怎么来的呢？

白：那时候别人没写我就先写了，写完没多久有一个访问，那访问我最后该讲的都讲了，恐怕是第一个作家、第一个人公开这么讲、讨论这件事情，而且是在Playboy《花花公子》杂志上。访问的蔡克健曾留学法国，态度很好。那时候还是很敏感，但是我认为同志议题是个很严肃的题目，讨论起来不能很轻佻，因为我自己对这事情不轻佻。

许：而且也不应该轻佻。

白：所以我写小说也是很严肃地写，写完了以后当然很有意思，文学界、批评界，一点声音都没有，一片寂静，因为可能不晓得怎么定位这本书，很难处理，所以有蛮长一段时间沉默，后来才渐渐发现了。这本书影响还挺大的。

许：鼓舞了好多人。我一个特别好的同事搭档，他是一个重庆小伙子，青少年时期看了《孽子》，对他的人生有很大的鼓舞。

白：是，影响蛮大的。后来加上影视是很厉害的，它拍过电影、电视剧，后来舞台剧，所以三度变形，都有一种突破性。尤其电视剧影响大，拍得也挺好，曹瑞原导演我跟他很好，我说要是拍得不好的话我拉你去跳海吧！弄得不好的话很难看、很尴尬的，也很难拍好它，就照实拍，不必夸大也不必避讳，该怎么拍就怎么拍，后来拍得真的不错，小说里该怎么讲的都拍出来了。这之前一九八六年有个电影，可能也是当时讲同志的第一部，那时还是第一次拍，不过被新闻局剪了好多刀，所以有点不完整。到了二〇〇三年，社会变动很大，同志小说得百万大奖这种事情也发生了，台湾在变。

许：您觉得这种禁忌和压力是不是对创作本身反而是一个特别大的促进呢？

白：可能，越是禁的那一块你越想要，后来想想我写了好多小说，由一开始的《玉卿嫂》，都是蛮犯忌的，我写《玉卿嫂》的时候二十一岁，可能在我的骨子里流着触碰禁忌的血液。

许：其实很小就有反叛性了？

白：有的，一个人不能以外表来谈的。这本书出来后加上电影、电视，公共电视拍的，等于社会的了，而且八点档，那是大大的突破，到每家的客厅里去，影响力就大了。大到往上反应都很强，扩散了。

我举几个例子，一个例子是我告诉我的朋友，一个女孩，她是同志，她母亲不谅解她，母女一年没讲话，电视出来以后，妈妈看到了、感动了。所以艺术这种东西它的感染力、说服力很大的，再后来就跟女儿和好了。还有一个蛮有意思，有个爸爸，他有个男孩，有着同样问题，离家了，本来两父子大概顶起来了，后来离家了，爸爸看了电视剧大概也受感动，就要他们在电视上面弄个小标——“你回来，爸爸了解你了”。

许：好感人啊。

白：其实我们的文学有这个传统，以前也有很多人写，《红楼梦》里面就很多，其他小说也有，真正写得很有名的是陈森的《品花宝鉴》。所以我想从《品花宝鉴》到《孽子》，中间也一百多年，有一百多年支撑那些，《孽子》当然不是二十世纪第一本，我真正比较严肃、比较成熟的应该就是这一本吧。所以后来很有意思，我前年在弄《孽子》的舞台剧，《联合文学》跟《印刻》都做专辑，请了很多年轻的作家来谈，他们都说看了《孽子》对他们启发了，有点引头。在我看来，《孽子》那个舞台剧我觉得最成功的是用了现代舞蹈来表现中间几段，剧本其实是一位剧作家先写了，后来大部分由我改写，也还是曹瑞原导。阿凤跟龙子那一段，因为用舞台剧写实的地方难搞、难弄，我说就用抽象的现代舞蹈来表现比较容易，果然，这中间演阿凤的舞蹈家，是太阳马戏团的明星，会飞的，他爬上去彩带真的像飞起来，好有意思。电视剧已经蛮感人了，好多人看了哭啊，但是舞台剧更不得了，那个舞台真的有点邪门，我觉得好像电流就在这，好多人看哭了，我想那哭的人不见得跟同志有关系，是触动了人性，这个最要紧。对艺术、表演，你触动真正人性的根本，父子、母子的感情，还有兄弟的感情，爱人、情人之间的感情，这些“情”字触动了这些东西，所以《孽子》其实在某方面也非常严肃地讨论了中国人的父子关系，我刚刚也讲过了，中国的父子很麻烦很复杂的，所以这一来它的影响力就挺大的。有时我在大陆的大学里演讲，或者在别的地方碰到一些人告诉我：“我看过《孽子》的电视剧。”我说你怎么看到的呢？他说很多盗版啊，我问那个盗版清楚吗？他们说好得很，跟原版一样。

许：应该给很多人带来抚慰。我记得当时也在《孽子》前后您接受法国杂志访问，问您觉得文学是什么？您不是说把内心的痛苦变成……您写过这么一段话吗？

白：对。

许：您现在还有这种强烈的内心痛苦吗？

白：我写的不是自己内心的痛苦，那是法国《解放报》问好多作家说“你为什么写作？”我很直接就答出来，我说我写作是因为“想把人类心灵中无言的痛楚转化成文字”。可能我常常察觉好多人都有一块说不出来的痛、那块伤，但因为他不是作家，不能用文字表达。我想其实对人生痛苦的了解很多人不见得比文学家少，有时候可能还多，历经沧桑的多得是，懂得爱情的也多，有的政治家、心理学家可能对人生、对人性比我还晓得。可文学家有一样是别人所不及的：他们用文字把它写出来。所以我觉得一个文学家写小说，这就是他的使命，当然也可以写快乐，但快乐的时候又常常忘掉。

许：不会想要去写。

白：这点很麻烦，痛的时候想起来，有的时候你也不觉得；你没的时候、失掉了，才……

许：《孽子》之后您出的书就不多了，两本散文集，是不是这段时间快乐的时间太多了呢？

白：其实我还有好多故事，满肚子的话要写呢！

许：您还会感觉到强烈的写作冲动吗？

白：有，还是强烈，昆曲把我拖了一大段时间，其实现在《白罗衫》我也没怎么太花时间，他们自己弄、自己成长了。现在时间倒是比较多，该做的都做了，《红楼梦》也交掉了，父亲的传也写完了，我想如果还可以写的话再写点出来。

许：您想写什么呢？可以说吗？

白：我想还是人类心灵的痛楚，那个太多了。

许：《台北人》是一种痛楚、《孽子》是一种痛楚，现在最打动您，让您想写的痛楚是什么？

白：我发觉年纪大一点之后比较靠近佛家的思想，常常有很多无常的感觉，而且佛家早就告诉你人生就是无常的，再美的花都挨不过秋冬，越美的东西越不容易保存，彩云易散琉璃脆，久了、看多了，从家国到个人都是这种，我感受比较深的是这些。

许：在一个这么无常的世界里生活，人肯定需要一些更永恒、更确认的东西吧。您觉得这些东西能超越无常吗？是美、是情吗？

白：永恒的东西实在是少，不过我觉得还是艺术吧，创造一本像《红楼梦》这样子的，那就永恒了。

许：它超越了短暂性。

白：对，有些画家或者音乐家，使艺术变成一种经典作品，它能够抵得住时间的消磨，我们的《诗经》都几千年了……其他不太靠得住。所以汤显祖写《牡丹亭》，他要把情写成永恒、超越生死又回来，再往下走，就写《邯郸记》跟《南柯记》，那两场梦就是一场佛、一场道，发现人生原来是虚幻一场，在梦里面又有美女又有金银财富，醒来黄粱一梦。你看他开头，他也可能觉得《牡丹亭》是“情”到顶了。

许：对呀，在那里面情是一切。

白：到顶了，没办法走下去了！我刚刚在南开，本来下午约定跟宁宗一先生对谈，没弄成，晚上我怕同学们有点失落，就给他们讲讲《红楼梦》，讲到宝玉出家，我有一点的解释可能跟现在不太一样。最后一回宝玉出家的时候，向他父亲告别，贾政把贾母的灵柩送到南边去，回来的时候船破了一个地方，一个人在船上，下属上岸办事去了，突然间他看到三个人走了过来，一僧一道，中间那个人穿猩猩红大斗篷，别忘了，红这个字、这个颜色在《红楼梦》里有极重要的地位与象征意义。他说猩猩红，还不是普通红，英文应该是scarlet，艳红猩红的，他不讲袈裟。光头赤足，一看到他合十四拜，没讲话的四拜，贾政说，那不是宝玉吗？怎么这样打扮？宝玉脸上似悲似喜，他旁边一僧一道说俗缘已了，夹着他就走了，贾政就去追，那时候下雪，白茫茫一片雪地，他听到他们三个在唱“我所居兮，青埂之峰”，那种禅唱、梵音，或者叫圣歌（基督教说法），禅唱在唱着，三个人就飘过去，他追得喘吁吁的，没有影子，只落下白茫茫一片大地真干净。最后这个意象，那个雪一片白茫茫，掩盖了所有我们佛家讲的嗔、贪、痴、哀，七情六欲通通盖掉了，人生一切的最后通通洗掉了。但是想想，为什么不给贾宝玉穿黑斗篷，或和尚出家人灰的，为什么给他红的？我问过藏传、密宗，我们讲的“红”就代表“红尘”，红尘滚滚，“红”也代表一种热情，情感、炙热；佛教说，“红”也是代表“情”，所以我的看法是，贾宝玉他出家不是逃避、不是逃禅，林妹妹死了，看破。我想不只如此，他那个红好像是很沉重地背到身上，担负了人世间一切的情给的痛苦、伤害，背在身上走，因为这本小说又叫作《情僧录》。和尚应该没有情，在小说第一回就讲到一个空空道人，因为看破了，由色入空、由空转情，所以空空道人又叫作情僧，他拿的这本东西叫作《情僧录》，不要给作者蒙骗了，我认为那个情僧指的就是宝玉，为什么呢？因为那个情是他的宗教。

许：大红袍就相当于十字架是吗？

白：就是。王国维在《人间词话》里面讲李后主的词，说是以“血泪成之”，俨然像释迦跟基督担负了人世间的痛苦罪恶，我觉得这句话应该用在宝玉身上，一方面我说过宝玉的身世等于是佛陀前传、悉达多太子，他们两个人享尽荣华富贵，悉达多太子也是，他父亲甚至替他选妃子。后来他出门后看到人生的生、老、病、死、苦，就大别离，出家，为了成佛、为了世间这么多的痛苦，我想耶稣基督也是，背着十字架死的，上帝的儿子到世间来，为了要救赎世间人的罪恶、痛苦，我看宝玉最后那场背着那个情的十字架——就是红斗篷，走的。他并不是逃跑、逃禅。

许：这个解释确实有意思，我真是第一次想到。

白：是不是，你这么看我觉得更大了。

许：您觉得您会背着什么走？

白：哎哟，我背不动，我不会背个大斗篷，那个太重。

许：您希望有天看到白茫茫一片那种感觉吗？这个东西吸引您吗？

白：吸引的。我觉得那一段是中国文学里的珠穆朗玛峰，写得太好了！后来贾政回到船里，其他人也回来了，我觉得这一段很感人，政老爷本来很讨厌这个儿子，觉得他一无是处，怎么那么不争气，整天骂他、打他，这下子气喘喘去追他，突然他了解了，他说这宝玉生来就奇怪，含块玉，原来是历劫的，在凡尘十九年，哄了老太太十九年。那一下子，贾政对这个儿子了悟了、谅解了。《红楼梦》它的儒家入世哲学跟佛、道的出世哲学之间经常冲突，等于是显现在这两父子身上，贾政代表儒家，宝玉代表佛、道，最后父子一下子的谅解，等于是儒家跟佛、道之间有了对话的开始，所以那一场白茫茫一片大地真干净，虽然是他出家，那种感受似悲似喜，悲喜交集，很复杂的这一幕。所以《红楼梦》我觉得它是本天书，到处充满了密码，曹雪芹看这人世间就好像天眼。

许：像上帝的视角在看。

白：王国维有一句词，他到一个半山寺上面，听到一声磬钟，突然间他说："偶开天眼觑红尘，可怜身是眼中人。"曹雪芹看的就是这个，没有说他自己超然物外，你们还在红尘里滚滚，他是偶开天眼看红尘，他也知道自己可怜身是眼中人，他能用大悲之心来看世人，所以我觉得读《红楼梦》的好处就在这种地方，它有太多密码了，讲都讲不完，所以我称它是天下第一书！

许：刚才您讲贾政和宝玉父子关系重新理解的那一刻，那么您在给父亲写《父亲与民国》的时候，等于是重新理解他的一生，那时您对父亲的理解是发生很大的变化吗？

白：蛮大的，我后来去查他的资料、看他留下的东西，觉得怎么那么不理解我父亲，对他了解那么少！我才晓得他处境有多难，越来越敬佩他，从前还不觉得。爸爸嘛，就是身边一个人不是？离你很近的时候，你也看到他尴尬的时候、有缺点的时候，没看他在整个大时代里面，没能理解。

许：这种想理解父亲的冲动是什么时候开始的？

白：因为我年纪大一点了，我年纪轻、太幼稚，念大学的时候一心在搞杂志、写小说，爸爸给我们讲历史的时候我就逃掉，他讲他过去的辉煌，我们没那么大兴趣，我真后悔！如果我后来年纪大一点的时候记下来，那还得了吗？

许：您觉得爸爸试图理解过您吗？那一代是不是都很难理解子女？

白：我也蛮难理解的，人家不知道我的内心。我自己晓得自己蛮难搞的，不是那么简单就能懂，要强求我父亲真的懂我，那也难。

许：你们父子间的那种冲突或不理解像宝玉和贾政吗？

白：完全不像，他有部分理解我的，他看到我的表面，我用功、成绩好又向上，而且我犯错、做什么事情没让他知道！所以他看我是蛮乖蛮好的儿子，我也不坏啦！

许：如果父亲看到《孽子》您觉得会是什么反应呢？

白：他会大吃一惊，我想他知道我的性向。其实我在《孽子》之前就写了关于这方面的，我母亲也知道，父母对儿女有种直觉地了解，他们知道，可两个都没说，装，不提最好。不过他对我蛮器重的，这点我很感谢我父亲，我想我有些自信是从他那边来的，如果我整天挨骂挨打，要么变得很叛逆，要么变得很畏缩很自卑。

许：对那一代来讲他真的非常了不起。

白：很了不起！我那时候有点胡闹，保送后念了一半自己跑去重考，还不告诉他！

许：他评论过您写的小说吗？

白：看了些的，不讲话。

许：但他那代人是很尊重知识文化的。

白：他非常支持，后来我发现他建立了好几个学校，在他故乡给乡里边山尾村的孩子念书，因为我祖父过世早，家道中落，蛮困难的，他的哥哥，我的大伯、二伯，都没有机会念书，当学徒去了，他特别聪明，我祖母特别疼他，也最器重他；还有我的姑妈，他的姊姊都牺牲来供他念书，家穷啊！他的叔叔，瑟叔，就带他到他们八舅家，环境好，开当铺，弄了私塾学校给子弟，我父亲就去打馆，八舅势利，当着他的面跟他说："哎呀！念什么书，当学徒好了！"我父亲当时年纪小志气高，听了这句话，一辈子啊！瑟叔回去以后，他的叔叔就供给他在乡里边一个私塾念书，他终身都很好学的，小时候挨了那么一下子，记得入脑，他虽然是军人，在保定军校，他也看书的，背了好多古文。所以我们这伙儿女就惨了！那就是给他盯死了，他那么坏的环境你们这伙还不好好念书！所以我们家有几个念书念得不好的就倒霉了，家庭地位靠成绩单排位的。

许：那你是最好的吧？

白：我常考第一，我晓得要争取家庭地位就得好好念书，我两个弟弟惨了，大弟念书念得不好；小弟本来念书念很好的，后来不好了就挨打。我父亲跟我的关系蛮有意思，他尊重我，甚至后来我有点胡闹，念水利念了一年，也不告诉他就考外文系去了，先斩后奏，有些普通家庭哪能给你这样搞。我父亲有个长处：他讲理，你只要有一套理论，说理说服他，他听得有理的话就 OK。

许：去探索父亲的人生，其实是对岁月的一种感觉吗？包括您这么小就对岁月、时间这么敏感，您今年八十岁，现在对时间、岁月是什么感觉？

白：我现在感觉到暮年。

许：感觉到自己有暮年是什么时候开始出现的呢？七十岁？

白：我很早就知道人生有大限，对这些事情都很敏感的，我们孔夫子只讲了七十岁，八十岁他没讲！

许：那您怎么定义八十岁呢？

白：真正喜欢做什么就做什么吧！反正岁月也不多。而且这时候对人世、对人、对自己真的比较宽容，要求没那么严了，以前对自己很苛刻，一定要做好这样那样，现在放松点了，八十岁比较从容。

许：对死亡有恐惧吗？

白：有的，不过也知道这是必然的嘛。

许：怎么面对这种恐惧呢？

白：宗教蛮要紧的，佛家老早就讲好大概最后都是那样，所以也应该接受有一天就一定要走的嘛，或是希望上天仁慈一点。

许：这种对自己的放松会帮助您写作吗？您还想写新的书吗？

白：要啊！我觉得八十岁有个好处是爱写什么就写什么、爱怎么写就怎么写，写得好不好都没关系。你已经写过了，该写的都写得蛮多了，我想现在就是爱写什么写什么，这么一来我觉得可能八十岁……过得轻松一点吧！我只是心存感恩，上天对我挺宽厚的。

许：您有一个多么精彩的人生啊白老师，而且每个都实现了啊！

白：我觉得蛮宽厚的！就是顺着我爱做的事情，好像都也做成了，想想也觉得不可思议！

许：有没有特别大的遗憾？

白：遗憾总是有的！情感上的，还有些没做到的事，但回头想想，不能抱怨的。上天对我真是宽厚，要感恩。有了这个心就好得多，就没有什么怨。

许：您年轻时候作为一个特别杰出的小说家，后来做昆曲也好，做话剧、影视也好，这两种创作的快感应该是很不同的吧？那您会有某种遗憾吗？比如过去二十年一直在做昆曲的普及或复兴，它是集体性的，非个人的，但如果这二十年写出规模更宏大或者更了不起的小说，这种内心的犹豫会有吗？

白：有的有的，但是回头又想说可能上天就要我搞这个，怎么好好的我又做起这个来了？好像我的这一生就准备做这几件事情，不管是《牡丹亭》或者《红楼梦》，好像有个手在指导你这样走这样走……好像都落到我来弄，但是根本轮不到我搞这个！

许：这都是某种意外？

白：真的！甚至《红楼梦》这本书我看了一辈子，也没有真正想要把自己的心得搞个一千页的大书出来，这东西也是偶然的！我觉得我看了那么多年、教了那么多年，好像也是为这个准备的，出来以后让一些学生看《红楼梦》更容易一点，我替《红楼梦》做个注脚。这两本书是我这一生中最爱的两本，都替它们做了一些事，这也是奇怪，所以你不能不相信命运。

许：那真是。所以小时候去上海美琪戏院听戏，不是白听的，都是要还债的！

白：那一下碰到了，要还债了！我在美国教书的时候，还搞不出这个，《红楼梦》难搞的，我到了几乎耄耋之年才有这本出来。还有替我父亲写传，也酝酿了差不多二十年，那时候真是我一大块心事，好有意思的，我搞父亲的传好多年搞不出来嘛，有一天晚上梦到他了，虽然他是严父，他对我都是蛮慈祥的，但那天晚上他脸色不好看！

许：那是哪一年。

白：恐怕是六七年前吧！

许：梦里教训您吗？

白：我梦醒了，这个不好了，我父亲要我快点把它弄出来，弄了两本书不知道你有没有？

许：有的有的。

白：还有《关键十六天》，附了光盘，那是他蛮重要的一段历史。

许：非常重要，而且之前不太有人说这段。

白：没人说！台湾有意思得很，我父亲跟蒋的关系不好嘛，这段历史国民党就掩盖掉了，现在有些人把“二二八”当作政治题目来炒作，向他们有利的一边写，所以我父亲也不讲，在台湾还不太有人知道！

许：台湾也很少人说他。

白：很少说，其实台湾六十岁以上的人都知道，我回台湾的时候他们还常常跟我说，当年要不是你父亲到台湾来，那台湾人更不得了。后来慢慢我才知道真相，《关键十六天》都有根有据，写出来我觉得蛮要紧的，当然《父亲与民国》也是他的一生。

许：您处理历史或处理文学的时候反差感大吗？历史需要有根

据，在写作历史的时候那种感觉是？

白：我不是学历史的，我要恶补，历史我感兴趣，也看了好多，可是写父亲的历史不能随便写，事实是客观的，但我对我父亲的看法是主观的，不可能完全客观。当然我就是以我的看法来写我父亲的历史，肯定有人说“他替他父亲写的”，当然替我父亲讲话嘛，写我父亲也蛮花时间，前前后后二十年差不多，看资料、访问人，想想也觉得不可思议，一边搞昆曲一边又写父亲的传，东弄西弄的。

许：要让您选生活在哪个朝代您选哪一个呢？曹雪芹时的乾隆、汤显祖时的明末清初，或是宋朝？

白：我挺喜欢南宋的文学，它有那种雅到极致，后来又衰掉、亡掉了；北宋当然也很好，北宋还不知道亡国之恸！

许：那您想做哪个人物呢？

白：哎呀，我希望有曹雪芹的才气，那个是天才中的大天才！

许：如果浮士德找您做交易，有曹雪芹一样的才华……

白：出卖灵魂！我觉得出卖灵魂蛮容易的，浮士德要青春，谁不想要青春？托马斯·曼不是写了一本《威尼斯之死》，也是浮士德的主题，后来拍成电影，绝对要看，好极了！那么难，没有对话的。

许：对，没有对话，一直是跟着看着。

白：还用音乐，用那画面，太好了，绝对是维斯康蒂的masterpiece。

许：白先生我跟您接触次数不多，您在外人看来真是特别潇洒又让人感觉特别舒服，但是您又是一个内心那么敏感的人，好和坏、喜不喜欢心里都很清楚，这两种之间，一方面非常smooth，一方面内心特别有看法，这些都是怎么共处的呢？

白：我处在人世间，一定要处事，我有我自己独特的想法，完全personal，我很怕伤害别人，很怕别人痛苦、不愉快。但我还是有自己的想法，我也蛮固执的。

许：但是这两者可以相安无事？

白：对我来讲可以的！

许：年轻时候就可以吗？还是慢慢长大之后？

白：慢慢长大才会的。年轻时候比较孤僻。

许：您年轻时应该是非常典型的詹姆斯·乔伊斯《一个青年艺术家的画像》那种局外人、旁观者？

白：有点。让我选《红楼梦》的两个人，年轻时候是林黛玉，多愁善感，现在越大越变成贾宝玉，能够容人了。

许：这个转变是四十多岁时候发生的还是更往后？

白：小时候其实我蛮外向乐观的，我妈妈说我其实有点霸道，但是生了四年病把我硬扳过来，变得好敏感，肺病那时候人家都怕得避开的，所以弄得自己后来再回到人群中时非常不适应，是到大学以后开始办杂志才渐渐放开。后来教书就更加放开，也是一步一步成长，也有艰辛、痛苦的地方。

许：王先生给您很大的帮助？

白：他比较稳，学科学的，当然他也是很厚道、感情蛮丰富却理性的一个人，他稳得住很多事情。

许：是你的定风针对吧？

白：是的，如果没有他在后面掌舵，我可能一下子就触礁了。像我写《谪仙记》的李彤那样子。

许：原来您也有李彤那一面，极端的这种？

白：我想有的，年轻时候有的。

许：这真是太大的变化了！李彤多动人，我很爱李彤的，我觉得我们年轻一代人碰到她都会被她迷住。

白：是啊，我想蛮有意思，我自己回头看这一生，很感恩的是我碰到几个朋友对我真的很好，有几位知交，有时候我做人不见得那么周到，朋友对我都很宽容，孔子讲，交友，“友直、友谅、友多闻”，我都有这一类的朋友，朋友对我都真的蛮好，我蛮感激的。

许：白先生，我见您之前很紧张的！因为大学时读《台北人》，典范嘛，我那时就跟小朋友说，如果有人是文学艺术的化身，那您肯定是二十世纪为数不多的化身之一，但我觉得跟您在一起，您身上有挺多的解放力量，温暖和解放，您什么都可以谈，我觉得这是很奇怪、很厉害的一种力量，真正的天才是解放人的，不是压抑人的。

白：我觉得要么就像跟你对谈这样，如果要讲些虚套、客套话的话，那就不要谈，要谈要真正讲些东西，你也想听我心里话，我就告诉你。

许：您身后希望世人、历史怎么铭记您呢？

白：我还是希望我的作品有一些知音，我觉得一个作家写的，一定很多不认得的人看过了，有时候碰到一些读者，讲的他真的懂！那一刻作为作家最大的欣慰感……哎呀！我想这种感受很要紧，当然希望我的作品在我走了之后还是有人看，没人看的话，就表示我一定写得不好，很快就被时间淘汰了。

许：肯定会一直有人看下去的。您提到汤显祖、曹雪芹比较多嘛，在二十世纪作家中，您提过郁达夫对您的影响很深。

白：其实郁达夫有几部小说写得很好的，他有一篇叫《过去》，我觉得奇怪，别人选集都不大选这篇。

许：我不知道，因为我看您提到就想找来看，没找到，因为大陆一般选择《迷羊》《沉沦》《春风沉醉的晚上》。

白：这篇写得最好，在那个时候最成熟。

许：他情多浓啊。

白：这个里面就是写情，《过去》他这个情写得不滥，它讲一个青年男子，有三个女孩子的一家里，他爱上老二，偏偏老二是最难缠的女孩子，漂亮、美，但难缠，虐待他，不把他当一回事，要穿鞋子也踢他两下，糟蹋他的自尊，但是他有点被虐狂似的，就爱这一个女孩子。哪想到那个老三暗恋这个男人，他因为一头栽到老二身上去了，根本没把老三放在眼里，后来老二嫁人了，他失恋难过，老三就陪着他，他俩还到杭州，什么关系也没发生，他不把老三放在眼里，故事开头就是他们在澳门若干年后，又跟老三见面了，老三那时候已经嫁过人，做人家姨太太，这时他才发现老三对他的感情，想着老三以前对他的感情，他想补回来了，要跟老三发生关系，在旅馆里面。老三说，对不起，好像晚了，她说我那时候最纯洁的爱情给你，你没要，现在我已经不是那个人了，已经污染过，不能再给你了。很动人！那么早他就写出这样的小说，不多！“五四”小说这样的不多，要么就很浪漫地谈恋爱，或是一下子让女孩变成新女性，如《莎菲女士的日记》这种东西，要么写女性的成败录。

许：您是不是对“五四”的文学遗产评价不高？

白：因为那时候我觉得“五四”的文学起头有很大的希望，但是还没有一段足够的时间让“五四”文学成熟，一下子政治就插进来了，变成意识形态的东西，破坏了。

许：您这一代《现代文学》、台大外文系这批人，大家会觉得跟“五四”有亲近感或是传承感吗？

白：“五四”精神有的，我们说求新望变，不受传统的拘束，但对于“五四”的那些，我现在有一种选择批评的态度，什么了不得的东西？如果拿《红楼梦》做标杆，整个二十世纪小说达到它一半就不错了，你选一两本出来还选不太出来。

许：您觉得二十世纪最优秀的中文小说家是谁呢？

白：真的很难选！比如说鲁迅的《彷徨》《呐喊》，当然写得好，可是鲁迅好像也就这两篇；张爱玲的小说也很好，可也就是她的文字迷人，你说我就选她的masterpiece，我又拿《红楼梦》来比！

许：都是《红楼梦》的阴影对不对？

白：拿《红楼梦》来比的话，也许觉得不太公平，可是我觉得二十世纪太动荡。

许：所有东西都没有时间来培育它。

白：内忧外患太动荡，战争、革命，对文学不是很好的。

许：说到这我想起夏志清先生说中国的作家太感时忧国，他认为这伤害文学的创作，您怎么看这一点？

白：我觉得不是的，感时忧国其实是整个文学都逃不开的，因为这是现实，我觉得你写什么其实不是那么重要，你写感时忧国也好、写个人也好，就看怎么写，写得好不好，像他们常选郁达夫的《沉沦》，我认为根本没有感时忧国，《过去》他写得很好，跟两个女人的关系，对人生、人的感情，可以等于一个 statement，而《沉沦》哇啦哇啦，叫啊，哭啊，以至于最后什么我的祖国怎么不强大起来？小说不是那样写的。鲁迅就比较成熟了，他的感时忧国有些东西暗含在里面，当然我觉得鲁迅也就写绍兴的那些人物，跳开那边好像就没有了。所以可能“五四”的时候整个反传统、打破框架，那时候要毁掉的东西太多，要反的话就要重新创个新文学、新文字，而这是难的，所以要长时间酝酿，比较成熟。二十世纪有些小说可能有些很不错、称得上杰作的，可能我没看到，我的阅读也是有限的，而且又要看西方的经典。可是我觉得以张爱玲的例子来说，现在好像对她的评价越来越高，我想第一是被她的文字迷住，第二是她写上海那些。我认为张爱玲越过了“五四”、二十世纪三十年代这些东西，直接从《金瓶梅》《红楼梦》《海上花》《儿女英雄传》那些白话小说下来，把中国文学史拉长一点，可能她才是正统，“五四”还是个岔路呢！我想可能她继承的还是中国的正统。她英文很好，也不大看得出洋化的句子，她看那些章回小说熟，从那一路过来，对于“五四运动”、新文学好像浑然不觉，没有兴趣。

许：她在美国的时候您从来没见过她是吧？

白：我在台湾见过她，那时候我们还是一群学生，刚开始办了《现代文学》。

许：她是什么样子呢？

白：我想想，她是到一家石家饭馆，苏州菜，天气热，可是饭馆冷气很厉害的，她带了个紫色棉袄式夹衣，她就坐在我旁边，瘦瘦的、皮肤清白清白的，她是近视眼，但她不戴眼镜，不过眼睛偶尔一张开，我觉得好像一下子穿过去！

许：这么厉害。

白：可见她的观察力敏锐得不得了的！我们有个作家叫王祯和，写了一篇小说《鬼·北风·人》，在我们杂志出的第一篇，一出手就很不同，他很受张爱玲影响，很有她的作风，张爱玲对他很感兴趣，还讲他写的花莲。后来她到他家里去，还住在他家，这两个作家有很不平常的一段。

许：那时候你们这些小孩子都读过她的东西吗？

白：那时候我还读得很少，好像只看过她几篇短篇，也没看过《半生缘》，我看她是后来；王祯和还有水晶看她看得多。

许：好有趣的相遇！

白：很好玩的，其实她到台湾是想到香港编剧，在台湾找材料，她写张学良，《少帅》。

许：您怎么评价自己编剧、小说和散文的才能呢？

白：开头我编剧也是外行，不过我觉得很重要的一点是对话很要紧，我写小说很注重对话，所以我编剧在写对话的时候就蛮自在，至于说怎么分场、什么场景，我有一个朋友专门学电影的，他替我分场，这场接这场，电影的场次很要紧，在接下来合作，我写对话，主要是文学本。

许：当您写一个小说的时候在脑子里先出现的是形象、对话，还是场景？

白：人物！对我来说是先有人物，先有个金大班，然后再替她编故事，每个人不太一样。但也不一定，有时候是几件事情、几个东西拼起来给我灵感的。

许：您现在可以比较放松地写东西了，是小说还是什么？

白：都可能，我父亲的书还没写完，廖彦博写《关键十六天》，他对我父亲的理解，我也帮着他一起，我父亲还有很重要的一件事，就是他跟蒋介石四十年的关系，这还没说清楚，要做的事情太多了！

许：您父亲会怎么说李宗仁呢？

白：他跟李宗仁关系也蛮复杂，如果他是诸葛亮小诸葛的话，那李是刘备了，他们两个合作得很好，一直北伐，但也有分歧的时候。

许：怎么面对人生里那种不可避免、做事会遇到的很多失望呢？

白：我个性上大概有点认为，总归会做成，那就一直做下去吧！总有拨云见日的一天，因为我们这个民族时间那么悠长，急也急不来。

许：所以您还是对历史有信心，对时间的长度有信心。

白：我相信。那么长的传统，我也很清楚这个传统里一些糟糕的东西，但不能全部毁掉，我们能够生存几千年，一定有它的道理。说真话，年轻时候我们对孔子不太理解，很烦他那套，现在想想，你说把孔夫子抽掉，不行的。他教你基本做人的态度，现在想想也真厉害。所以我觉得有些老祖宗的智慧也不是那么轻易能打倒的，打倒孔家店是很幼稚肤浅的，我想应该回到孔子最原始的教道，《论语》《中庸》《大学》，真的耐看，帝王术或者科举把这搞坏了，你看看孔子孟子，他们讲话很近人性的，更不要说庄子、老子，这些还是中国人基本的思想感情。

许：现在还有什么事情困扰您吗？

白：人是很复杂的，人类文明其实真的蛮脆弱，你看看二十世纪，德国人他们产生过康德、贝多芬这么伟大的思想家、哲学家、音乐家；出了希特勒这么一个人，就把整个民族变野兽一样，这叫我很困惑，这文明这么累积下来怎么一下子这样？

许：那您住在美国会担心唐纳德·特朗普给美国带来……

白：美国选个赌场老板，这美国疯掉了！

许：您感觉美国会重新恢复过来吗？

白：我对美国还是有信心，他们到底是蛮理智的，它有英国那套理性。

许：经验主义传统。

白：它后来很复杂，好多种族由外面移民，种族冲突这种东西，白人突然之间受威胁、恐慌了，黑人总统当了八年，他们心里不服的，白人票都投给特朗普。

许：所以可能只是小小的一次逆反？

白：也蛮麻烦，选这一个上去完全不晓得他下面要做什么，美国现在好多人反对他，加州全部反对，气得要独立。

许：那么您对加州的归属感强吗？

白：我蛮喜欢加州，加州开放、舒适，天气又好。圣塔芭芭拉说是太平洋里面的天堂住所，我在那的一个小城很平静地生活，但是归属感谈不上的。

许：台北也没有归属感？

白：台北倒比较有，还是人的关系，而且我很重要的一段日子在台北过的，对它比较熟悉，台北居住很方便，到处都是7—11，虽然是很丑的城，但是也丑得可爱。

工作人员：大家都感觉到您八十了还特别纯真，这是怎么做到的？许老师说了您见过各种不好看的事情，看完了以后心里面有各种不舒服的感知，但仍然能这么表达，为什么呢？

白：大概从妈妈那边来的，我妈也经历过很多事情、看过很多场面却仍有赤子之心。

许：而且精力怎么会这么好？熬到这个时候一般年轻人都受不了！

白：我跟您聊起来蛮开心的，可能对象也蛮要紧，如果不对盘也讲不下去了。

许：熬夜从什么时候开始的？从台大外文系时候开始的吗？

白：熬夜是几十年。台大那时候因为早晨上课，还不是那么晚，到了美国该写作，有时候一写写到天亮，或者写到三四点钟；后来不写东西也迷迷糊糊，看看书、听听音乐也就搞那么晚，我很想早睡呀！睡不着！越想睡越睡不着。

许：您做什么运动吗？

白：我练气功练了二十年，我觉得我就靠气功为活，叶（嘉莹）先生也做气功！

许：她是什么时候教您的？

白：在台大教，六十年前。

许：一个九十岁的老师，一个八十岁的学生，叶先生也厉害得要命。

白：她九十岁的时候到台湾去，我们给她办了个演讲，她讲杜甫，一讲站在那三个钟头，还不用讲稿！杜诗左一首、右一首就随便出来，一首一首随便背，她太厉害了，我二十年前听她讲杜诗，讲得真好，声音也好听。

工作人员：我还要问一个，这问题听着挺傻，您说经常把这些事就忘掉了，怎么忘的？

白：忘是很难的，不过后来我想，人的心那么小，不愉快的东西你再放进去真是盛不了那么多，真的也就让它过去吧，过了就忘掉它。

许：可能真的受妈妈那种性格的影响。

白：有的，我母亲挺豁达的。

许：二十岁姑娘跑到前线去，太厉害了这个！

白：她本来是个千金小姐，但她上过战场爬那个战壕，很好玩的，我的表哥学军事，跟她年纪差不多，开个车子从上海到南京来，那些孙传芳的叛军已经要来围他的车子，她就下令给我表哥，开枪！后来我表哥说，你妈，女英雄！后来她到南京时见到我父亲，我父亲当时说你来干吗！我母亲说我冒着生命来看你，我父亲还使脸色，因为前线，你怎么跑来！她真的好勇敢，这个都磨炼出她。她的个性很强、很勇敢、达观，很热爱生命，喜欢人，生了十个孩子好像还爱不够呢！她的母爱是包容的，到哪去好像都是一片如坐春风，大家都充满着生命、很热闹。

许：其实某种意义上，等于是小时候的温暖保护了您一生。

白：我想是。我书里面一直说，我们家里面十个孩子，有爸爸党、有妈妈党，有的靠爸爸做靠山、妈妈做靠山，曹可凡问我，你是什么？我说我是骑墙派，两边都跨！

许：所以后来解释了好多您日后的行为，两边都跨。

白：但我不是爸爸最宠也不是妈妈最宠的，他们两个对我都很好。

许：但合起来是最多的！

白：所以我很感激他们的，他们医我的病、给我最好的医疗、供我念书、给我这样的环境，虽然后来我们环境很艰难，我母亲什么都是儿女为先，她一生就是个母亲、妻子，对政治不感兴趣，他们给她做什么妇女代表她都不要，她说你们不是给我，是因为我先生的关系，你们给我我不要！她是蛮率真的一个人，真的。

许：那比如说，有点不礼貌，爸爸妈妈那么多孩子，您没有孩子，从某种程度上来说是遗憾吗？

白：反正哥哥他们生就好了，还好我不是独子，独子的话可能有点麻烦，所以由他们担负那些就好了。

许：作品更像您的孩子。

白：对。所以我活到现在心中挺感恩的。

许：谢谢您，您休息吧。

白：谢谢您，很高兴。

如果二十一世纪发生中华文艺复兴

我的“中国梦”恰恰是中华文艺复兴，我希望大家都做这个梦！这样子，我们就有希望了。

理大这个场所，我感到很亲切。四年前，我带了昆曲新版《玉簪记》来，在这里演出了六个晚上。去年我也来这里演讲。我非常荣幸理大给我荣誉博士学位。我想了一下该讲什么，最后定下了“如果二十一世纪发生中华文艺复兴”这个主题。在座的可能都知道，这个主题我已讲过许多遍，而且报刊都做了报道，可我还是要讲，直讲到它发生为止（白先生朗朗笑。全场听众热情鼓掌）。当然，题目里有“如果”二字，要发生文艺复兴运动当然十分艰难，可说几乎是奇迹，可我不管是从前教书，或后来推广昆曲，都不断思考：我们自己的传统文化从十九世纪末到二十世纪以来，一直处于弱势地位。我很喜欢各种表演艺术，也有机会在欧美看了许多歌剧、芭蕾舞、古典音乐等西方表演艺术，看的时候，当然也很喜欢并且感动，可最后总有点失落感——为什么那么美好的东西不是我们自己的呢？我们的传统艺术几乎失去了发言权，不管是音乐、戏剧都按着西方的标准走，我们怎么对自己的传统文化失去信心了呢？我们也有很美的艺术，却处处觉得自己不如人家。

文艺复兴是西方重要的运动。二十世纪初，我们也希望有自己的文艺复兴，所以才有“五四运动”、新文化运动，可是，一个世纪过去了，传统文化没有振兴起来。我希望——二十一世纪，我们能走出自己的路子，文化蓬勃发展，和西方争一长短。回看我们几千年来辉煌的文化传统，许多人心中都有个愿望，要重振大汉天声，让我们的传统文化在世界上绽放光芒。十年来，我致力昆曲推广，有人不解，我并非昆曲界人，为什么一心推广昆曲。这是我自己的心愿。昆曲是明朝的国剧，独霸剧坛二百年，在我们的表演艺术中，其美学达到顶峰，影响了整个中国美学。然而，到了二十世纪，昆曲几乎在舞台上销声遁迹，这个衰微的艺术是不是可以回复它的辉煌，重新注入新的生命？十年前，我制作青春版《牡丹亭》，冀望借这出经典戏剧使这个衰微的艺术重生。在二十一世纪，重新召唤观众，尤其是年轻的观众，重新观赏我们具有六百年历史的昆曲艺术。我希望华文世界中的每个年轻人，一生中至少有一次机会邂逅中国传统艺术之美，为这个美打动，重新亲近我们的文化。我们努力募款，让世界各地年轻学子免费欣赏青春版《牡丹亭》，十年来二百三十多场演出，遍及海峡两岸暨港澳，还去了新加坡及欧美多国。在大陆三十多所大学的演出，远至兰州、西安，南至桂林、厦门等从来没有昆曲表演的地方，学生的反应都十分热烈，几千人几千人跑去看。为什么从来没接触过昆曲的学生看了演出那般激动？那岂不是说明了我们渴求重新拥抱自己的传统文化？渴求传统文化浴火重生？二十一世纪不容易发生文艺复兴。二十世纪的“五四运动”“文化大革命”实际上挫伤了传统文化，导致我们的文化氛围陷入贫血状态，要把它补起来，可要下重药。除了少数专科艺术学校，从小学、中学到大学课程里的美术、音乐、戏剧等科目，一概把自己的传统艺术排除在外，一切以西方为尚，这造成了严重的后遗症。

创作自由，是文艺复兴发生的重要条件。这个题目出于我的“假设”，寄托我对香港的期望或说是非分之想。香港具有的优势是：第一，绝对的创作自由；第二，经济条件宽裕。虽然有钱不一定就能产生好的文化，但没有钱的话，要发展文化的确很艰难。第三，香港荟萃了各地一流人才。香港的大专学院，吸收了许多大陆尖子学生，也网罗了世界各地的著名教授。以上三点，都是文化发展的基础。相对而言，香港地方小，容易管理和凝聚人才。举例来说，我对香港有这样的非分之想：成立昆曲学院，把一流的表演人才吸引过来，在这里演出的昆曲和内地的将有所不同，它灌注香港的美学，包含了香港艺术设计人才的创作理念。听说香港要成立文化局，希望香港的文化局局长具有长远的眼光。现在香港的大学改成了四年制，希望校方多开传统文化的科目，吸引更多学生到香港学习。这些发展文化的根苗，让我们期待美好的远景。香港既有优厚的条件，所差的是发展成文化中心的雄心壮志，要有企业家怀抱文化使命感支持文化事业。香港以商业为重心，这里没有天然资源，地方小，却创造了大财富，可说是奇迹，但是往长远打算，二三十年后，上海很可能迎头赶上取代香港的金融中心地位。香港如果要保持独特优越地位，从金融中心摇身一变，成为文化中心，必定让全世界刮目相看。这需要上至政府下至民间各方面的投入支持，我相信香港有这个可能。还有很重要的一点，香港是中西文化交流最盛的华人地区，文艺复兴不能单靠传统文化，新的中华文化一定是传统文化吸收了现代元素，融合了西方文化优点而成。现在都爱讲“中国梦”，“中国梦”对我而言，就是文艺复兴（白先生笑吟吟。听众再度鼓掌）。

军事、政治、经济的强大可能一夜之间灰飞烟灭，唯有文化长远深厚，而且影响世世代代。十九世纪时，英国称霸天下，可到了二十世纪，国势没落，但仍不失为文化大国，还站得住脚。又如法国多番亡国，它打不过德国，可法国人都有文化优越感。我以为亡国不可怕，只要文化不亡。文化有力量，是整个民族的灵魂，二十世纪，我们整个民族失魂落魄，失落了文化，陷于危险的境地。我们的文化根源已被斫伤，我们却没有好好思考，新的文化远远未建立起来。中国人究竟怎么定义？中国文化到底是什么？我们不能像英国人毫不犹豫回答这些问题，他们有莎士比亚，有牛顿等。我们的文化是什么，许多人感到模糊不清，它曾经破碎、断裂了。在这个十字路口上，必须唤起全民族的觉醒，下功夫建立文化。近三十年来的改革开放，使经济建设突飞猛进，而文化建设不是立竿见影的事，必须靠点点滴滴的积累和多少人多少人的觉悟。

青春版《牡丹亭》整出作品分三晚演出，每次三小时，总共九小时长，把它带到北京大学演出的时候，学生的热烈反应教我十分感动。北大剧院二千一百个座位，每一场都座无虚席，而且很多学生连续追看三天完整的演出。演出落幕了，零下九摄氏度的气温，学生们还不肯离开，他们似乎经过一场文化洗礼，脸上发光，等着我，告诉我："谢谢白老师。你把那么美的东西带给我看。"即使有时候很泄气，不禁慨叹文化虚弱，瞧见年轻学子切实感受到传统文化之美，教我最感欣慰，更加肯定文化是一股莫大的力量。如果让年轻学子身上的文化基因燃烧起来，我想，我们的文化有救！香港可以因为一份文化的渴求而有所不同。

以上所说都是我一厢情愿的非分之想或者说梦想。没有梦想，就没有奋斗。我的"中国梦"恰恰是中华文艺复兴，我希望大家都做这个梦！这样子，我们就有希望了。

交流对谈

理大学生：我知道您是台大外文系毕业，同时是造诣很高的中文作家，我们也是英语系学生，很想听您说说念外文系对于中文写作以及中国文化能起什么作用。

白先勇：我进大学起初是学水利的。我不知天高地厚，一心想建三峡大坝。幸好没这么做，后来我反对这个工程。我念了一年水利，发现自己真正喜欢的是文学，想改考中文系，可当时台湾的中文系十分保守，以经学为主，止于唐宋，没有现代文学。中学老师李雅韵认为念外文系能启发写作，所以我重考外文系。这时候，中文系的叶嘉莹先生讲古典诗词，她的课十分吸引人，我甚至翘了外文系的课去听叶先生的课——你可不要做这个哦（笑）。我父亲也规定我们暑假要在家背古文，那时候有抱怨，现在回想，很感谢他，多多少少背了几篇古文，有个底子。即使念外文系，多读中国古典名篇，也能促进写作。

理大学生：对于香港成为文化中心，我有所质疑。第一，香港并不是昆曲等文化诞生的根源地。第二，到了二〇四七年，香港的优势也难保证，因内地逐步开放，发展迅速。另外，外国一些大学也有中国文化研究，似乎也颇深刻，可是外国脱离了中国的语言和文化背景，他们的研究，能真正理解中国文化吗？

白先勇：你提出很有意思的看法。我对香港有不同的看法，过去百年香港这块殖民地，对于文化传统，其实更加保守，它看待文化，反而有新的角度。外来作家如萧红、张爱玲、施叔青等都在香港写出好的作品。就像纽约，它不是文化的根源地，但多元文化交融成为它的优点。香港的金融地位或被取代，我希望它转身成为文化重镇，它具有创作自由的重要条件。

黄居仁 / 理大人文学院院长：我本身也是台大外文系毕业的，而且也是从物理系转到外文系。台大外文系规定我们修十二学分的中国文学科目，这是台大外文系独特的传统。我试谈谈香港为什么适合发展做文化中心。实际上，白老师不在昆曲的诞生地苏州传扬昆曲，而立足于大江南北。在创作自由的环境下，多种文化交流激发我们去寻找文化认同，提炼某个文化元素，并且让不同文化圈的人都能了解。香港应该很适合做这样的事业。提炼文化精粹的下一步，是跨出去，让世界认识并接受这种文化，由此产生认同感。我想我们在白老师的带领下，一起努力在跨文化的环境中，提炼文化精粹，我相信这就是文艺复兴的道路。

图书在版编目（CIP）数据

美的复兴 / 白先勇著. -- 南京：江苏凤凰文艺出
版社, 2020.12
ISBN 978-7-5594-5204-7

Ⅰ. ①美… Ⅱ. ①白… Ⅲ. ①随笔 - 作品集 - 中国 -
当代 Ⅳ. ①I267.1

中国版本图书馆CIP数据核字(2020)第178311号

美的复兴

白先勇　著

责任编辑　李龙姣
策划编辑　刘　平　史义伟
装帧设计　棱角视觉
出版发行　江苏凤凰文艺出版社
　　　　　南京市中央路 165 号，邮编：210009
网　　址　http://www.jswenyi.com
印　　刷　北京中科印刷有限公司
开　　本　880 毫米 ×1230 毫米　1/32
印　　张　11.5
字　　数　200 千字
版　　次　2020 年 12 月第 1 版
印　　次　2020 年 12 月第 1 次印刷
书　　号　ISBN 978-7-5594-5204-7
定　　价　68.00 元